文學研究叢書・兒童文學叢刊

兒童詩歌論集

林文寶　著

目次

自序

去年檢視歷年來有關兒童詩歌之論著，其間除校訂外，並重新整理與歸類。今年二月有《兒童詩歌研究》一書新版印行。今又將另外四篇論述交由富春文化公司出版。四篇論述發表時間不一，試說明如下：

〈試論兒童「詩教育」〉一文，原收錄於舊版《兒童詩歌研究》一書，經重新歸類後，改收錄於本書，其發表過程見存於新、舊版《兒童詩歌研究》自序，於此不贅。

〈試論兒語〉一文，乃緣起於林政華教授〈兒語研究——兒童詩歌探源〉一文，不知是否有所增益。今徵得林教授同意，附錄其文，以收比較研究之便，耑此致謝。本文除刊載於《東師語文學刊》第二期（1990年5月，頁121-175）外，並曾於一九九〇年六月九日於臺灣省第一屆教育學術論文發表會裡宣讀與討論。

〈釋童謠〉一文，其旨在釋義與正名，寫作動機是針對兒歌、童謠之混淆與糾纏而起。本文曾刊登於臺東師院《幼教學刊》第一集（1989年6月，頁51-120）外，並刊載於《東師語文學刊》第四期（1991年2月，頁337-400）。

至於〈試論臺灣童謠〉一文，則屬本土性的專題研究之一，全文刊載於《臺東師院學報》第五期（1993年6月，頁1-69）。

以上四篇論述，要皆不離兒童詩歌，是以書名稱為《兒童詩歌論集》。其間論述不周與缺失處，敬請批評與指教。

林文寶

一九九五年七月於臺東

壹
試論兒童「詩教育」

一　前言

一九八一學年度教育廳指示各縣市加強中小學詩歌朗誦教學，以達生動活潑教學目標，於是對於詩歌教學便有各種不同的看法。依國小課程標準所列國語科韻文的分配是：

學年	第一學年	第二學年	第三學年	第四學年	第五學年	第六學年
韻文比例	40%	35%	20%	20%	15%	10%

（見《國民小學課程標準》，正中書局版，1975年，頁89-90）

在沒有提倡詩歌教學之前，大家一樣在教，而提倡之後，反而茫然不知所措。目前的詩歌教學，兒童詩歌逐漸流於想像的遊戲，古詩則流於吟唱與背誦，非但不適當，且不正確。

透過歷史的考查，我們知道我國的詩教可說是源遠而流長，所謂詩教溫柔敦厚是也。朱自清在〈詩言志辨〉一文裡，曾認為詩言志的歷程是：

獻詩陳志、賦詩言志、教詩明志、作詩言志

（見朱自清：《朱自清集》，河洛版，1977年，頁1119-1162）

所謂詩言志，其實就是詩教；古有采詩之官，《詩經》的編錄，原有諷諫教戒之意，但《詩經》編錄之後，士大夫為宴遊歌詠之需，隨即成為上層社會傳習的教科書，風行於當時的政治社會，至孔子以五經教學生，弟子三千，即為教詩明志，《論語》裡提到詩的有：

詩三百，一言以蔽之，曰：「思無邪」。〈為政篇〉
不學詩無以言。〈季氏篇〉
誦詩三百，授之以政，不達，使於四方，不能專對，雖多亦奚以為？〈子路篇〉
詩可以興，可以觀，可以群，可以怨。邇之事父，遠之事君。多識於鳥獸草木之名。〈陽貨篇〉
興於詩，立於禮，成於樂。〈泰伯篇〉
……

孔子對於古代文化，包括春秋時代貴族間的文化，做個總結、闡述、提高的工作，就經學而言，有下列三點決定性的基礎：

一、他把貴族手中的文化及文化資料，通過他的「學不厭，教不倦」的精神，既修之於己，且擴大之於來自社會各階層的三千弟子，成為真正的文化搖籃，以宏揚於天下，成為爾後兩千多年中國學統的骨幹。
二、孔子說：「興於詩，立於禮，成於樂」，把詩禮樂當作人生教養進昇中的歷程，這是來自實踐成熟後的深刻反省，所達到的有機體的有秩序的統一。
三、從《論語》看，他對詩書禮樂及易，作了整理和價值轉換的工作，因而，注入了新的內容，使春秋時代所開闢出的價值，得到提高、昇華，因而也形成了比較確定的內容與形式。

（見徐復觀：《中國經學中的基礎》，學生版，頁7-8）

孔子說「吾自衛反魯，然後樂正，雅頌各得其所」(子罕篇)，恢復以樂配詩的原有的合理狀態。這是他對《詩經》所作的重要整理工作。由《詩經》在春秋時代的盛行，《詩經》對人生所發生的功用，當時的賢士大夫已經感受到。但一直到孔子「詩可以興，可以觀，可以群，可以怨，邇之事父，遠之事君，多識於草木鳥獸之名」(陽貨篇) 的提出，詩對人生社會、政治的功用才完全顯現出來，而孔子的詩教，屈萬里先生認為有三點：

一、用詩涵養性情，以為修身之用。二、藉詩通達世務，以為從政之用。三、用詩練習辭令，以為應對之用。至於多識草木鳥獸之名，那可以說是其餘事了。從孔子以後，到秦始皇以前，談詩的人，大都不超過這個範圍。

（見屈萬里：《詩經釋義（一）》，華岡版，頁22）

至《禮記》〈經解篇〉則有「詩教」一辭出現。〈經解篇〉云：

孔子曰：「入其國，其教可知也。其為人也溫柔敦厚，《詩》教也。疏通知遠，《書》教也。廣博易良，《樂》教也。絜靜精微，《易》教也。恭儉莊敬，《禮》教也。屬辭比事，《春秋》教也。故《詩》之失愚，《書》之失誣，《樂》之失奢，《易》之失賊，《禮》之失煩，《春秋》之失亂。

其為人也，溫柔敦厚而不愚，則深於《詩》者也。疏通知遠而

> 不誣，則深於《書》者也。廣博易良而不奢，則深於《樂》者也。絜靜精微而不賊，則深於《易》者也。恭儉莊敬而不煩，則深於《禮》者也。屬辭比事而不亂，則深於《春秋》者也。（見《禮記集說》，世界書局，頁273）

所謂「溫柔敦厚」是詩教，並為中國後世衡量文學作品的標準，影響最為深遠。

考中國歷代啟蒙教材，亦皆以韻文編寫，即取其易記與漸入之效。及至清末，新教育開始公布實施，在新教育的發展過程中，歷受日本、德國、英國、美國的影響，在各種西潮的衝擊下，一直未能建立一套屬於自己的教育制度，當然詩教更不易推廣。其間雖有人努力於詩教育，但影響不大，亦僅停留在記誦而已。

至一九八一學年度，臺灣省教育廳指示各縣市國民教育輔導團加強中小學詩歌朗誦教學，以涵養德性、變化氣質。而後各種詩歌教學如雨後春筍般的滋生。但由於對詩歌本身缺乏正認的認識，於是古體詩僅流於背誦與吟唱，而對兒童寫詩歌，直一直存疑且觀望。是以所謂詩歌教學僅是一片叫好的聲浪而已。

詩歌教學者，如果能先對詩歌本身有所了解，則教學自能有事半功倍之效。同時也必須對兒童發展的趨向有深刻的了解，否則教授到某一階段以後，會有不知所措與無能感出現。

基於上述現象，本人不揣陋學，冒然執筆。擬從：「詩歌本身、兒童本身」兩方面加以考察兒童的詩教育。詩歌本身從本質、特質、境界、形式與語言等部分加以探索。至於兒童本身，主要是以皮亞傑的認知發展（Cognitive development）去解說。而後對兒童的詩歌教育提出個人的看法，以做為教學者的參考。

二　詩歌的本質

在解說詩歌本質之前，有為兒童詩歌加以界定的必要，就目前而言，對兒童詩歌的名稱界定，有兒歌、童謠、童詩、兒童詩歌、童年詩等各種不同的名稱，眾說紛紜，炫人耳目。雖然我們曾有過兒歌、童謠的年代，但那是屬於遙遠的農業社會裡，在那個時代裡，還沒有所謂兒童文學出現；至今日，我們已沒有產生兒歌、童謠的背景。從歷史的角度來說，往日的兒歌、童謠正是我們今日兒童詩歌的源頭。

再從詩歌的特質的立場而言，詩歌的特質是音樂性，而兒童詩歌裡，有音樂性較強者如往日的兒歌、童謠，有音樂性不顯著，而以內容取勝者如所謂的兒童詩，因此，我認為從詩歌的特質來說，與其巧立各種不同名稱，不如統稱之為「兒童詩歌」。兒童詩歌一辭，不但可見詩的特質，重要的是使所謂的兒童詩找到了傳統的歸宿。

詩歌的本質，在於抒情，這是無用懷疑的事實。民國以來的新詩人，曾經有人因為我們的詩歌缺乏敘事詩、史詩而自卑過，其實這是不了解我國詩歌抒情傳統所致。我們並不是沒有敘事詩，只是這種敘事是存在於散文而已。而詩歌的本質是在於抒情，抒發人類的七情六欲。七情六欲人皆有之，且人皆能感之，只要有刺激，就會有反應；不論反應是感覺，或知覺，概皆能有所見。也因此，有所謂童年的成名詩歌作品出現；反之，小說則否，蓋小說要以理性思維作基礎，一個人在認知發展未完成之前，實在不易有完整的理性運作能力。

了解詩歌的抒情本質，我們就能進一步了解兒童與詩歌的關係。《說文》「詩」字的解釋是：

> 志也。言寺聲。古文詩省。（漢京版，頁91）

詩言志的說法，或源於《今文尚書》〈堯典〉：「詩言志，歌永言，聲依詠，律和聲」。這是舜命夔典樂並教導胄子的話，《尚書正義》對詩言志的解釋是：

作詩者自言己志，則詩是言志之書。(《尚書正義》(十三經注疏本)，藝文，頁47)

而〈詩大序〉亦云：

詩者，志之所之也。在心為志，發言為詩。情動於中而形於言，言之不足故嗟歎之，嗟歎之不足故永歌之，永歌之不足，不知手之舞之，足之蹈之也。情發於聲，聲成文謂之音。治世之音安以樂，其政和；亂世之音怨以怒，其政乖；亡國之音哀以思，其民困。故正得失，動天地，感鬼神，莫近於詩。先王以是經夫婦，成孝敬，厚人倫，美教化，移風俗。
(見《尚書正義》(十三經注疏本)，藝文，頁13-15)

〈詩大序〉是屬於儒家實用主義的文學觀。但他仍然有「情發於聲」之論。在先秦兩漢，文學是一切學術之總名，而魏晉以來，文學則漸趨獨立，不再依附儒家。陸機的「緣情說」，即成為當時的主流。陸機於〈文賦〉中說：「詩緣情而綺靡，賦體物而瀏亮。」(許文雨編著：《文論講疏》，正中版，頁35）關於這「情」字，〈文賦〉中另有一段說明：

佇中區以玄覽，頤情志於典墳；遵四時以歎逝，瞻萬物而思紛；悲落葉於勁秋，喜柔條於芳春；心懍懍以懷霜，志眇眇而

> 臨雲；詠世德之駿烈，誦先人之清芬；遊文章之林府，嘉麗藻之彬彬；慨投篇而援筆，聊宣之乎斯文。（同上，頁27）

這段文字，說明了文學產生於情志之動，由時序推移所造成的自然景物的變化所激起的悲喜之情，由人世興衰所感發之思志，都是構成文學的因素，廖蔚卿先生在《六朝文論》第二章〈文德論〉裡說：

> 情志可以分別為二：即屬於喜怒哀樂愛惡的感情情緒，與乎依伴感情而生的思想意緒。文學為「情性之風標」，為「情志所托」，是以文學產生於情性的流露；換言之，文學以發諸情性的感情及思想為內涵，為本體。（聯經版，頁16）

持此；「情志」不但可區分為「感情情緒」與「思想意緒」，而且「志」是源於「情」的。因此，簡單地說，詩是緣情的；仔細地說，詩的本質是情志。其實〈詩大序〉中的「情」、「志」是合一的。而〈文賦〉以後的「詩緣情」則著重探討文學起源——情靈（情性），故詩歌的本質是兼含各種可能被激起的情，與依伴情感而生的思想。鄭毓瑜先生在〈詩歌創作過程的兩種模式——詩緣情與詩言志〉一文裡，曾就創作過程中分辨「情」、「志」的活動，其構架如下：

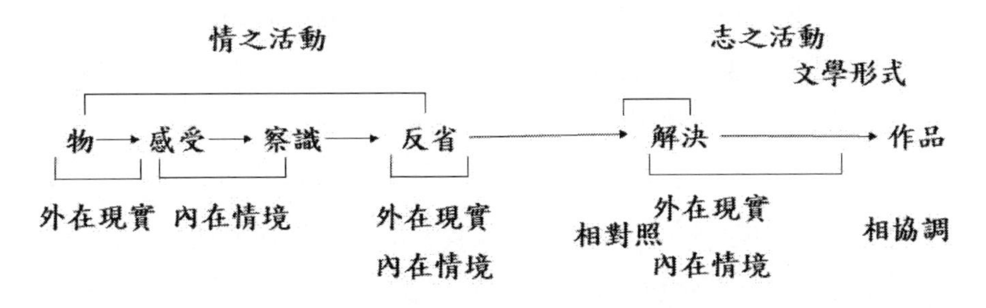

（詳見《中外文學》第11卷第9期（1983年2月），頁15）

傳統「詩緣情」與「詩言志」的立論各有所偏，後者執守功用，故詩的本質是「志」；前者執守起源，故詩的本質是「情」。如此各據兩端點來分別詩歌，當然永遠呈現對立狀態。而今透過創作過程的分析，把「情」、「志」說成兩種活動，也就是把傳統中「定點式」的看法轉換成「過程式」，如此「詩言志」必根於「詩緣情」，提到「詩言志」，則「詩緣情」自己包含其中。所以，「詩言志」就廣義來說，應可涵蓋「詩緣情」加上「詩言志」的整個過程。如此一來，經「詩緣情」所得緣情詩，和經「詩言志」所得的言志詩，其區別就不在本質上，而是在於創作過程中，「志之活動」的有無了。鄭毓瑜先生最後的結論是：

> 一、「詩緣情」與「詩言志」是詩歌創作過程（略去文學形式）的兩種模式，而「詩言志」奠基於「詩緣情」，故所有的詩歌具共同的本質——「情」。
>
> 二、兩種模式的採用與題材無必然關係，是依作者的主觀意識加以擇取的。
>
> 三、兩種模式本身都不含價值判斷，所以不管評價言志詩或緣情詩皆不能以「詩言志」或「詩緣情」的模式來立論。真正與評價有關的是作者能否（1）使外在物象（題材）歷經任一種模式後，能變成豐富的內在心象。（2）再使這內在心象與文學形式作密切配合。如此，方能產生上乘的緣情詩或言志詩來。（同上，頁17）

總結以上所述，可知詩歌是表現情意的。不論在戀愛時、在勞動時、在遊戲時、在祭禮時、在戰爭時，人們心中蘊蓄情意，自然而然地表現出來，自然地表現為詩歌。因此詩歌是文學中產生最早的作品，在未有文學以前，就已經有口頭上唱的詩歌了。我們可以說，除了情以外沒有詩。而情的本性，是處於一種朦朧狀態的，但情動以後，有時並不直接以情的本性發揮出來，卻把熱情，經過反省而冷卻後所浮出的理智，主導著情的活動，這即是所謂「志之活動」。

三　詩歌的特質

詩歌的特質在於音樂性。所謂音樂性，是說它具有音樂上的某種效果而言；音樂的組成要素，包括節奏、旋律、和聲、音色；而詩歌的音樂性，主要是指節奏性而言。新詩曾有一度極力排斥音樂性；其實詩歌的音樂性，那是源遠而流長，今日的學者已印證詩歌、音樂、舞蹈三者同出於一源。《尚書》〈堯典〉：

> 詩言志，歌永言，歌依永，律和聲；八音克諧，無相奪倫，神人以和。

《呂氏春秋》〈古樂篇〉：

> 昔葛天氏之樂，三人操牛尾，投足，以歌八闋……

《禮記》〈樂記〉：

> 詩，言其志也；歌，詠其聲也；舞，動其容也。三者本於心，然後樂器從之。

《詩》〈大序〉：

永歌之不足，不知手之舞之，足之蹈之也。

情發於聲，聲成文，謂之音。

從以上引述可知，詩、音樂、舞蹈在我國以往的觀念裡，亦認為是三者出之於同源。今日的人類學者與社會學者，由於對土著民族的研究，更確定最初的詩歌、音樂與舞蹈是一種三位一體的混合藝術。而三者共同點就是節奏。在原始時代，詩歌可以沒有文字意義；音樂可以沒有旋律；舞蹈可以不問姿態，但是都必有節奏。後來三種藝術分化，每種藝術仍保持節奏；但於節奏之外，音樂盡量向旋律方面發展，舞蹈盡量向姿態方面發展，詩歌盡量向文字意義方面發展，於是彼此距離就日漸其遠了。

我們知道詩歌、音樂、舞蹈三者同源，而三者又以節奏為共同之點；我們便會知道，詩歌絕不能少了格律。所謂格律，最重要的是章句的整齊。這種格律的要求或謂源於自然現象，以及中國文字本身獨有的特性。但查考初時，詩歌原與音樂、舞蹈不分，所以不能不遷就音樂、舞蹈的節奏；因為它與音樂、舞蹈原來同是群眾的藝術，所以不能不有固定的形式，以便於大眾協同一致。如果沒有固定的音律，這個人唱高，那個人唱低，這個人拉長，那個人縮短，就會嘈雜紛嚷，鬧得一塌糊塗。詩歌的章句整齊，原是因應音樂、舞蹈合樂，便於群唱的，後來就成為詩歌固定的形式；於是沒有那固定形式的，在傳統上就不能算是詩歌。同時，與格律有關的是「韻」，詩歌在原始時代與音樂、舞蹈並行，它的韻是點明一個樂調或一段舞步的停頓所必須的。同時，韻也把幾段音節維繫成為整體，免於渙散。所以沒有韻，在傳統上也不能算是詩。

從以上所述，我們知道詩歌不能少掉格律，這種音樂化的格律，即是詩歌的特質在。這種特質所在，亦可從字形本身見其端倪，陳世驤在〈原興〉一文裡，解釋「詩」字如下：

> 詩（[illegible]）和以足擊地做韻律的節拍，此一運動極有關係，此尤其於古文字的象形。以足擊地做韻律的節拍，顯然是原始舞蹈的藝術，和音樂、歌唱同出一源。
>
> （《陳世驤文存》，志文版，頁227-228）

持此，我們可以說：詩歌是用有格律的語言文字，從節奏上，表現情意的藝術作品。這種詩歌不但是抒情的，而且也是音樂性的。（以上參見黎明版，《高明文輯（下）》，〈詩歌的基本理論〉第一節「詩歌的本質」，頁113-116）但我們也要了解，詩歌之所以有一種固定的有規律的形式，原因大概都在它當初是應和樂舞的。詩的形式在原始時代與樂舞的形式一致，這種形式隨節奏而變化，而節奏是情感的自然流露，因此詩的音樂性的形式，是隨時會變遷的。

中國詩歌的音樂性，又緣於中國語言文字的特質所致。我國語言文字的特質在於孤立體與單音節。因其孤立，宜於講對偶；因其單音節，宜於務聲律。

總之，詩歌想透過另種的語言處理，而成為一種樂語。我國歷代韻文學的產生，皆源於音樂的需要。唐詩因為不能唱，而後有詞的產生；詞又因為不能唱，元曲於是產生。雖然新詩的產生，有失橫空而來，但其本質仍在音樂性，這是無可爭的事實，也是我們必先了解的事實。

四　詩歌的境界

王國維在《人間詞話》裡說：

> 詞以境界為最上，有境界自成高格，自有名句。
> （開明版，1953年，頁1）
> 能寫真景物真感情者，謂之有境界。（同上，頁3）

也就是說詩歌的境界，在於有真感情與真景物。「真」是境界的起點，也是終點。所謂起點，乃是說它是起於真實的觀察，所謂終點，是說它給人有真實的感覺。

申言之，有真感情，自有詩趣而言；詩趣有情趣、畫趣、理趣、諧趣、禪趣，但皆不失趣味；趣味大人喜歡，小孩尤其喜歡。至於真景物，則端賴意象的表達；而意象的表達，自始於觀察。情景兩者能契合無間，自為有境界。而所謂情意的契合，要皆以語言為媒介。詩歌的境界在於情景的契合無間；而兒童詩歌的境界，更是在於真感情、真景物。

總之，無論是作者或讀者，在心領神會一首好詩時，都必有一幅畫境或一幕戲景，很新鮮生動地顯現於眼前；使他神魂為之勾攝，若驚若喜，霎時無暇旁觀；彷彿這小天地中有獨立自足之樂，此外偌大乾坤宇宙，以及個人生活中一切憎愛悲喜，都像在這霎時間煙消雲散去了。前人詩話家有人稱這種獨立自足的小天地為「興趣」，有人稱為「神韻」，亦有人稱之為「性靈」，至王國維標舉「境界」二字，則為大家所共認。

「境界」一辭本為佛家語，《佛家大辭典》的解釋是：

> 自家勢力所及之境土。
> （見上海醫學書局版，1925年，頁2456）

這裡「勢力」是指吾人各種感受的勢力。這種含義我們在佛經中可以找到明顯的例證，如在著名的《俱舍論頌疏論本》第二中就有「六根」、「六識」、「六境」之說：

> 若於彼法，此有功能，即說彼為此法「境界」。
> （見《大藏經》，第41冊，新文豐影印大正版，頁826-827）

又加以解釋說：

> 彼法者，色等六境也。此有功能者，此六根、六識，於彼色等，有見聞等功能也。（同上，頁807）
> 功能所托，名為境界，如眼能見色，識能了色，喚色為境界。（同上，頁827）

從以上的解說來看，可見惟有由眼、耳、鼻、舌、身、意六根所具備的六識之功能而感知的色、聲、香、味、觸、法等六種感受，才能被稱為境界。由此可知，所謂境界，實在乃專以感覺經驗之特質為主的。換句話說，境界之產生，全賴吾人感受之作用；境界之存在，全在吾人感受之所及。因此，外在世界在未經過吾人感受之功能而予以再現時，並不得稱之為境界。

雖然王國維使用「境界」一辭時，其所取之含義，與佛典中之含義已不盡相同，然而其著重於「感受」之特質的一點，則是相同，其可兼指外在之感受與內在之感受的一點，也是相同的。《人間詞話》中所標舉的「境界」，其含義應該是：凡作者能把自己所感知之「境界」，在作品中作鮮明真切的表現，使讀者也得到同樣鮮明真切之感受者，如此才是有「境界」的作品。所以欲求作品之「有境界」，則作者自己必須先對其所寫之對象有鮮明真切之感受。至於此一對象，則既可以為外在之景物，也可以為內在之感情；既可為耳目所聞見之真實之境界，亦可以為浮現於意識中之虛構之境界。但無論如何，卻都必須作者自己對它有真切之感受，始得稱之為「有境界」。（以上見葉嘉瑩：《迦陵論詞叢稿》，明文版，頁276-277）因此朱光潛在〈詩的境界——情趣與意象〉一文裡，則認為詩的境界，即是情趣與意象的契合。所謂表現情意，情有「情趣」，意有「意象」。朱氏認為無論是欣賞或是創造，都必須見到一種詩的境界。這裡「見」字最緊要。一種境界是否能成為詩的境界，全靠「見」的作用如何。要產生詩的境界，「見」必須具備兩個重要條件：「第一、詩的『見』必為直覺。第二、所見意象必恰能表現一種情趣。」（詳見《詩論》，正中版，頁47-53）

詩是心感於物的結果。有見於物為意象，有感於心為情趣。非此意象不能生此情趣，有此意象就必生此情趣。這種情趣和意象的契合無間，便是詩的境界，也就是一般所說的「情景交融」。但劉若愚在《中國詩學》裡卻認為如果僅將情景合一當作詩之境界的定義，那麼為敘述事件或純粹知性的思考而寫的詩就很難適合這個定義。因此，他把境界再定義為生命之外面與內面的綜合，前者不只包括自然的事物和景象，而且包括事件和行為；後者不只包括感情，而且包括思想、記憶、感覺、幻想。換句話說，詩中的「境界」同時是詩人對外界環境的反映，也是其整個意識的表現。每一首詩具體表現出它獨自的境界，不管是大或小，疏遠或親近，但是只要是真實的，它會將我們領入它的特殊的境界，使我們能夠看見某些事物，感覺某些感情，沉思人生的某些方面，在我們的想像中經驗我們在現實的生活中可能經驗過，或者沒經驗過的一種存在狀態。（《中國詩學》，幼獅版，頁144-145）

洛夫在〈詩的語言和意象〉一文裡，亦從內在、外在來分析詩，並有簡圖表示如下：

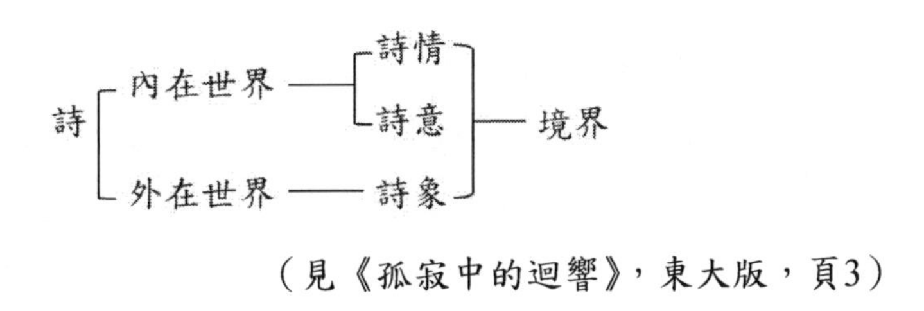

（見《孤寂中的迴響》，東大版，頁3）

從以上所述可知，詩的境界來自於意象與情趣的契合，亦即是內外世界的融合一體。而境界之見，則始於直覺。因此可知詩與散文有別。詩與散文之別，當源於本質與特質之不同，是以詩和散文最大的不同，當是在其所要處理的神思或詩想之不同，以及其表達方式的相異。這種差異可借助葉維廉先生在〈中國古典詩和英美詩中山水美感意識的演變〉裡的一段話：

> 禪宗傳燈錄有一相當出名的公案：
>
> > 老僧三十年前參禪時，見山是山，見水是水，及至後來親見知識，有箇入處，見山不是山，見水不是水，而今得箇體歇處，依然是見山只是山，見水只是水。
>
> 我們認以上面一段話代表我們感應或感悟外物的三個階段，第一個「見山是山見水是水」，可比作用稚心，素樸之心或未進入認識論的哲學思維之前的無智的心去感應山水，稚心素心不涉語（至少不涉刻意的知性的語言），故與自然萬物共存而不洩於詩，若洩於詩，如初民之詩，萬物具體自然的呈現，未有厚此薄彼之別。但，當我們刻意用語言來表達我們的感應時，我們便進入了第二個階段：「見山不是山見水不是水」，由無智

> 的素心進入認識的哲學思維去感應山水，這個活動是慢慢離開新鮮直抒的山水而移入概念世界裡去尋求意義和聯繫。第三個階段「依然見山只是山見水只是水」可以說是對自然現象「即物即真」的感悟，對山水自然自主的原始存在作無條件的認可，這個信念同時要我們摒棄語言和心智活動而歸回本樣的物象。照講，第一個階段（我們早已失去）和第三個階段（我們或可再得）因為不涉語不涉心智（或摒棄語言和心智活動）是不可能有詩的，無語不成詩。在這兩個階段裡要求的是實際的歷驗而非表現。然而，在第三個感應方式影響下的運思和表現和第二個感應方式影響下的運思和表現是有著很微妙的差別的。為討論上的方便，我們可以用哲學上兩個用語來分辨說明。一者為 Noesis，按照現象哲學家胡塞爾（Husserl）的說法，是我們看物（Noema）的種種方式。我們可以直看一棵樹，想像一棵樹，夢想一棵樹，哲理化一棵樹，但樹之為樹本身（Noema）不變。以上看樹的種種公式是 Noetic（知性、理性）的活動，屬於心智的行為，其成果或成品是心智的成品，而非自然的成品，如果詩人從第二個階段出發，所謂 Noetic 的活動，去呈現山水，他會經常設法說明、澄清物我的關係及意義，如果我們從第三階段出發，所謂 Noetic 的覺認，「物原如此」的意義和關係玲瓏透明，無需說明，其呈現的方式會牽涉極少 Noetic 的活動。（見《比較詩學》，東大版，頁139-140）

申言之，詩不是概念性的思考，而是圖像式的觀想，這種圖像式的觀想，是以心象的鮮明性為目的。

五　詩歌的形式與語言

本文所指形式，兼指分類與格律而言。這種形式的要求，乃源自於詩歌的特質，亦即是為達音樂性效果。至於語言，乃是詩歌的媒介與工具，離開了語言，則無詩歌可言。試分述如下：

（一）舊詩與新詩

詩有舊、新。舊體詩又稱古典詩歌，依照形式，可分為古體詩和近體詩兩大系統。古體詩又稱古詩、古體、古風，與近體詩不同。也就是說，近體詩之外的詩就叫古體詩。古體詩通常又可分為兩種。其一是：近體詩以前的，它的範圍，大一點可以包括詩經、楚辭。不過通常指的是上古歌謠以至兩漢南北朝樂府歌行、徒歌等。其二是：近體詩完成後，不符合近體規格的詩。所謂近體詩，是指唐代以後的律詩、排律和絕句。試列簡表如下：

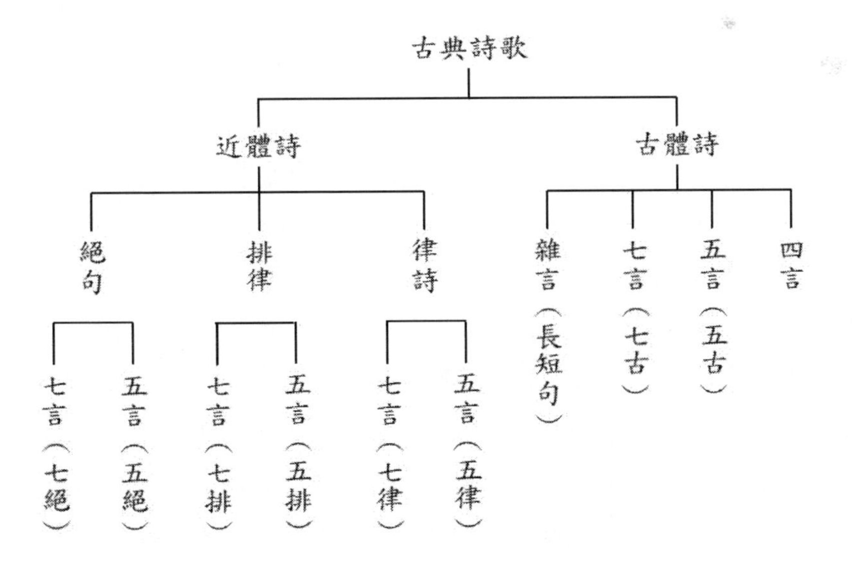

如把古體詩的體裁和近體詩相比，那麼下列的條件是與古體詩無緣的：

一、絕句的起承轉合等句法。

二、律詩中，聯的構造或對句的規定。

三、律、絕中的句型句數。

四、嚴密的押韻。

（見洪順隆譯：《中國文學概論》，成文版，頁28）

古體詩是比較自由的，不但沒有上述的限制，甚至每句的字數也不一定。因此，古體詩的內容是複雜的，由於時間的長久，它有似近體的，有長篇雜言，真是多姿多彩。

至於新體詩，又稱新詩、現代詩、白話詩。新體詩的特質，不須遠求，只要就它三個異名探索，就能掌握到它的特異的本質了。新體詩最早的名字是「白話詩」，這是就語言的使用而言。以白話為主要表達工具，也就是以日常使用的語言為工具，是生活語言與文學語言合一的開始。在這以前，說的與讀的（或寫的）語言不同，思考方式也就不一樣了。白話詩卻要求你怎麼說就怎麼寫，你怎麼想就怎麼說，心、口、手合一，這就是新體詩的第一個特質，以白話為主要表達工具。

第二個特質來自第二個異名：「新詩」，新詩相對於舊詩而言；舊詩有格律的限制，字句、平仄、押韻都有一定的規定，不和諧就不是詩；新詩則不然，打破一切的桎梏，字數不限，平仄不拘，押韻與否也無嚴格限制，而且仿學西洋詩的形式，分段分行，外在的形式十分自由，所以當時也有人稱為自由詩，不過，一般以「新詩」最為流行，一直到今天，仍然有人襲用這個名字。

「現代詩」三個字，則是這種新興詩體流傳最廣的一個名字。新詩階段是一種形式的革命，消極地破除舊詩的格律束縛，現代詩則積極尋求詩的內容之充實，最基本的，現代人寫現代人的生活與感受，在詩的內涵與視境上，擴大了古典詩人所未曾有的積極的參與精神，各種詩的表現技巧與語言魅力，都在這三十年內不斷的加以實驗，詩人的觀念與努力方向漸趨一致。

由前面三個用辭的解釋，可知新體詩最為人所不解的，即是在於形式的不定。新體詩的形式變化多端，不易找到一個適當的名詞為其通稱。羅青曾將其歸為三類：一、分行詩：又可分為格律詩與自由詩。二、分段詩。三、圖象詩。（見羅青：《從徐志摩到余光中》，爾雅版）羅青先生並主張以「白話詩」為新體詩的學名，他的理由是：

> 新詩的語言，變化雖然也很多，但卻有其一貫性，那就是以白話文為基礎，再加上作者個人的加工處理。用白話文寫作，是新詩最大的特色，正好與文言文寫作的古典詩相對。新詩的形式有三，語言則一，命起名來，當然以語言為歸依要來得恰當些。因此我覺得以「白話詩」為新詩的「學名」，以「新詩」為白話詩的「俗稱」，可以減少許多名稱上無謂的困擾。
> （《從徐志摩到余光中》，頁9-10）

（二）詩的格律

用語音來表達語言，是有一定的規則和一定的節奏的。表達語言及語詞組織的規律，我們稱之為語法；語言用語音表達時的節奏，我們稱之為「音律」，因此音律就是有規律的音節，而音節就是聲音方面的節奏。一般語言表達時所顯示的音律，是指語言在表達過程中，其語言聲音所表現出來的高低、強弱、長短及音色的變化之適切分配而言的；若把語言運用到文學上去，尤其是需要特別顯示音律的詩歌，及組織嚴密的有韻文字，則其語言所表現的高低、強弱、長短及音色的變化，更需有十分精密和適切的調配，這種文學語言上的音律，我們稱之為文學音律。申言之，所謂律，是指形式排偶與聲調和諧的法則，也就是指整齊化和音樂化的規格，所以這種律義被稱為格律。無論詩詞、曲文，律化的條件都有兩個方面：「一是字句形式上的要求；一是聲調配搭上的要求。」

古體詩之所以容易被人所接受，即是在於有形式格律可循。其間以律詩格律最為嚴整。以下略述其格律如下：

一、用韻：詩篇押韻的習慣，從詩經時代以迄律詩時代，一直保存不廢。而律詩的押韻形式，在眾多的詩體當中，是屬於穩定的類型。

二、平仄：平仄即抑揚，是語音聲調中最概括、最起碼的單位。平仄的排列是詩歌聲律最基本的法則。

三、對仗：對仗是源於我國文字特性所致，因此對仗在中國文字世界裡，發展得很早。以後到魏晉南北朝，詩文中大量出現對仗的句子。至律詩對仗，原則上是承襲六朝詩的對仗，再加上後人的變化。

四、句式：所謂句式，兼指句數與句中各字平仄的運用而言。我們知道詩句中平仄大都是雙疊的，試將平仄自相重疊，排列如下：

平平仄仄平平仄仄平平仄仄……

這好比一根長竿，可按句子的尺寸來截取它。五言的可截出四種基本句式：

仄仄平平仄
平平仄仄平
仄平平仄仄
平仄仄平平

七言是五言句的頭上加兩字，在竿上也可以截出四種基本句式。這種平仄律，是建立於兩字一「頓」的音節觀念。但是平仄律在創建的過程中，卻流滿了艱辛的汗水。

不論字句形式與聲調配搭，舊詩的格律確實是有其道理，楊國樞等人曾從實驗心理學的觀點，研究舊詩每句數與快感的關係，及舊詩平仄排列與快感度的關係；結果證實舊詩的形式格律，確實有其道理存在。在〈中國舊詩每句字數與快感度的關係〉一文的結論是：

一、中國舊詩每句字數與其快感間確有函數關係，亦即每句字數不同，所具有的快感度亦異。
二、在所用的九種字數中，五言有大快感度，三、四、六及七諸言次之，八、九及十二諸言又次之。二言則與其他諸言皆無快感差異。
（見《心理與教育》，晨鐘版，1974年，頁57）

而在〈中國舊詩平仄排列與快感度的關係〉一文的結論是：

一、不同的平仄排列，可引起不同的快感，換言之，快感度是平仄排列種類的函數。
二、在所用的材料範圍內，大體言之，古人採用過的平仄格律多有較大快感度，此等平仄排列，過去所以被採用與保留，可能原即取決於此。

三、在古人未曾採用平仄排列中，亦有與被採用過的平仄格律有相同的快感度者。為減少「因斟酌字音平仄的是否合律而有損詩意」的困難，吾人實可採用此等新的平仄排列。（同上，頁72）

以上所述是屬於格律為主的形式結構，但我們不得不承認它還有無形的結構，潛藏在作品內部。有形的規格，像押韻、平仄、對仗、句數，這四者都是歷代詩人一再的演練，一再的發明，才有律體的成就。到了唐朝，律詩體裁規格已然成立，詩人們所注意的問題，也就有了轉向，他們運用形式結構上的格律和限制，創造了內部的暗律。所謂內部的暗律，即指：「主題、文意脈絡、韻律、警策、秀句」等方面的經營而言。（以上參見簡錦松：〈彌天法律細談詩〉，《中外文學》，1983年2月）

至於新體詩，因為打破一切的桎梏，字數不限，平仄不拘，押韻與否也無嚴格章則，而且仿學西洋詩的形式，分行分段，外在的形式十分自由，可說幾乎無形式格律可尋。其間雖有格律詩，且其分行亦有音尺、押韻、對稱等原則可遵循，但亦缺乏共識的格律，葉公超在〈論新詩〉一文裡，對這種新詩是解除格律限制的說法，大不以為然，他說：

近二十年中，多半討論新詩的人都有一種牢不可破的觀念，就是，新詩是從舊詩的鐐銬裡解放出來的。這當然是一個隱喻的說法，不過假使我們把隱喻的意義分析一下，我們馬上就可以發現兩層明顯的背景：一、舊詩的格律是一種束縛「真情」的性格；二、新詩是解脫了舊格律的白話詩。簡單地說，第一點

> 的錯誤是不明白格律的用處；第二點的錯誤是根本沒有看清新詩和舊詩的出發點不同在那裡。關於第一點，我們可以肯定的說，格律是任何詩的必需條件，惟有在適合的格律裡我們的情緒才能得到一種最有力量的傳達形式；沒有格律，我們的情緒只是散漫的，單調的、無組織的，所以格律根本不是束縛情緒的東西，而是根據詩人內在的要求而形成的。假使詩人有自由的話，那必然就是探索適應於內在的格律的自由，恰如哥德所說，只有格律能給我們自由。
> （見《葉公超散文集》，洪範版，頁65）

他又說：

> 以格律為桎梏，以舊詩壞在有格律，以新詩新在無格律，這都是因為對於格律的意義根本沒有認識。好詩讀起來——無論自己讀或聽人家讀——我們都並不感覺有格律的存在，這是因為詩人的情緒與他的格律已融成一體，臻於天衣無縫的完美。惟有在壞詩裡，格律才有顯著到刺目的存在；它強人注意到它；因為它暴露了它的機械的排場，和它掩護空虛的形跡。所以，與其說舊詩的格律等於鐐銬，莫如說它是一種勉強撐持的排場。這當然是指壞的舊詩而言，好的舊詩仍然還有人能寫，寫出來還是有格律的，舊詩的格律對於舊詩的文字可以說是最適合，最完備的技巧。（同上，頁67）

他認為我們新詩的格律：

> 一方面要根據我們說話的節奏。
> 一方面要切近我們的情緒的性質。（同上，頁66）

我們知道格律的功用，是要產生種種不同的音樂性的節奏的模型。時人丁邦新先生在〈語言與文學〉一文裡，也強調新詩格律的重要性，他說：

> 現在流行的現代詩就不然了，大部分都是走上無韻的路向，只有極少有句中韻的嘗試，更不必說雙聲疊韻的經營了。我想，詩人不只要有才，還要有功力。舊詩的格律早已不合用，新詩的格律恐怕是不能忽略的，拗盡天下人的嗓子，總不是最好的安排。如果大家都懶得追求，恐怕很容易走上沒落的路。因為從中國兩千年來的詩歌演變史中，無論是詩經楚辭，或是唐詩宋詞元曲，沒有一樣不是有格律的。新詩不能只寫給詩人們看，還要設法在語言的抑揚頓挫之外，建立新詩的格律，才能吸引一般的讀者，才能讓新詩成為這一代不朽的文學。（見《中華日報》（副刊），1980年5月13日）

一味排斥格律，並非智者之見，梁實秋在〈新詩與傳統〉一文裡說：

> 如果我來批評胡先生的看法，我要指出他的最大的缺失是他忽略了中國文字的特性。中國的單音字，有其不便處，也有其優異處，特別適於詩，其平仄四聲之抑揚頓挫使得文字中具備了音樂性，其字辭之對仗又自有一種勻稱華麗之美。中國詩之傳統形式，是經過若干年長久實驗而成，千錘百鍊，方成定型。白話入詩，未嘗不可。但亦不必完全白話，例如律詩，結構謹嚴，「貴屬對穩，貴遣事切，貴捶字老，貴結響高」，但善詩者亦不患其拘束。（《梁實秋論文學》，時報版，頁681-682）

大家認為真正的格律詩應該是寓規矩於形式的創造性作品，而非墨守聲韻成規與機械外型的「豆腐乾」。而分行詩既以自然的聲調輕重為主，而其音樂性便由行內頓挫段落的「節」來控制，是以無固定格律的形式，其形式是隨內容而變化的，它不侷限於某一固定的形式，但在原則上詩人們都要求給予一種嚴肅的、簡鍊的、完整的、和諧的美。而且在習慣上詩人們都慣於給讀者在視覺官能上一種舒適的感覺。因此在有意無意間竟流於一種非固定形式的形式。這種形式只是詩人們和讀者們所共同的習慣而已。由此可知，新體詩之所以為新體詩，即是在於形式的不定。而詩人們的困難，亦即是在於必須兼具形式的創造。因此我們可以說新詩的格律並不是單指形式上的一些規範（如人為的韻腳的整齊），而是一種不受限制，而又方便表現的方法，產生於大天才之手，漸被承認、肯定而使用。是以詩形式與體制會有所變遷，但其變遷並非完全拋棄傳統。楊昌年先生認為優秀作家的特殊風格就是格律，對學習者言，不受限制而又能有助於表現，若是摒棄實在可惜。新詩的創作進展，必應有理想的格律，不能不要格律。楊昌年先生在《新詩賞析》一書裡，曾為格律分析出三項原則：

一、因為世上沒有絕對的完善，所以任何風格都必有其缺點，而且時常優、缺點是並存的一體之兩面，（以唐詩言，李白的浪漫詩有光輝活潑的優點。同時也有與現實人生脫節的缺失）任何文體，風格從醞釀成長，發展極盛之後必然會日漸衰退，這就是文學生物性的原則。

二、任何一個新興的風格都是前一風格的反動，新風格是以他的優點來改進前一風格的缺失，並取代它主流的地位。（如杜甫、元、白以寫實的社會文學風格取代李白個人的，浪漫文學）而新風格本身正也有著先天性的缺點，極盛之後一樣地會沒落而被別種風格取代（如元、白詩風的平淺未能具備藝術深度，其後被李商隱唯美深奧的詩風取代）。

三、時代給人的感覺常是新舊不調和的（舊的已不合時代，新的尚未建立），正因為如此，不斷的盛衰遞嬗促成了不斷的進展。有些時候遞嬗的過程甚至是循環性的；從古典到浪漫、寫實、唯美，又再回歸到古典、浪漫……。其中還有兩項不變的原則，一是風格的改變，常因時代的特性而異（如戰爭時或戰爭後風行的常是寫實）；另一是回歸的風格雖然承繼著舊有的精神，但在內涵與形式與表現上一定都能有創新。（見文史哲版，頁30-31）

（三）詩的語言

中國語文之特質，為孤立與單音。惟其為孤立，故宜於講對偶；惟其為單音，故宜於務聲律。由對偶與聲律所組成的韻文學作品，遂蔚為中國文學之特有景觀。劉若愚於《中國詩學》一書裡，曾說明如下：

> 中國詩大體上並不比西洋詩在範圍上更窄，或者在思想和感情上較不深刻。雖然我們在中國詩中可能很難舉出一部《伊里亞德》（Iliad），《神曲》（Divine Comedy）、《伊底帕斯》（Oedipus）或《哈姆雷特》（Hamlet），但是中國詩整體正像任何其他語文的詩一樣，表現出豐富的多彩多姿的人生全景。中國詩也許在概念的宏大與感情的強烈上比不上西洋詩，但是在知覺的敏銳，感情的細緻以及表現的微妙上時常凌駕西洋詩。做為人生的探索，中國詩能夠把人引到西洋讀者所不知道

> 或者不熟悉的世界；做為語言的探索，它以獨特的音樂迷人地展開語言表現上的巧妙與靈活性；這種音樂西洋人的耳朵聽起來可能有點奇異，可是對於聽慣了的人自有它的魅力。在中國，詩對音樂和繪畫發揮了比在西方更大的影響；這點可以從許多中國的歌和繪畫在概念上是詩的而不是音樂的或繪畫的這個事實中看出來。認為中國詩是中國文化的主要精華之一也是中國精神的最高成就之一並非誇大其辭。（見幼獅版，頁256）

申言之，中文與英文至少有下列幾點的不同：

> 首先，漢字是圖形文字，而英文字是組成文字。漢字不是由一組數量相當有限的書寫單位在固定的空間上拼湊而成，相反的，英文是由幾個簡單的書寫單位拼湊而成。第二，漢字是表意文字，而英文字是表音文字。漢字的形體本身與其字音無直接的關係，漢字來自於六書，傾向於表意。相反的，英文字存在著一套拼寫與發音相對應的規則，但是字的形體本身與字義並無直接的關係。第三，通常在中文裡所說的「字」實際上並不等於英文的「字」；在功能上，中文的「字」是比較接近英文的「詞素」（Morpheme），而中文詞約略等於英文的「WORD」，因此在中文詞裡只有少量的詞是由單一漢字組成，其他大部分是由兩個或兩個以上的漢字組成。（見鄭昭明：〈漢字認知的歷程〉，《中國語文的心理學研究》，文鶴版，頁143）

我們知道，中國語文是音調的（Tonal），且沒有語尾的變化（non-inflective）。其閱讀的媒介文字是意符系統。這三個特性使中文的研

究在當代認知科學的研究上佔著相當重要的地位。(同上，頁99)

就學習閱讀的難易這個觀點來看，因為中文需要很多的視覺處理的關係。據專家實驗的結果綜合看來，英文是在左半球處理，因為英文被試的右視區反應很快。我們知道左腦擅長分析及次序處理的工作，而英文是需要經過字形與字音的分析才能達到字義的一種語言，所以我們認為這種結果是合理的。中文處理的地方與英文恰恰相反，當刺激為中文之單字時，則顯示左視區優越性，表示說中文的單字是在右腦處理。因為中文單字為圖形辨認，而右腦擅長整體圖形、空間等的分析，所以我們覺得這個結果也頗為合理。不過當刺激由中文的單字變成中文的雙詞（如剪刀、蘋果）時，處理中心由右腦換到左腦。這是因為雙字詞使處理工作變成一個語言工作，不再是圖形辨認，因此由右腦換到左腦。對所有的拼音文字而言，不管它是從左到右書寫，或是像希伯來文、阿拉伯文一樣從右到左書寫，它都呈現著右視區——左腦的優越性。

一般說來，閱讀時，我們所看到的不只字義，我們看到的是由字義，字形及字音，所組成的一個整個的東西。而閱讀能力常隨著閱讀的程度而加以改變，也就是說，只有程度較差的讀者才需要字形到字音的轉錄，程度好的不必。中國及日本的兒童在初學文字時，比較難達到形音轉換的自動化，因此要借助「朗讀」來增強學習的效果。

由於中文本身的獨特性，透過語文心理學的研究，我們可以知道中文是天生的詩語言。(有關語文心理學研究，見《中國語文的心理學研究》，文鶴版，及《中華心理學刊》第20卷第1期，1979年9月)而事實上，詩本身即是語言的藝術。劉若愚先生於《中國詩學》裡，曾說明詩語言如下：

詩不僅僅是外在世界與內面世界的探索，而且是詩賴以寫成的

> 語言的探索。當詩人在尋索適當的字句而原來的經驗逐漸變形時，語言的可能性的探索也同時在進行。不論詩人所探索的境界是什麼，他所直接關與的是語言，是「與語言和意義的難耐的搏鬥」(譯註：艾略特的話，見「四重奏」)。如此，詩可以看成雙重的探索，而詩人的工作是雙重的：為經驗的新境界尋求適當的字句以及為熟識的舊境界尋求新的字句。有些感情的境界具有普遍性且和人類一樣古老，例如愛、恨、生的喜悅和死的恐懼等境界，然而這些境界可以用種種不同的方法和強烈的深淺不同加以經驗，因此而獲得不同的表現方式。在另一方面，有些思考方法或者感覺方式，可能是一個民族、一個時代，或者甚至一個特殊社會和文化環境所特有的。這些構成了經驗的新境界而且也要求表現。因此，詩人的工作不僅是第一次說些話，而且是將已被說過一千次的話以不同的方式說出第一千零一次。這種不斷探探語言之可能性的必要才是各種不同的詩形和詩藝存在的理由。(劉若愚撰，杜國清譯：《中國詩學》，幼獅版，頁145-146)

詩語言是屬於情感結構的，詩人非但要創造出經驗的新境界，更應該要尋求從來未被發現的語言的用法，亦即是有新的表達方式，這種語言的表達方式，是意義和聲音的新結合，字句、意象、象徵、聯想的新樣式，也由此構成獨特的神思或詩想。申言之，語言本身具有意義、情緒、語調、目的等成份，但由於著重點不同，詩的語言與散文的語言相形之下，便顯得隱晦而不透明。詩的語言除了表情達意之外，更注重表達的方式。其語言不僅有所指，且有所自隱。詩人使用語言文字，巧盡心思，希望讀者不僅領會指涉的本義，且同時注意文字的結構，筆觸的質地等等。相反的，實用散文但求辭達，表現的方式因此退居其次。是以詩的語言，首須精練，要把許多浮詞冗語刪汰淨盡，許多介詞不要，甚至動詞也可省，有時主詞根本不需點明，這和所謂「最好的字放在最好的位置」之說頗為相似，我們的單音文字特別適合這樣的安排。

語言的表達與措辭方式，顯然便是詩的精華所在，這是源於對訊息本身的重視。常人說話或下筆，主要的目的在於達意，對文字的質地與結構並不加特別的注意。同樣的，聽眾與讀者對語言文字的質地也不太計較，一般人聽了一句話，看了一張便條，所留意到的往往是語言背後的涵義，而非語言本身。但相反的，詩人所苦心經營，所關注的卻是語言的質地。詩人往往想盡辦法，要把語言本身及背後的涵義加以隔離，以使讀者可以從容優遊於文字之間。

語言有書寫語言、口頭語言及肢體語言。而古體詩以書寫的文言為主，新體詩則以口頭語言為主。其間差異羅青說明如下：

> 中國文字語法富跳躍性，這一點在文言中已發展得淋漓盡致，使得抒情傳統在中國詩史上擁有悠久深厚的基礎，而造成了敘事詩與長詩不發達的現象。「文言文」使中國文字的跳躍性得以展示，「口語」則使中國文字在文法上的分析性得以顯露；其跳躍性適合表現抒情的題材，其分析性則適合表示敘事的題材。我們看宋元以來的小說，多用白話，便是一個絕佳的證據。新詩的「白話化」，一面可補中國文學在敘事詩方面之不足；另一方面，則仍然可以利用中國文字的特性，繼續闡揚自詩經以降的抒情傳統。（見《從徐志摩到余光中》，頁11）

不論文言文或口語，詩語言要皆以創新準確、豐富精練、生動為主，其特性簡述如下：

1 抒情性

詩的主要功能在表達情感，要求可感，側重意象與韻律之美。我們不能說散文中毫無情感，事實上所有語言既是知性的，也是感性的，都含有情理的成分，只不過詩所表達情感的本質和方式，和散文所表達情感的本質和方式有所不同。散文中的情較為外露，悲歡離合，嬉笑怒罵，皆可形之於色，而且表達的方式直接了當。詩中的情則較為內斂，平靜而深刻（熱情奔放，漫無節制，可能是浪漫主義的重大缺陷），實際上它是一種審美的抒情狀態，一種純粹的心靈感應，有時甚至提升為相當於音樂中那種形而上的或神秘經驗的感應。這種情緒不產生利害關係，例如我們面對一片自然美景，我們會油然生出一種悠然神往、心曠神怡的心境。此時「我」已不存在，心中沒有知感，只留下一片空明，個人情感與自然融會冥合。你看到的樹，絕不會想到把它砍下來去蓋房子，你看的雲，絕不會想到它會給我們帶來多少雨量，因為這些只是為我們欣賞的孤立形象。

2 想像性

詩不是自然的模仿，而是心靈的創造品。詩之能稱為創造品，因為它主要是想像的。但是詩中的想像必須依賴於具體的意象，才能使詩的容貌鮮活地在我們心中呈現。

3 多義性

在各種文學類型上，也許詩是唯一享有多義性特權的作品。詩語言的多義性可使詩意更為豐富，詩的價值大部分建立在「以有限暗示無限」上，所謂含蓄，所謂「意在言外」，或者「見不盡之意於言外」，所謂「味外之旨」，無非都在說明：詩情詩意不僅表現於可知解

的語言層面，更隱藏於語言的背後。（以上見洛夫：《孤寂中的迴響》〈詩與散文〉，東大版，頁57-64）

總之，詩語言的傳達力在於「必能狀難寫之景，如在目前；含不盡之意，見於言外。」（〈詩人玉屑〉卷六）簡單的說，這是把字句裡面的意義分作兩種方式來傳達：一種是把內在的想像品曲盡其妙地表現於語言中；一種是用相關的或相反的語言來映帶那說不盡的想像品。因此詩語言是創造的，也是提煉的。關於詩語言的創造與提煉，洛夫在〈詩的語言和意象〉一文裡認為有兩點值得注意：

> 第一：詩的語言必須具有創意，古人所謂「造境」，就是利用活的、新鮮的語言，以創造一個新的世界。其次：經營詩的意象，有時要運用一些特殊技巧。（見《孤寂中的迴響》，頁14）

總之，詩語言的處理方式有異於一般的語意表達。一般說來，語言的思考以事實思考為主，而詩語言是以主觀為主，又企圖以有限的經驗做無限的表達，因此其語言思考常反其道而行，也就是說詩語言的思考方式，時常是一種的謬誤的思考方式。就思考而言，人與人之間的語言溝通有三種的障礙，這三種是：放射思考、推論思考、定義思考。（詳見徐道鄰：《語意學概要》，友聯版，頁52-59）而詩語言就是大量利用這種錯誤的思考方式，如「流年似水」、「人比花嬌」即是應用推論思考，這種推論思考，其歷程是：

> 事實→推論→評判

我們可以說「流年似水」是評判，但評判並不相等於事實，也就是說它缺乏可逆性。

詩語言為尋求未被發現的語言的用法，甚至不惜摒棄正規的語法規則，而採用各種的特殊技巧，在新舊詩中都可以找到許多例子，洛夫在〈詩的語言和意義〉一文裡曾有說明，試略述如下：

一、動詞：王安石的「春風又綠江南岸」，是以形容詞當動詞用，使句法特別生動。鄭愁予的「那雁的記憶，多是寒了又暑了的追迫」中的「寒」、「暑」，是以名詞當動詞用。

二、形容詞：楊喚的「白色小馬般的年齡」，不但以名詞當形容詞用，更妙的是以動物來形容年齡，顯得新鮮有趣。

三、倒裝句法：這是詩中化腐朽為神奇最好的例子，古體詩中運用得最多。如杜甫的「香稻啄餘鸚鵡粒，碧梧棲老鳳凰枝」。

四、主賓認同：詩人利用這種方法以加強語言的精練，而產生情景的交融的渾成感。如李白的「浮雲遊子意，落日故人情」，其中的主詞「浮雲」、「落日」是實景，賓詞「遊子意」、「故人情」是詩人的感懷，二者本不相干，但由於詩人情感的貫穿，始產生認同的效果。

五、具體與抽象的轉化：古體詩一向講究「虛」與「實」的相互交替，使具體的事物與抽象的意念或情感產生認同，鄭愁予的「我達達的馬蹄是美麗的錯誤」之所以傳誦，就是這種手法的效果。

六、矛盾語法：詩語言的一項特色就是矛盾語法，或者是意象中的矛盾情境。也就是蘇東坡所說的「詩以奇趣為主，反常合道為趣」。所謂反常，就是使平凡而互不相干的，或相互矛盾的事物作一種新穎而突然的結合，以產生一種新的美學關係，目的在求得一種驚奇效果，如「風定花猶落，鳥鳴山更幽」，這種情況初看很不合理，根據常識，「風定」與「花落」、「鳥鳴」與「山幽」是相互矛盾的，反常的，但實際上卻又符合我們的經驗，符合我們的內在感受，這就叫做合道。光是反常，詩語言必然失去有機性的生命，而成為一片混

沌，故還必須合於我們經驗的真，或想像的真。（以上詳見《孤寂中的迴響》，頁14-19）

由上可知，詩語言不受數、格、時制等限制的自由，主詞和動詞的省略，詞類的流動性。這種現象是由於中文所享有的在文法限制上較大的自由所致，也由此增加詩的效果，更因此使中文比英文更適於作詩之表現的工具。（詳見《中國詩學》第四章〈詩的詩言在文法上的某些方面〉，幼獅版，1977年6月，頁59-74）

詩語言是凝鍊的，它以簡約的文字感染讀者，引起讀者豐富的想像，這是任何其他文字語言所不能比擬的。試舉例說明如下：

〈菩薩蠻〉　溫庭筠

小山重疊金明滅，鬢雲欲度香腮雪，嫻起畫蛾眉，弄妝梳洗遲。　照花前後鏡，花面交相映，新帖繡羅襦，雙雙金鷓鴣。

這是溫庭筠的一闋詞，我試以首句說明其語言藝術，「小山重疊金明滅」，就整句而言是寫景，寫的是一道屏風，並從景物中透露出主角的情思。所謂小山重疊是指屏風上，峰巒重疊，暗喻主角心事重重，且所謂心事重重，並非什麼大事，僅似小山之小事而已，此種小事乃個人之事，或謂可大可小；至於「金明滅」，是說屏風上的山水乃屬北宗的金碧山水，金字並說明主角的房間乃屬富麗，但語言的深層意義，則說明主角心境有如金屬之冷；明滅，則點明時間是在早上，陽光照進屏風上的山水，因山水重疊而造成陽光的折射，而使陽光閃爍不定，並見其心境。以下各句，可自行詮釋。

總之，詩語言是有異於其他的文學語言，而其相異處是在語言的表達和措辭方式。這種表達和措辭方式的不同，乃是由於思想方式的不同；詩的思想方式是圖像式，也有人稱它為直覺、感性，或稱為水平思考；這種的思想方式是屬於右腦的功能；我們的左腦趨向於藉符號、文字來思考，而右腦則趨向於藉知覺形象來思考。我們用左腦來推理、判斷、說話、計算數字；而右腦卻是夢想、知覺、想像、直覺的來源；以下簡列左右腦在功能上的差異：

左腦	右腦
說	不經描述，即能知曉
讀	立即看出整個事物
寫	看出相同之處
分析	了解類推和隱喻
思想的聯貫	直覺
摘要	洞察力
分類	感覺劇情內容
推論	綜合
說理	想像
判斷	空間的認知
計算的數學能力	視覺的記憶
字句的記憶	分辨各種類型
使用符號	以自己的方式感覺
管理時間	使所有的事物與目前相結合

（本表見哈佛管理叢書：《如何開創你的創造力》，頁10-11）

有人說電腦只不過是一個龐大的左腦而已，因此有人提倡「右腦革命」。我們可以說詩的思想方式是右腦的運作；當然，詩作品的產生，是需要統合與利用兩邊的腦，洞察力的閃現是右腦思考的結果，而將洞察力加以分析是左腦的功勞。

六　兒童與詩

兒童讀詩，大致說來一般人還能接受。至於要兒童寫詩，則有許多人不同意。我們相信，詩可以抒發感情，表達性靈，至少可以使人身心舒暢，達到陶冶心靈的效果。至於是否合適於兒童，或許我們該從兒童本身去了解。

首先，我們擬以兒童生理、心理上去了解，一般說來，兒童生理的發育情形，與成人不同。有下列幾方面，值得我們注意：

一、兒童體質的構造，水份較多，在嬰兒期，身體中的水份，竟佔百分之九十七；到了兒童期，仍佔百分之七十四，但是到了成人，就只佔百分之五十八了。所以兒童的肌肉，特別柔軟，並且富於彈性。還有嬰兒的骨骼因為石灰質太少的原故，韌性過大，易於彎曲。所以對兒童的坐立和睡眠姿勢，要十分注意，以免造成各種畸形。

二、兒童的血管太大，心臟太小，因此血壓微弱，心跳過快，所以我們不應讓兒童做過久或過於劇烈的運動。以免兒童的心臟受損害而發生危險。

三、幼小的兒童，因牙齒還沒有長齊，咀嚼食物不易細碎，又因唾腺不發達，腸的蠕動很慢，消化能力十分薄弱，所以兒童的食物，應當多吃比較柔軟而易消化的東西，不然就會損傷腸胃妨害健康。

四、兒童的肺量太小，呼吸快而短促，因此氧氣輸送不夠，抵抗疾病的能力很弱，所以容易得氣咳、百日咳、肺炎等病症。

五、兒童的神經系統和微細肌肉尚未發達，所以不應當強迫兒童做過於精細的工作，最好當鼓勵兒童多與自然界接觸，先發達其粗大的肌肉，這樣才適合於兒童生理的發展程序。

六、兒童的頭腦特別大，初生的時候，就相當於成人的四分之一，七歲的時候，就相當於成人的十分之九，到十四歲的時候，已經完全和成人一樣了。雖然這樣，但是我們卻不能就誤認兒童的智力，也隨著腦的增大而成熟，所以我們不能要兒童與成人做同樣的工作，收同樣的效果，只能鼓勵兒童多到各種不同的和比從前更大的環境裡去活動，以充實其生活經驗。

至於兒童的心理可說是隨著生理的成熟而逐漸發展，一般說來，其心理方面的特性有：

一、兒童是好奇的：一個兩三歲的兒童就常常喜歡問：「為什麼？」「那是什麼？」漸漸長大了，更能把問題的性質變得十分複雜，在這時候，作父母的，和作教師的，就更應該用一種適當的方法去指導他，獎勵他，並且啟發他的思想，使他們發出更有意義的問題，同時更要不怕麻煩的詳細答覆他的問題或者引導他自己尋求解答。這樣不但可以擴大他的知識範圍，同時更能夠使他知道如何去探討知識的方法。所以對兒童好奇好問的特性，應當特別注意培養，以養成日後研究學問的良好基礎。

二、兒童是好動的：我們如果注意觀察兒童的動作，就可知道他們好動的情形了。當兒童初生下來的時候，手腳就喜歡亂抓亂踢，除去睡眠生病以來，差不多沒有一分鐘不是動的。到了他能夠爬行的時候，更喜歡爬到各處去玩耍，而不願意作片刻的靜坐，這卻是很正常的現象，也是兒童身體發育必有的過程。一個聰明的父母，應當利用兒童的好動，使他有機會作適當的活動，並且給他預備合宜的場所和設備，以鍛鍊兒童的身體。

三、兒童是好遊戲的：兒童對於遊戲，簡直和吃飯睡覺一樣的重要，常見許多小孩子，在遊戲最高興的時候，飯也不想吃了，覺也不想睡了，無怪乎有人說小孩子的生活中，只有三件大事，肚子餓了想吃飯，飯吃飽了就想遊戲，遊戲倦了就想睡覺。可知在兒童時代，除了吃飯和睡覺之外，就只有遊戲了。父母和教師應當認清兒童這種需要，並且設法幫助兒童得到充分遊戲的機會，因為遊戲對兒童的體格、品格和知識，都有大的助益。

四、兒童是好群的：假設強迫一個兒童獨自在一間房子內，不要他和外人有接觸的機會，那簡直是一種最痛苦的懲罰，好群是人群的天性，更是兒童的天性，兩三歲的兒童喜歡和兩三歲的兒童玩耍，五六歲的兒童喜歡和五六歲的兒童玩耍，父母為了適應兒童這種好群的心理，應當替他們選擇年齡相當性情相近的良好友伴，使他們能夠從朋友中獲得群體生活的快樂和滿足。

五、兒童是天真純潔的：基督教的聖經上說：「人如不像小孩子，就不能進上帝的國。」這是說明兒童心靈的純真，但是一旦成長，因為受著複雜環境的薰染，就慢慢地喪失他的天真純潔。父母和教師都應當為了保持兒童這種天真純潔的心靈，而留意他的教育，孟母三遷擇鄰，不是沒有道理的，因為兒童假如整天處在說謊、偷竊、打罵……的惡劣環境中，自然也會慢慢地染了不良的習慣。

六、兒童是好勝的：愛好別人稱讚和喜歡自我表現，幾乎是每個兒童共有的心理，這種心理的存在和發展，如果沒有良好的指導，就很容易產生妒忌、仇恨等惡果，所以父母和教師，應常指導他，鼓勵他用正當的方法和態度與別人競爭，同時使他有自我表現的機會。

七、兒童是想像豐富的：我們如果留意兒童的行為，就常常會發現兒童在沒有人和他玩耍的時候，或是摹倣動物的活動，或是做成人的樣子，或是拿了木偶或玩具來做他假想的伴侶，向他說話，向他發笑，這些都是兒童想像力發達的表現，但是這種想像力，必須予以適當的指導和控制，因為兒童的知覺、記憶、判斷都不十分正確，如果沒有適當的指導和控制，很容易成為一種幻想。

八、兒童的注意力是短暫的：注意力的長短，往往隨著年齡而差異，成人的注意力最長也不過二、三小時，何況兒童呢？小孩子對於一件事情的注意，是不能持久的，所以父母和教師，假如要兒童在長久的時間內只做一件事情，實在太不合理，應當給兒童有適當的休息，或改變其工作的方法和工作的內容。還有兒童的注意力，不但是時間很短，而且還不能專一，所以成人絕不能強迫兒童，像成人一樣的專心一事，因為他們的興趣注意，是常常在轉移的。

九、兒童是好摹倣的：兒童不斷的在發現他環境中的新事物，凡是可以摹倣的，就盡量的倣效，這固然是兒童接受知識的門徑，但兒童一切惡劣的習慣，也多半由於不良的摹倣而來，優良的父母和教師，應該知道這點，而為兒童佈置良好的環境，使他們有學習好習慣摹倣好動作的機會，因為間接的暗示教育，實在是比直接的訓誨的教育要有效得多。例如你要兒童愛清潔，與其對他講述清潔的好處，倒還不如替他佈置清潔的環境，或者父母自己先養成清潔的習慣，暗示兒童去摹倣。（生理、心理部分皆參見《現代兒童教養研究》，商務人人文庫本，頁11-17）

由於兒童在心理、生理與社會等方面的獨有現象，因此海維斯特曾收集了一個最容易了解且最有用的發展工作表，試列兒童期階段中的主要工作如下：

嬰兒期與兒童期早期的發展工作：

學習走路。

學習食用固體食物。

學習說話。

學習控制排泄機能。

學習認識性別與有關性別的行為和禮節。

完成生理機能的穩定。

形成對社會與身體的簡單概念。

學習自己與父母、兄弟姐妹以及其他人之間的情緒關係。

學習判斷「是非」，並發展「良知」。

兒童期晚期的發展工作：

學習一般遊戲所必須的身體技巧。

建立「自己正在成長的個體」的健全態度。

與同年齡夥伴相處。

學習扮演適合自己性別的角色。

發展讀、寫及算的基本技巧。

發展日常生活所必須的種種概念。

發展良知、道德觀念與價值標準。

發展對社團與種種組織的態度。

（見胡海國編譯：《發展心理學》，華新版，頁17）

其次，我們擬從皮亞傑的兒童認知發展加以解說。皮亞傑（Jean Piaget 1896 -1980）是瑞士人，他是人類智慧的探索者，曾以六十餘年歲月致力於兒童認知發展研究，對人類智慧科學有鉅大的貢獻，其創新與革命性之學說，被世人認為可與佛洛伊德（Sigmund Freud 1856-1939）對人類情緒發展之研究相提並論，皮亞傑認為人類認知結構發展其有一定次序：

感覺運動階段（0-2歲）

運算前階段（2-7歲）

具體運算階段（7-13歲）

形式運算階段（13-15歲）

（關皮亞傑認知發展本文所述請參見江紹倫：《認知心理學說與應用》，聯經版）

其中二、三兩階段與國小時期的兒童息息相關，以下略述這兩階段的特徵。一般說來，運算前階段的特徵是：

一、自我中心主義：皮亞傑曾把運算前階段兒童的思想，類歸為界於成人思想和佛洛伊德的無意識（Freudian unconsciousness）的自我中心思想兩者之間。這一階段的兒童，無法神入（empathy）他人的地位，也不能接納別人的意見，作為許多意見中的一種，加以處理和協調，這點可以從他經常表現在他人面前自言自語的特別的行為中窺見一斑。同時，這時期的兒童也無法超越自己看東西的角度，描述或表象同一物件的另一角度的面貌。要是他對某一事物的印象是從甲角度觀察所得的結果，而你命他描述這同一事物的從乙角度看到的面貌，他是無能為力的。這也就解釋了一般幼稚園兒童均有其特別繪畫的透視方法的道理。譬如說，一般的幼稚園兒童均把房屋畫成平面的形象，要他以成人的方法去縮繪立體的房屋是不可能的事。

這一階段的兒童，從不懷疑自己思想的真實性，也不會要從別人的思想，或事物的客觀性中去印證自己思想的是非。即使當他遇到事實與自己思想矛盾的情景，自我中心的兒童也會毫不躊躇地宣布事實的錯誤，因為他覺得自己的思想是永遠的。不過，我們要認清楚，這種自我中心思想傾向，是這一發展階段的特徵，它是過渡性的，並不是兒童蓄意要唯我獨尊，或是帶著什麼高傲妄大的價值意識。他這種特行的行為只是不自覺的，正如兒童時常自我言語，並不表示看不起周圍的人，而是這階段的一種自然的行為。

二、中心點片見性：運算前思想最突出的特點，是個體對事物認識的片面性。這一階段的兒童，在觀察一件事物時，注意力往往集中在該物最突出（他最感興趣）的一面，對於它的其它面貌，則一概忽視。這樣，他的辨別和推理，便是片面、不完全的、也是不全面正確的。以成人的眼光來看，這一階段中的兒童，對事物的判斷均是片面的、皮毛的、過於簡化的；甚至是魯莽的，原因是他未能考慮周全、觀察入微，和三思而定。也因此，兒童有時常有創見，入木三分的看法出現。

三、變換性：本階段的兒童思想上的另一個特點，是未能了解事物的變換性。當他們觀察一件事物的連續變換時，會把注意力集中在事物變換中的某些狀態上，只看到變換中的許多暫時出現的狀態，或是事物變換的最後結果，而忽視了事物從始至終整體的變換。也就是說，他只本著知覺去跟隨變換中的、按次序的新狀態，而未能把這些由變換產生的許多新狀態組合成一個始與終的關係。他的思想既不是歸納的，也不是演繹的，而是變繹的（transductive）可是他卻能抓住剎那之永恆。

此外，變繹的推論方法更有其他的特點。例如，兒童對於同屬一個推論連環中的聯繫因素，往往只能看到它們的相聯關係（associative relationship）而未能領悟其間所含的因果關係（causal relationship）。換言之，他只能把一些相關的因素並置（juxtapose），而不能拿它們來作邏輯的結合，這一知識發展期的兒童，還未能作系統的界定和關聯。同時，運算前階段兒童的思想是混合的（syncretic），在他的眼光中，所有的事物均有著相聯關係，由並置聯繫著，成為一個混合的整體。因此，他們認為一切的事情都是合理的，因為並置的事物之間不可能出現矛盾，也就沒有什麼不合理的可能。為了他們有著這種信念，這一階段中的兒童便不能領悟到機會（chance）和機率（probability）的概念。

為了他們不能了解事物的變換性和因果關係，這時期兒童們的邏輯思想發展便受著直接的限制；由於未能領會事物的真正關係，他們的思想是不完全的，要待思想成熟，還要經過更長時間的發展。

四、非可逆性：運算前思想的另一特點是它的非可逆性。要了解思想的非可逆性，我們必須首先明白可逆性這一觀念。可逆性（reversibility）是皮亞傑學說中很重要的一個概念，它的全面意義是相當繁複的，在這裡只能作極簡單的解釋。可逆性的思想是可以沿著一定的思路進行推理（例如跟隨著一連系的邏輯步驟，或一件事物的連串改變等），直到達到一定的結論，然後，倒轉方向，倒置本來的思路，把原來的思路線索，和引導它的一切意象物態，相反地重新建立起來，直至歸反原意。由此，可逆性的思想是靈活的、流動的和平衡的。

自我中心主義、中心點片見性、變換性、非可逆性這幾個特點是緊密相連的，它們同時限制著認知發展運算前階段的思想方式和實質。

由此可知，運算前階段，乃屬右腦思考方式，他們有與生俱來的豐富想像力。遊戲是學齡前的生活重心，是提供認知、社會化、情緒等各方面發育成長上極有價值的催化劑，因遊戲而發掘探索周圍世界時，使他們更具有更多的能力，遊戲有感覺性、實用性、象徵性、規則性，都分別有他們的益處。

具體運算階段的特徵：

一、守恆：守恆這一概念，即是物量不因形狀和位置的變化而改變的概念或機略。換言之，兒童如果可以認識到物體不會因為它的形狀或位置的變化而改變其本質大小的道理，便是有了守恆的概念。

二、序列：序列是指內心安排事物大小次序的能力。

三、分類：把物件分門別類是日常生活中最頻出現的活動。從很早的時候開始，兒童便把物件和人分類。

具體運算是由內心的機略所策動的，不受知覺支配，在生活中經常應用到邏輯思考，但他只能思考眼前所見的事物，此階段可視為介於前邏輯思考與完全邏輯思考間之過渡。具體是為關鍵，兒童因能採用邏輯運思方法，惟限於解決與具體的（指真正可觀察）物體、事件有關之問題，方能有效，對於假設純語言、抽象則無能為力。

綜合以上所述，我們知道兒童的認知運算一定要依賴對實物的觀察和操作才能發揮。在具體運算時期，兒童的基本思考方式仍然是演繹式的——由特殊而一般，他們仍需要具體實例的輔助。在這個時期，小孩已有保留概念；但是，在理解和尚未理解這個概念的過渡時期，他們可能有時候會顯出保留概念，有時候則否；在某些環境中顯出保留概念，其他情境則否。到了形式運算期以後，就比較少再依賴具體事例；使用語文或符號的能力逐漸增強，抽象思考能力出現了，原理或原則的推理能力大增。這時，他們已有「作假設」、「作檢定」的能力了。總之，這種了解抽象事物關係的能力，是基於兒童得到充份的物體經驗，和社交經驗的條件下發展而來的。總之，兒童認知發展的主要推力，是兒童本身不懈的活動和經驗，這種不懈的活動和經驗，是最初的詩心，是源於兒童的感官經驗，也是兒童的「感情情緒」。

兒童在思考過程裡，源於已知事實的不足，時常不能有正確的判斷，並且也時常把判斷錯認為事實，這種的謬誤，卻是詩語言。詩語言是情感的結構，這種情感的結構，是建立於歧義性、含混性與暗晦性。總之，這種主觀、直覺、片斷及實例性的圖像式觀想，是兒童的素心，也是兒童天生的詩心。雖然，詩是以個人的體驗為基礎，或強調獨自的感受性，但詩卻不僅止於情緒的原始發洩，因為兒童在創作過程中，只有強烈的情緒感受，或察識，也就是說只有直覺的「緣情」，而反省可能很少，更不易有「志的活動」。我們知道，詩的偉大，在於有境界及語言的創新。所謂有境界及語言的創新，則有賴於形式運算的能力，可是兒童卻缺乏這種能力。因此，我們相信兒童具有天生的稚心，他們是天生的詩人，但卻不是偉大的詩人，他們不容易寫出不朽的作品，他們只是具有稚心。

申言之，兒童寫詩，是有異於成人的，兒童寫詩大皆源於由外而內的，受外事、外物影響而產生於心中的，這就是所謂的直覺的感受。也就是童心的呈現。童心的呈現，使兒童有機會凝視自己的心，了解自己的心，如此情有所洩，情有所鍾，他們的愛惡喜怒之情緒才能流露出來。也就是說在詩裡面能夠看到兒童的心和事。舉凡兒童的天性、思想、生活、成長、心理、希望和憂愁等情緒，皆可自詩中看到，如此才使詩顯得更親切、更可愛。因此兒童詩歌的欣賞角色當是以：「詩情、畫意」為主，這種「詩情」、「畫意」，是「緣於情」，是兒童寫詩歌的起點，也是終點，兒童是不重視或缺乏「察識」與「反省」的過程，更談不上「志之活動」。因此所謂「境界」與「語言的創新」，只能說可遇不可求，且有失之於簡陋。這種直覺與圖像式的活動，可說是一種「想像力」與「創造力」的訓練與活動。這種想像力與創造力的訓練與活動，不論就理論或實際而言，皆可自小就加以引導與訓練，而詩教育就是其中的一種好材料。至於其引導則有助於「成人為兒童寫作的詩」及「適合兒童欣賞的詩」。

日本詩人北原白秋對兒童寫詩有精闢的見解，林鍾隆先生在《兒童詩觀察》一書曾有引錄，試轉錄如下：

> 本來，兒童是天生的詩人。因此，讓孩子們作詩，大人不可以去考慮對大人所必要的任何功利性的事物。對兒童自身來說，他們作詩外人若懷疑其必要性，那是對兒童的侮蔑。孩子們詠詩，那是孩子們的本來面目，是比必要更高的事情。孩子們本來就是詩人。是清純的、無邪的、天真的、銳敏的。訝異就是訝異，驚奇就是驚奇，悲、喜就是悲、喜，怒就是怒，愛憐就是愛憐。是真實的，是不做偽的。佛性發放著本然的光輝。——當他們在盡情遊戲的時候，無心流露的二、三幼兒的一言半語，如果一個也不聽漏，就會禁不住驚異，那都是一個

一個吐著詩的玉珠。——以為孩子們專心於詩，就會變得懶惰、輕浮，那是對藝術與詩根本上穿鑿錯誤的人所講的話，對兒童的知情意綜合的美的陶冶，除了依據詩、音樂、繪畫，我們相信是無法他求的。

純正的詩可以使人的生活更為崇高、更為優美、更為豐富，並不是使人飛入游離現實的虛構的世界去，逃避現實社會，造成虛飾者、或是優柔寡斷性格的那種東西。我們的宗旨，並不是要製造專門的詩人或童話作家。而是要塑造趣味廣泛、詩情崇高、有愛心、有勇氣、有德性、意志剛強的對各種學科都有作為的人物，以迎接光輝的新世紀的到來。因為詩是人生的香氣。我們要寫作兒童詩，一方面是從自己的童心發出的、純粹的藝術作品，是為自己的創作——當然對兒童本有的感情，給予誘導、暗示，加以引發出來，在這一點上相信有相當的貢獻。無論如何，許多傑出的童謠作家、童謠、童曲的提供，我想對孩子們不知是多大的滋養，不知會使孩子們的生活變得如何幸福。特別是對童謠復興的新運動以前，日本兒童們的不幸，不能不加以省視。至少他們的小學校並沒有充分供應他們打心底裡喜歡的歌謠。關於這一點，我認為向來的小學唱歌（音樂），都是不合格的、非藝術的。因此痛感以藝術的新歌謠取代小學唱歌的必要。並且期待我們將要到來的勝利。（益智版，頁31-33）

幼兒的言語中有詩，自北原白秋發表了他的感覺之後，並沒有多少人加證明，但是依據北原白秋以後零星所見的論文，大概可以歸納為下列幾點：

一、幼兒，因為所見、所聞、所體驗的，都是新鮮的。因此，當時的言語中，就有感動在，由於言語具有鮮活的生命力，所以有詩。
二、幼兒的認識，不是概念的，而是即物的；不是觀念的，而是具體的。因此，是蘊含著實感的詩性的東西。
三、幼兒的言語，是自然發生的，是無意識的，不是思考的言語，而是情緒的言語。因此，不是散文的，而是詩的。
四、幼兒的言語，不是句子很長的，不是有理論構造的；由於是感覺的，直感的短短的句子，所以不是散文性的，而是詩性的。
五、幼兒並沒有儲備豐富的詞語，想要表現某種事物的現象時，不是一般平俗的表現，而會把語詞做新鮮的結合，才會變成詩的言語。
六、幼兒的話，有和他的呼吸完全相配的韻律，具有非散文的韻律性，所以是詩。
七、幼兒也有美的意識、疑問、自我主張、喜怒哀樂。他們的感情、情緒表現，就成了詩的言語。

幼兒的言語有詩的見解，大概可以歸納成這七種。這些，是詩的母型、原型。要伸展他們由感覺力、直觀力而產生的觀察力、想像力，培養詩的認識能力。在發達幼兒的認識能力，充實幼兒的認識內容上，可以說是不可或缺的。

幼兒的認識，不是知覺的，而是感覺的；不是構造的，是直感的；不是意識的，是無意識的；不是論理的，是實感的；不是計劃的，是自然發生的；不是散文的，是詩的。這樣了解幼兒的認識，以磨練其感性與知性，可以說是符合幼兒成長的正確的對待方法。（見益智版，頁65-66）

總之，兒童認知的發展要依賴對實物的觀察和具體的操作才能發揮。只有發展至形式運算階段，才可以想到未來，作思考抽象的概念。形式運算階段的思考，是所謂的理性思考、認知思考，或稱為概念思考。一個完整的邏輯運算的過程，具有下列的四個特色：

> 一、它是屬於內心的，可以同樣通過思想或實物進行。
> 二、它是可逆的。
> 三、它是守恆的。
> 四、它的作用與整個運思系統密切關係。
> （見《認知心理學說與應用》，聯經版，頁62）

一般所謂的認知思考是指：「邏輯方法（即演繹法）」、「經驗科學方法（即歸納方法）」。這種認知思考，有人稱它為垂直思考，相對的思考則稱為水平思考、圖像式思考。目前我們強調知識的獲得並非僅由理性，於是有人提供右腦革命，一般而言，水平思考有四個原則：

> 一、認識控制性的導向觀念。
> 二、尋求觀察事物的不同角度。
> 三、脫開垂直式思考的嚴密控制。
> 四、多多利用機會。
> （見《水平思考法》桂冠版，1983年3月，頁69）

這四個原則，也就是水平思考的特色與價值，就思考方式而言，詩與兒童確實有其相似之處。但我們知道認知思考不離符號、語言與概念。甚至我們可以說語言是思想的本身，但從前面的說明裡，可知兒童在語言與認知的基礎上，皆未臻成熟的地步，概略的說，兒童語言世界的特點正如林良說的：

> 一、語彙有限。
> 二、語法的錯誤。
> 三、專用語彙。
> 四、專用語調。
> 五、發音困難。
> （詳見《國語日報》〈兒童文學週刊〉第359期〈兒童文學創作裡的語言世界〉）

而其意識世界的特點，亦如林良所說：

> 一、純真
> 二、沒有時空觀念。
> 三、物我關係的混亂。
> 四、想像自由。
> （詳見《國語及兒童文學研究》研習叢刊第三集，頁124）

雖然有許多哲學家、宗教家都極力讚美兒童，但我們仍不得不承認兒童是純樸的，就思考方式而言，兒童的水平思考方式只是詩的起點，也是終點，其中缺少「過程」。以下試用兩段話說明兒童與詩的關係如下：

> 宋嚴羽《滄浪詩話》有言：「詩有別才，非關書也；詩有別趣，非關理也。然非多讀書多窮理，則不能極其至」。（見《歷代詩話》，藝文版，頁443）

> 吉州青原惟信禪師說上堂，老禪三十年前，未參禪時，見山是山，見水是水；及至後來親見知識，有個入處，見山不是山，見水不是水；而今得個休歇處，依前見山只是山，見水只是水。大眾這三般見解，是同是別，有人緇素得出，許汝親見老僧。（見《指月錄》，真善美版，冊四，卷二十八，頁1878-1879）

我們可以說兒童是天生具有詩人的本質，這種本質，是別才、是別趣，是「見山是山，見水是水」的起點，而非極其致的「見山只是山，見水只是水」的境界。兒童要成為詩人的明日之星，仍必須經過一番寒徹骨，方能有梅花的撲鼻香。

七　結論

總結以上所論，我們相信兒童的詩教育是無可懷疑的。但是我們也不必刻意去培養未來的詩人。詩教育的本質在於遊戲情趣的追求；而遊戲情趣的活動和經驗是促進兒童認知發展的必要條件。因此詩教育的實際效果則在於才能的啟發，並促使兒童邁向形式運算階段。持此，詩教育的終極目標可說是在於人文的涵養。林鍾隆先生在〈詩教育的重要〉一文裡，亦曾說明其重要性如下：

> 詩的教育可以說是心靈教育，是人生教育中何等重要的一項！詩教育，是凝視自己胡亂塞入心裡的知識、道德、思想、觀念、技能、經驗，了解它們，消化它們，賦予它們生命的、綜合的教育。做教師的，讓學生好好欣賞詩，好好習作詩，是無可旁貸，不容推卸的責任。詩作得好，作不好，是另一回事，作詩的心靈傾向，是人生教育所不可缺的，也是最重要的，猶

> 如捆綁塞有一切收穫的大袋口的圖形勾環。惟有作詩的人才能常常從人生的漩渦中跳出來，冷靜地看清旋轉得叫人迷亂的一切現象。（見《兒童詩觀察》，益智版，頁16）

又我們知道，詩的教學有異於作文，作文的主要目的是在練習文字的表達能力，也就是口能說的，進一步用筆述。而作詩雖然與表達能力也有關係；但是主要目的不在練習文字表達能力，而是感情、感動、心情、心緒的吐露，也可以說是心的呈現。基本上，詩是一種情感結構，詩是訴諸感覺，具有想像力和創造力。因此詩的教學始於感官的感覺運動，而教學的重點則在語言，只有透過語言內涵意義的了解，才能提昇思考的層次。因為語言行為的本身就是思考的主要部分。也惟有提昇思考的層次，方能有創造力可言。

我們更要了解兒童詩歌的發展，雖僅有七十年左右，但我們的詩歌遺產，並不僅是只有「五四遺產」與「抗戰遺產」而已，別忘了我們另外還有悠久的歷史。詩歌的源頭是民謠；兒童詩歌是新體詩的近親，兒歌、童謠則是其遠親。從其中吸取乳汁，並了解兒童認知發展，該是從事兒童詩教育者當務之要事。

持此，個人認為我們對兒童詩歌的教育應有下列的認識：

一、了解兒童的創作歷程。兒童的創作歷程有別於成人，一般說來，兒童的歷程主要是情的活動，也就是以感官的感受為主。感官的感受以觀察為立足點，只有透過完整的觀察，方能激發兒童的想像力，進而有創造力。這種觀察是具體的，也是生活的。如果缺少觀察的基礎，所謂的想像，會淪為文字遊戲。

二、詩歌教學是語文教學的一部分。個人認為詩歌教學以語文為主，而非以文學為主。透過詩歌的教學，以學得正確的語文知識是不可忽略的事實。過分強調文學教育，會導致兒童語文學習的失敗。詩歌教學的重心，在於語言及其表達方式。但這種語言及表達方式，以不違反語文的正規原則為主；至於所謂的吟唱，只是教學方式之一，亦非重心。

三、詩歌可以激發兒童的想像力和創造力。據一九七三年八月二十三日內政部所公布《托兒所設施標準》，其中托兒所幼稚園課程，其語言課程的目標乃在於陶冶性情，提高興趣，發展想像力。兒童與詩的思考方式，皆以水平式為主；這種水平的想像力，乃是人類的天賦，透過詩歌的腦力激盪，可激發兒童的想像力，進而發展創造力。而兒童學習詩歌，更可始自於感覺運動階段，只要他有感覺，就能接受，而其早期的接受方式，又以音樂化為主。而就審美發展而言，則在於審美感受力的養成。

總之，個人以為兒童詩教育的終極目標在於人文的涵養。而在本質上，是在於遊戲情趣的追求。至於實效上，則是在於才能的啟發。又就教學而言，則是屬於語文教育的一部分。

參考書目

一

王志健　《現代中國詩史》　商務印書館　1975年12月
朱光潛　《詩論新編》　洪範書店　1982年5月
朱光潛　《詩學》　正中書局　1962年9月
汪紹倫　《認知心理學說與應用》　聯經出版事業公司　1980年9月
周伯乃　《現代詩的欣賞》　三民文庫　1971年2月
林鍾隆　《兒童詩觀察》　益智出版社　1982年9月
洛　夫　《孤寂中的迴響》　東大圖書公司　1981年7月
洛　夫　《洛夫詩論選集》　金川出版社　1978年8月
徐哲萍　《中國詩哲學的深究》　德華出版社　1977年8月
高尚仁、鄭昭明合編　《中國語文的心理學研究》　文鶴出版社　1982年5月
張漢良　《現代詩論衡》　幼獅期刊叢書　1977年6月
張漢良、蕭蕭編選　《現代詩導讀》　故鄉出版社　1979年11月
楊昌年　《新詩賞析》　文史哲出版社　1982年9月
葉維廉　《比較詩學》　東大圖書公司　1983年2月
劉百川、蕭世傑編著　《現代兒童教養研究》 商務人人文康　1971年1月
劉若愚著　杜國清譯　《中國詩學》　幼獅文化事業公司　1977年6月
蕭　蕭　《現代詩入門》　故鄉出版社　1982年2月
羅　青　《從徐志摩到余光中》　爾雅出版社　1978年12月

二

《中華心理學刊》　第20卷第1期　1979年9月

游　喚　〈論舊詩予新詩之啟示〉　《古典文學》第四集　學生書局　1982年12月　頁137-157

葉公超　〈論新詩〉　《葉公超散文集》　洪範書店　1979年9月　頁63

鄭毓瑜　〈詩歌創作過程的兩程模式—詩緣情與詩言志〉　《中外文學》　第11卷第9期　1983年2月

盧元駿　〈從詩史發展論現代「新詩」〉　1976年10月　《詩學》第一輯　巨人出版社　頁55-80

簡錦松　〈彌天法律細談詩〉　《中外文學》　第11卷第9期　1983年2月

貳
釋童謠

一　緒論

(一) 童謠與俗文學的關係

俗文學，因為它通俗，所以本色自然，樸實無華；因為它流行民間，所以品類繁多，體用廣大；因為它出自庶民之手，所以任性而發，最多真聲，最能沁人肺腑。總之，它是傳統社會裡的大眾娛樂，同時也是民眾教育的根源與教材。

而其間最先接觸者，就是童謠。蓋兒童學語，不成字句，而自有節調，童謠無非應兒童身心發展之需，以滿足其喜音多語之性而已。因此，舊日傳統的社會裡，兒童總會在私塾發蒙之前，學一些童謠。也就是說以前的小孩，自牙牙學語時，就開始學童謠。純樸而清新活潑的童謠，是孩子們生活中快樂的泉源與乳汁。林海音女士在〈為《中國兒歌》的出版而寫〉一文裡曾說：

> 在我的幼年時代，學齡前的兒童教育不是交給托兒所、幼稚園，而是由母親、祖母親自來撫育他們教養。子女眾多的家庭（那時子女不多的家庭很少吧！）就加入了奶媽和僕婦。無論主僕都識字無多，不懂得「兒童教育」，但是孩子們仍然在學習：語言的學習，常識的增進，性情的陶冶，道德倫理的灌輸……，可以說都是從這種「口傳教育」——兒歌中得到的。

> 因此我們敢說，中國兒歌就是一部中國的兒童語意學、兒童心理學、兒童教育學、兒童倫理學、兒童文學……。可是在學校教育普及和大家庭生活解體的今天，兒歌卻沒了影兒了，我們也許會說，學校教育不斷進步，使兒童讀書識字、畫圖遊戲、做人做事，有更科學的方法來達成教育的目的。就連我自己，雖然幼年的兒歌，朗朗上口，可是當我教育我的孩子，已經不使用這套了。
>
> （見朱介凡編著：《中國兒歌》，純文學版，頁1-2）

而新制教育興起後，學校裡所教的歌曲就淹沒了傳統的童謠。

中國古代歌謠的著錄，或因音樂的關係，或因占驗的關係，見於所謂史書裡的大抵不外這二種；因此，中國自古以童謠比於讖緯。自來史書記錄童謠者，率本此意，多列諸五行妖異之中。蓋中國視童謠，不以為孺子之歌，而以為鬼神憑託。所以，童謠這兩個字，在過去很多的時間中，是被看得烏煙瘴氣的。大家認為童謠是一種神怪的讖語。乃天上的生宿下凡所歌唱，用以預報國家治亂、人事變化的。

至唐宋以後，俗文學興起；而明代，有王陽明的重視兒童教育，其中以〈訓蒙大意示教讀劉伯頌等〉一文，最能代表他的兒童教育理論，他說：

> 誘之歌詩，以發其志意；導之習禮，以肅其威儀；諷之讀書，以開其知覺。

他主張順自然，因勢利導，反對拘束；而更重要的是他教兒童唱詩。他認為唱詩，可以「洩其跳號呼嘯於詠歌，宣其幽抑結滯於音節。」他在贛南為各縣學規定教約，關於兒童的唱詩，有種種的設計。他認為兒童期是人生的春天，是充滿了陽光、歡躍和歌唱。後來，呂德勝、呂坤父子編纂、更改了諺語和格言，又採用當時的童謠，取其起興，另行撰述了「教子嬰孩，蒙以養正」的語句，先後刊印《小兒語》、《女小兒語》、《續小兒語》和《演小兒語》等。大概是受了王陽明的影響。明代，公安派反對復古，獨抒性靈，對民間文學頗為重視。而馮夢龍更獨力大量採集、編纂和研究民歌。至清朝，有鄭旭旦《天籟集》，輯錄當時吳越童謠，間有諺語，計四十餘首。

其後，歐風東潮，遂有歌謠的徵集。歌謠徵集，始於一九一八年二月，由劉復、沈尹默、周作人三人擔任編輯，錢玄同、沈兼士兩人負責考訂方言。五月底起，劉復的〈歌謠選〉陸續在《北大月刊》上發表。九年冬天，成立「歌謠研究會」。一九二二年十二月十七日，北京大學二十五周年紀念日，《歌謠周刊》創刊。他們收集的目的有二：一是學術的；一是文藝的。至於分類則採民歌與兒歌二分法。而徵集的對象則以全國近世歌謠為主。其實童謠的收集，早在一八九六年九月，即有義大利人Guido Vitale刊有《北京的歌謠》一書，收錄北京童謠的集子。至於國人第一本童謠集，則是黃詔年的《孩子們的歌聲》，收錄有南中國童謠二〇三首。出刊時間是一九二八年。

所謂兒歌，即是童謠。其用語是受歐美影響。在英語中，兒歌一詞，頗有許多歧義的字，比較普通的是，Rhymes’ nursery song。前者只是一種「韻語」，後者則是「撫育兒童之歌」的意思。以韻語表示兒歌，含義自然，有點廣泛；撫育兒童的歌，也只是兒歌的一部分，似未能概括全體，實不若童謠之明達可用。

（二）童謠教育的今昔

對於童謠，一般說來，有三種不同的著眼點。其一是民俗學的：他們認為童謠是民族心理的表現，含蓄著許多古代制度儀式的遺跡，可以從其中得到考證的資料。其二是教育的：他們認為歌吟是兒童的一種天然的需要，便順應這個要求，供給他們適用的材料，能夠收到更好的效果。其三是文藝的：他們認為童謠裡有許多可以供人取法的風格與方法，並且可供欣賞。早期採集者，以文人和教授為主，因此，其研究要皆以教育和文藝等觀點為主。考一九二九年八月頒布的幼稚園課程標準，及國民小學最初之課程標準，皆已列有「兒歌」為教材。早期較為人所熟知的研究有：

周作人　〈兒歌之研究〉　見《歌謠周刊》　第33期、第34期　1923年11月18日、25日

褚東郊　〈中國兒歌的研究〉　收入郁達夫主編　《中國文學研究》（上）　清流出版社影印　頁361-373

民國初年的學者，要皆認為兒歌即童謠。周作人在〈兒歌之研究〉一文裡，開宗明義的說：

兒歌者，兒童歌謳之詞，古言童謠。

其間雖有不同意見，但並不過分的排斥，如葛承訓《新兒童文學》一書第五章〈童謠和民歌〉裡說：

童謠是兒歌的一種，好似讖緯，有所根據，其言或中或否。或者以童謠可為鑒戒，可為將來所占驗的，更有以童謠是熒惑所作；熒惑從天而降，變為童兒，造此妖言。這都是無稽之談。童謠乃是各時代民眾編排的，或頌讚德政、或抨擊時事，流行於世，便成兒童所歌誦的材料。也許是野心家故意造作童謠，

使兒童傳誦歌唱，又是另有作用的了。我們以後世的眼光看童謠，童謠大都是政治的或歷史的性質。

（見《新兒童文學》，上海兒童書局版，頁32）

而其間要以朱自清的說法最為平實，朱氏在《中國歌謠》第五章〈歌謠的分類〉裡說：

兒歌之研究（《歌謠》三三、三四號轉錄）中說兒歌是「兒童歌謳之詞，古言童謠。」但自來書史紀錄童謠者，多信望文生義的熒惑說，列之於五行妖異之中。故所錄幾全為占驗及政治的童謠；童謠的範圍於是漸漸縮減，而與妖祥觀念，相聯不解，這個錯誤應該改正；我們須知占驗的及政治的童謠，只是童謠的一部分，而不是它的全部。（見世界書局版，頁138）

其後，國民黨政府遷臺以來，幼稚園與國民小學的課程標準幾經修訂。於一九七五年八月，公布《國民小學課程標準》，十二月公布《幼稚園課程標準》，亦皆保留有「兒歌」之教材。在臺灣童謠之受重視，依個人的感覺，似乎始於喻麗清編《兒歌百首》。該書在一九七八年八月由爾雅出版社印行。當時並有「民間有聲出版社」製成有聲唱片一張。而後，由於師專奉命開辦幼稚教育師資料和幼稚園教師進修班，兒歌更為人所重視。其間重要研究論述如下：

劉昌博　《中國兒歌研究》　自印本　1953年7月

朱介凡　〈兒歌〉　《中國歌謠論》第五章　臺灣中華書局　1974年2月　頁315-382

朱介凡編述　《中國兒歌》　純文學出版社　1977年12月

廖漢臣　《台灣兒歌》　臺灣省政府新聞處　1980年6月
周吉羽　〈中國童謠〉　《中國的童玩童謠》　常春樹書坊　1981年12月　頁30-43
蔡尚志　〈兒童歌謠與兒童詩研究〉　《嘉義師專學報》　第12期　1981年4月　頁165-276
〈童謠之分析研究〉　基隆市正濱國民小學　1982年5月
許漢卿編著　《童謠童詩的欣賞與吟誦》　省教育廳　1982年6月
馮輝岳編著　《童謠探討與賞析》　國家出版社　1982年6月
簡上仁　〈台灣童謠概論〉　《台灣民謠》第五章　省政府新聞處　1983年6月　頁170-212
楊兆禎　〈客家童謠〉　《客家民歌》　天同出版社　1984年6月　頁41-43
陳正治　《中國兒歌研究》　啟元文化公司　1984年8月
林武憲　〈兒歌的認識和創作〉　《認識兒童文學》　中華民國兒童文學學會　1986年12月　頁57-68

以上論述要皆著眼於教育觀點為多。其間以朱介凡、馮輝岳、簡上仁、陳正治等人著作較具特色。馮著側重在文學性。簡著給人耳目一新，可補文史學者的不足，而陳著適合做教本。至於朱著，其功力之深，實無人能出其右；但由於朱先生力主童謠並非兒歌，遂又啟童謠、兒歌異同之爭。

朱氏以民俗學觀點，及近世歌謠的概念，來界定著錄的童謠，似乎有失公平；是以引發本人探索童謠之心。

（三）本文寫作的動機

有關童謠的教育功能與分析及創作方面的論述，讀者可從上列書中得知，於此不論。蓋本文著重在釋名界說。有從字義、詩歌起源立論，有從分析《古謠諺》有關童謠用詞為證，並引述當代音樂家的看法為佐證。其目的只是在說明童謠即是所謂的兒歌而已。並於文末列傳統歌謠書目（主要以近世童謠、古童謠為主），乃在於我們明天的下一代有豐碩美好明日的憶懷，套用黃詔年在《孩子們的歌聲》一書裡的獻言：「願童心已逝的人們呀，在此獲得些許的乳香！」雖然，俗文學以集體性、口頭性、變異性、匿名性、傳統性為其特徵。因此，有人認為俗文學一經文字記錄下來，即喪失其為俗文學的資格。而事實上，由於文化與社會結構的轉變，童謠不再是口傳教育、口傳文學；但我們卻可加以研究、整理與保存，使其納入傳統中。有關傳統，艾略特在〈傳統和個人的才能〉一文裡，有段精闢的話，試引錄如下：

> 如果所謂世代相傳的傳統，其唯一的形式在於墨守我們前一世代的成功，盲目地或戰戰兢兢地因循我們前一時代的作風，那麼，「傳統」應該積極地被斷絕。我們看到許多這種單純的涓涓細流隨即消失在砂中；而新奇勝於重覆。傳統所具有的意義較此更為深長。傳統並不是可以繼承的遺產；假如你想獲得，非下一番苦功不可。最重要的是傳統含有歷史的意識，那是任何一位二十五歲以後仍想繼續做詩人的人幾乎不可缺少的；這種歷史的意識包含一種認識，即過去不僅僅具有過去性，同時也有現在性；歷史的意識使一個作家在提筆寫作的時候，不僅僅在骨髓中深切地感覺到自己的時代，同時也感覺到荷馬（Homer）以來的歐洲文學整體，以及其中一部分的本國文學整體，是一個同時的存在，而且構成一個同時並存的秩序。這種歷史的意識是超越時間即永恆的一種意識，也是對時間以及

> 對永恆和時間合而為一的一種意識：這是一個作家所以具有傳統性的理由，同時也是使一個作家敏銳地意識到自己在時代中的地位，以及本身所以具有現代性的理由。（見杜國清譯：《艾略特文學評論選集》，田園出版社，頁4-5）

個人並非執意傳統，但在傳統消失的今日，如果我們能留有幾個傳統的用詞和童謠者，又何必遽言淘汰？

二　歌謠的釋義與起源

（一）釋義

詩歌是文學中產生最早的作品；在未有文字以前，已經有口頭上唱的詩歌了，這是文史學家公認的事實。

詩歌是全稱用語，包括「言志」的詩，與「詠言」的歌。言志的詩，主要是指被士大夫階級認同的詩、詞；而詠言的歌，主要是指散落民間韻文形式的成品，一般稱為歌謠。詩歌也可簡稱詩，但不稱之為歌。其間差異，或許在於雅俗。就雅俗相互影響而言，歌謠是詩歌的源頭。因此，歌、謠、詩等字，就字源、字義而言，雖有分別，但就一般的用法而言，似無分別。三字之間有歌謠、歌詩、詩歌等不同的組合。其間，影響所及，更使童謠、兒歌糾纏不清。一般說來，我們對歌謠有較正確的認識，是在一九一八年北京大學開始徵集歌謠的時候。而後，國民政府遷臺，學術形成斷層，且當時收集歌謠多少是受外國的影響。參考外國的材料，是有益的，但也免不了有其極限。再加上兒童詩歌的推展，乃緣於教育的實用功能，甚少有學術的研究，以致不容易為童謠、兒歌正名。或許正本清源之途，可從釋名開始。

詩歌之別，始見於《尚書》〈堯典〉；舜命夔典樂，教冑子，〈堯典〉說：

> 詩言志，歌永言，聲依永，律和聲。八音克諧，無相奪倫，神人以和。

孔安國傳：

> 謂詩言志以導之歌，詠其義以長其言。（十三經注疏本，藝文印書館，頁46。）

其重點：一是詩言志，一是詩樂不分。或謂詩、歌是一體的兩面，「在辭為詩，在樂為歌」。這種說法，雖為爭議，卻可見詩歌與音樂的關係。考「詩」字不見於甲骨文、金文，《易經》中也沒有。今文《尚書》中只見了兩次。除〈堯典〉篇的「詩言志」外，還有〈金縢〉篇：

> 于後（周）公乃為詩以詒王，名之曰：鴟鴞。

〈堯典〉晚出，「詩」字的出現，當是在周初。《詩經》中提到「詩」字的只有三次，其中兩次還是與「歌」、「誦」二字並提：

> 矢詩不多，維以遂歌。〈大雅．卷阿〉
> 吉甫作誦，其詩孔碩。〈大雅．崧高〉
> 寺人孟子，作為此詩，凡百君子，敬而聽之。〈小雅．巷伯〉

而《詩經》中用「歌」字的凡十四處：

其嘯也歌〈召南・江有汜〉
獨寐寤歌〈衛風・考槃〉
我歌且謠〈魏風・園有桃〉
可與晤歌〈陳風・東門之池〉
歌以訊之〈陳風・墓門〉
是用作歌〈小雅・四牡〉
作此好歌〈小雅・何人斯〉
君子作歌〈小雅・四月〉
式歌且舞〈小雅・車舝〉
嘯歌傷懷〈小雅・白華〉
來游來歌〈大雅・卷阿〉
維以遂歌〈大雅・卷阿〉
或歌或咢〈大雅・行葦〉
既作爾歌〈大雅・桑柔〉

還有與「謠」字同意義的「誦」字，在《詩經》裡曾用四次：

吉甫作誦，其詩孔碩〈大雅・崧高〉
誦言如醉〈大雅・桑柔〉
吉甫作誦，穆如清風〈大雅・烝民〉
家父作誦〈小雅・節南山〉

可知《詩經》是屬於歌謠的時代，那時的人幾乎是無時不歌，無地不歌，無事不歌；而且此時詩是「以聲為用」。《詩經》所錄或為樂歌，樂歌重在歌誦；所以，多稱「歌」、「誦」。在《漢書》〈藝文志〉則稱之為「歌詩」。此外，也有稱之為風謠、謠辭、口謠。又有以「風謠」總稱歌謠的。而一般稱之為歌、謠，或歌謠合稱。至於歌謠兩字，首見於《詩經》〈魏風．園有桃〉：

> 心之憂矣，我歌且謠。(《詩經》(十三經注疏本)，藝文版，頁208)

毛傳說：

> 曲合樂曰歌。徒歌曰謠。(同上)

毛傳本之於《爾雅》。《爾雅》〈釋樂〉：

> 徒歌謂之謠。(《爾雅》(十三經注疏本)，藝文版，頁83)

這是歌謠的最早解釋，證之於許慎的《說文解字》，即可知其權威性。甲骨文不見歌謠兩字。《說文解字》：

> 歌，詠也。從欠哥聲。(見漢京四部善本新刊本，頁416)

段注：

> 言部曰：詠，歌也；二字為轉注。(同上)

許慎收有從言謌字。段注：

歌永言，故從言可部，曰哥聲也。古文以為謌字。(同上)

「歌永言」，語出《尚書》〈堯典〉。而謠字，《說文》作同䚻，說：

䚻，徒歌，從言肉聲。(同上，頁93-94)

段注：

釋樂曰：「徒歌曰謠。」魏風毛傳曰：「曲合樂曰歌，徒歌曰謠。」又大雅傳曰：「歌者比於琴瑟也，徒歌曰謠，徒擊鼓曰咢。」今本或妄刪之。
各本無聲子，缶部䍃以缶肉聲，然則此亦當曰肉聲無疑。肉聲則在第三部，故繇即由字。音轉入第二部。故䚻、瑤、繇、傜皆讀如遙。䚻、謠古今字也。謠行而䚻廢矣。凡經傳多經改竄，僅有存者，如漢五行志女童䚻曰：「檿弧萁服。」余招切，二部。篇韻皆曰：䚻、與周切，從也。此古音古義。(同上，頁94)

至於徒歌的聲調，《爾雅》〈釋樂〉孫炎注說：

謠，聲消搖也。

以上區分歌謠，是以「聲」而論。聲是指音樂而言，有樂器伴奏稱之為歌，不附伴奏的叫做謠。這是最通俗且流行與權威的說法。總之，歌、謠是有區別的，鄭樵《通志》〈正聲序論〉說：

古之詩曰歌行，後之語曰古、近二體。歌行主聲；二體主文。詩為聲也，不為文也。……

二體之作，失其詩矣，縱者謂之古，拘著謂之律，一言一句，窮極物情，工則工矣，將如樂何？

（據《韻文論述彙編》下冊，世界版，頁1140引）

姜夔《白石道人詩說》也說：

守法度曰詩，載始末曰引，體如行書曰行，放情曰歌，兼之曰歌行，悲如蛩螿曰吟，通乎俚俗曰謠，委曲盡情曰曲。（見何文煥輯：《歷代詩話》，藝文版，頁439）

對於歌謠的名義，歷來還有許多解說，大體上與爾雅、毛傳相近。《古文圖書集成》〈庶徵典〉卷一五三至一五七有「謠讖部」（楊家駱先生收錄在《韻文論述彙編》卷113-117）、清朝杜文瀾《古謠諺》的凡例及卷一百〈集說〉，均有收錄；朱自清《中國歌謠》首章也有分析，讀者可自行取閱。可是，在實際應用上並不如此涇渭分明，因此，杜文瀾在《古謠諺》的凡例裡說：

謠與歌相對，則有徒歌、合樂之分。而歌字究係總名。凡單言之，則徒歌亦為歌，故謠可聯以言之，亦可借歌以稱之。（見世界版，頁4-5）

其實，不僅歌、歌謠可作全稱用，謠也可以作全稱用。至於歌謠聯為一詞，始見於《淮南子》〈王術篇〉：

> 古聖王至精形於內，而好憎忘於外。出言以副情，發號以明旨，陳之以禮樂，風之以歌謠。（見《新編諸子集成》冊七，《淮南子》，世界版，頁130）

又《漢書》〈藝文志〉：

> 自孝武立樂府而采歌謠，於是有代、趙之謳，秦、楚之風，皆感於哀樂，緣事而發，亦可以觀風俗知薄厚云。（見《廿五史》冊二，《漢書補注》，藝文版，頁903）

可知歌、謠、歌謠皆可做全稱用，且通常又皆指民間詩歌而言。而事實上，杜文瀾在《古謠諺》的凡例裡，認為謳、吟、唱、誦、譟等，都可稱為謠，而歌、詞、賦之類，有時也可認為是謠。所以朱自清在《中國歌謠》裡所說：「中國所謂歌謠的意義，向來極不確定：一是合樂與徒歌不分，二是民間歌謠與個人詩歌不分。」（見世界版，頁4）一味別其異同，則容易落入言詮。就以「我歌且謠」為例，因為斤斤計較是否合樂，所以，不易有合理的解釋；致使三十年代的陳夢家為之不解，陳氏在〈風謠釋名〉一文裡說：

> 有次葉公超先生問我，說《詩經》〈魏風．園有桃〉「我歌且謠」，若謠即歌，不煩重言，所以，謠必不是歌，而是舞。當時我頗猶疑，僅僅想到「謠」與「遙」與「缶」的關係，不敢確說謠是舞。……
>
> 最初的謠舞，必是且舞且歌，《詩經》所謂「我歌且謠」、「來游來歌」的「謠」、「游」，似乎專指舞而言，但它必與歌並行。最初的謠，不但歌舞並行，而且是男女相和相誘。……

> 由上所述，謠的最初義是舞，擊缶為節。謠舞時的歌，也名謠。古代於中春求偶期中，男女相對而歌舞，其辭淫蕩，其態窕冶，所以，謠引申為淫為誘。因為互相誘致，故其歌詞常為一時的感激衝動，事過境遷，往往不能守其諾言，所以，「謠」引申為「謠言」、「訛言」。（見《歌謠周刊》第3卷12期，頁4-5）

而朱介凡先生也作〈我歌且謠〉一文，贊同其說，他說：

> 說起來，《禮記》的〈樂記〉，其最末尾的幾句話，已為「我歌且謠」下了注腳：「歌之為言也，長言之也。說之故言之。言之不及，故長言之；長言之不足，故嗟嘆之；嗟嘆之不足，故不知手之舞之，足之蹈之也。」（《我歌且謠》，世界書局，1949年，頁3）

並且證之於苗徭、高山族歌謠唱誦。依合樂與否而言，「我唱歌而且唱民謠」，確實文義欠通，若依葉公超說法，則為「我歌唱而且舞蹈」，則說得過去。其實，這種的解說，拘泥於字義，其弊在於落言詮。申言之，在文中歌、謠或同義，或含混，全由讀者想像而補足。鄭玄的解說可說頗為中肯，鄭箋說：

> 我心憂君之行如此，故歌謠以寫我憂矣。（見《詩經》（十三經注疏本），藝文版，頁208）

詩無達詁，確有其意義。但我們仍可以從葉、陳等人的說法中了解，一味就字源去尋求，也無法了解歌謠。個人以為想了解歌謠的本質，或許只有擴及相關的層面，以下試說明之。

（二）起源

就現在的詩集而言，《詩經》是最可靠的古詩集；至於最早的詩歌，馮沅君在《中國詩史》一書裡，則認為見存於卜辭。他說郭著《卜辭通纂》第三七五片說：

> 癸卯卜：今日雨？其自西來雨？其自東來雨？其自北來雨？其自南來雨？（見坊間影印本，頁7）

體裁很近漢魏〈江南可採蓮〉。但這種文獻記載的資料，只能肯定書面語言記載的開始，無關乎起源。蓋歌謠起於文字之先，全靠口耳相傳，心心相印，一代一代地保存著，其源起或當與人類起源一樣久遠。沈約《宋書》卷六十七〈謝靈運傳〉史臣曰：

> 民稟天地之靈，含五常之德，剛柔迭用，喜慍分情。夫志動於中，則歌詠外發。六義所因，四始攸繫；升降謳謠，紛披風什。雖虞夏以前，遺文不覩，稟氣懷靈，理無或異。然則歌詠所興，宜自生民始也。（見《廿五史》《宋書》，藝文版，頁761）

詩歌始於生民，則其起源已不是一個歷史的問題，而是屬於心理的問題。要明白詩歌的起源，首先要了解人類何以要唱歌做詩？〈詩大序〉說：

> 詩者，志之所之也。在心為志，發言為詩。情動於中而形於言。言之不足，故嗟嘆之；嗟嘆之不足，故永歌之；永歌之不足，

不知手之舞之，足之蹈之也。情發於聲；聲成文，謂之音。

鍾嶸《詩品》〈序〉：

氣之動物，物之感人，故搖蕩性情，形諸舞詠。

詩歌是表現情意的。在戀愛時，在勞動時，在遊戲時，在祭祀時，在戰爭時，都是一樣，人們心中蘊藏著情意，自然而然地要表現出來，就不自覺的表現為詩歌。而其表現也不是單純的歌唱或徒歌。所謂「不知手之舞之，足之蹈之也」，亦即其相伴而有樂或舞。《墨子》〈公孟〉篇說：

誦詩三百，弦詩二百，詩歌三百，舞詩三百。（見《新編諸子集成》冊六，《墨子閒詁》，世界版，頁275）

又《呂氏春秋》〈仲夏紀・古樂篇〉：

昔葛天氏之樂，三人操牛尾，投足以歌八闋：一曰：載民，二曰玄鳥，三曰遂草木，四曰奮五穀，五曰敬天常，六曰建帝功，七曰依地德，八曰總禽獸之極。（同上，冊七，《呂氏春秋新校正》，頁51）

又《淮南子》〈道應訓〉：

今夫舉大木者，前呼「邪許」，後亦之之，此舉重勸力之歌也。（同上，冊七，《淮南子》，頁190）

《禮記》〈樂記〉說：

> 詩，言其志；歌，詠其聲也；舞，動其容也。三者本於心，然後樂器從之。（見《禮記集說》，世界版，頁213）

詩歌並非單獨存在。今日的人類學者與社會學者，由於對土著民族的研究，更確定了最初的詩歌、音樂、舞蹈是三位一體的混合藝術。而三者共同點就是節奏。在原始時代，詩歌可以沒有文字意義，音樂可以沒有旋律，舞蹈可以不問姿態，但是都必有節奏。後來藝術分化，三種藝術仍保持節奏；但節奏之外，音樂盡量向旋律方面發展，跳舞盡量向姿態方面發展，詩歌盡量向文字意義方面發展；於是，彼此距離日漸拉遠。

詩歌的緣起與樂、舞有關，陳世驤在〈原興〉一文中，釋「詩」字可說深得其意。他說：

> 詩和以足擊地做韻律的節拍，此一運動極有關係，此尤其於古文字的象形。以足擊地做韻律的節拍，顯然是原始舞蹈的藝術，和音樂、歌唱同出於一源。（見《陳世驤文存》，志文版，頁227-228）

在分化過程中，分立最早的大概是跳舞，而詩歌可能是最慢。就現在的甲骨文有樂、舞兩字，而不見詩、歌兩字，可見樂、舞源起甚早。

但不論後來分化如何，其起源也當與人類的實際生活有密切的關係。臺靜農先生〈從杵歌說到歌謠的起源〉一文說：

> 感情是歌謠的原動力，而感情的現象如何，則決於人類的生活。我們所以研究歌謠的起源，要注意到人類實生活的背景。可是時代久遠了，最早的風格也隨著改變了。……然而，由這一問題看來，證明了歌謠起源與人類的實生活有密切的關係。因為半開化民族，唱歌同飲食一樣的重要，人類生存的需求，一面是物質供給，一面是精神的慰安，而精神的慰安為文學音樂藝術，這些都沒有，那只有惟一的歌唱了。可是歌唱又非離生活而獨立，它是與生活有連環性的。現代的半開化的民族，尚可以給我們許多例證。
>
> （見《歌謠周刊》，第2卷第16期，頁1-3）

所謂「實生活」，就先民而言，恐怕就是指與民族社會內部活動有關連，尤其是祭禮和儀禮。此時民眾的感情，由表達的自我要求尚未高張。有人認為原始音樂單一最重要的功能，是宗教的功能，包括了儀式資料以及魔法藝術性質。他們認為音樂的始源，可能是人類為求與神靈溝通的一種特殊方式。《詩經》裡最早的詩是「頌」，而頌本身即屬祭典的祭事詩。日本白川靜於《詩經研究》一書裡，從民俗樂的觀點，詮釋歌謠的起源如下：

> 歌謠的本質可以說遠在神咒束縛人的時代即已萌芽，一般說來，其形成是源於表現的自由衝動，正如〈詩序〉所謂「詩言志」，《古今集》序亦承此說曰：「一切有情莫不愛歌」。詩能抒情，抒情是出自人類最根底的要求，這是發生論的看法，古來既然，但並無必然的歷史事實以證成此說。民眾感情之獲得自由必先脫離神的束縛，具體而言即從閉鎖氏族制之羈絆解放。在這轉變以前，歌謠是神的頌歌，專門為敬奉神而存在的。

歌與「訴」字可能有語源的關係。就文字起源之意義推敲，歌乃責神而呵叱或訴之於神之意。「歌」字的基本字根是「可」。歌，古作「訶」，春秋時期青銅器銘文凡取「歌」意者多作「訶」。「可」是合木柯之形與「口」而成的字，「口」古作「ㅂ」，象形放置祈禱文詞之器。其中放納禱文之形是「曰」，古字形在上部稍稍開口。曰者閱也，指誦讀禱文或宣告神諭。祈禱神靈之際，古人奏唱禱詞，使神靈聽到他們的祈求，有點像今日使用團體壓力的味道，這種通過畏迫的行為多少也有點必要。西周禮樂創始者的聖人周公，他是孔子理想化的人格，建設周王朝的第一功臣，據說兄長武王病時，他曾祈禱祖先願以己身代兄長之命。上供珠玉，唱奏禱詞之後，周公不以禱告為足，撤回供陳的寶玉和禱文附加金具納諸金縢，《書經》〈金縢篇〉記載此事甚詳。

「歌」意味呵聲。鬼神目不得見，撼動鬼神必須要有激情的表現，故發聲也要與日常語言不同，加上特殊的抑揚頓挫，帶有奇異的韻律，非顯得莊重不為功。「歐」和「謳」的語原同字，「區」是匸形的秘密場所，放置藏納禱文器具的ㅂ，那地方有祈禱的意味，但「歐」與「呵」相同，取象加鞭之形。歌詠聲調低沉強勁，如充滿威力的般若聲，歌即是謳，謳歌，後世成為祝頌歌吟之語，原來是讚美神德，向神傾訴的語言。再上溯字義，「歐」字表示威脅逼迫神意味。

歌謠之「謠」古書作「䍃」。後漢許慎《說文解字》論文字的起源，許氏曰：「䚻，徒歌也」，即不用伴奏的歌唱。䍃是「肉」和「言」組合的會意字，取肉供神以表示祈禱，䚻即是祈禱的言語。禱詞用歌謠的聲調誦述。

以上說「歌」、「謳」、「謠」皆發自人者，相反的，神的告諭謂之「繇」。繇即占卜的告諭，今日寺廟神籤猶存詩的形式，古代神的語言是美妙動聽的韻文。儒家經典之一的《易》匯集古占繇之辭而成的，韻文居多數。禱詞和神諭皆神聖語言，為求得高度的咒術靈驗，乃連用當時最優的修辭，這就是原始歌謠的形態。在人與神的對話中，人類發現顯示最高咒術靈驗的讚歌。語言中最具有咒術的「靈言」信仰，所謂「吉語祝福」，不止是日本一地有此風格而已。……

歌詠蘊含語言的咒術效能，本身就有難以動搖的客觀存在意義；言語變成歌詠時，便具有咒術效能，可以獨自存在的。〈大雅・桑柔篇〉通篇十六章是一首長篇的政治詩，詳細唱出當時為政者之敗德後，最末以「雖曰匪予，既作爾歌」結束。當政的人雖推諉亂世墮俗的責任，拒曰「匪予」，作者則作歌口誅筆伐。這樣歌詠已經具備難以動搖的事實意義，由此可以確信歌詠當不止發揮咒術的效能而已。原始歌謠本來就是咒歌。（頁16-17）

有關歌謠的起源說仍有多種。（參見《呂炳川音樂論述集》〈民族音樂學漫談〉一文，頁8-14）但卻直到二十世紀中葉，才由非音樂學者轉交音樂學者接棒，而論題也轉到各民族音樂現象本身的研究，並獲得了下列的結論：

一、有關音樂的起源，無須再追究，因為音樂是複雜的、多元性的，無法以單純的理由來詮釋。長此下去，也無法獲得圓滿的解決。

二、絕不能以歐、美的尺度去衡量其他民族的音樂，因為各民族均有其獨立的路線與獨特的風格。

三、民族性會變遷，任何民族均有原始（Primitive）要素，亦均有其獨自的文化與族性。

四、沒有絕對的野蠻人及文明人。

五、從環境中間接追求音樂，以音樂現有的形態去探求其原始形態及發展情形。

（《呂炳川音樂論述集》，頁13-14）

姑不論歌謠起源如何？也不論歌謠的作者是個人或群體，要皆不易追究作者。而其與詩最大的區別，是在於大眾再創造。口傳歌謠假如不具有這種特殊因素，則失其為口傳歌謠的意義。

（三）小結

總結以上所述，我們自能了解歌謠的性質。我國所謂歌謠的意義，首先有合樂、徒歌之分，而後又有民間歌謠與個人創作之分。而民國初年起，則重視是否民間歌謠。於今視之，歌謠乃是老百姓和孩子們的詩。朱介凡先生在《中國歌謠論》一書裡，曾為之定義如下：

凡根基於風土民情，在山野、家庭、街市上，公眾所唱說的語句，辭多比興，意趣深遠，聲韻激越，形式定律或有或無，而雅俗共賞，流傳縱橫，這就是歌謠。（《中國歌謠論》，頁1）

音樂家史惟亮認為民歌表現了一個民族特有的感情，他在〈釋民歌〉一文裡說：

民歌是（包括民間器樂曲和地方戲曲的）民間音樂中一個最重要的環節。民歌本質上是通俗而大眾化的，它們被表現出來，往往不是為了娛樂他人，而是他們（演唱者）的生活本身，不是再現別人的感情，而就是他們自身的喜怒哀樂，甚至他們就是作曲家、演奏家和聽眾。真的民歌，表現了一個民族特有的感情。（史惟亮編著：《論民歌》，頁6）

又於〈再釋民歌〉一文裡比較民歌與流行歌的異同，他認為民歌有三點顯著的不同：

一、沒有記譜，純係口傳。
二、短小而反複的音樂結構。
三、民歌必是屬於純鄉土性的。（同上，詳見頁11-12）

此外，呂炳川先生在〈民歌？民歌？〉一文裡，也認為民歌之特性有：

一、不必追究作者。
二、傳承的方法不依文字樂譜或由老師傳授的。
三、非由個人傳授，由具鄉土性的集團傳承。
四、要經過相當的期間。
五、形式樸素。（詳見《呂炳川音樂論述集》，頁234-235）

歌謠的本質不變，卻因歸屬的不同，而有不同的處理方式。民國初年的學者，由於受到外國影響，喜歡用兒、民歌稱之。其實，歷代稱作「歌謠」的，較為普遍，雖然「民謠」的名稱出現也很早，但以「民謠」稱呼則少之又少。目前大陸以「民歌」代替「歌謠」。民歌、歌謠、民謠大致上是同義，只是過去稱呼歌謠重於歌詞；至於附有樂曲者稱為俗曲。而近代由於音樂學者的參與，雖稱民謠，實亦曲與詞並重。

三　歌謠的歷史

朱自清有〈詩言志〉一文，他認為詩言志的歷程有：「獻詩陳志、賦詩言志、教詩明志、作詩言志」（見《朱自清全集》，頁1119-1162）他並且認為獻詩與賦詩都是合樂，出樂以言志，歌以言志。這種以樂歌相語，該是初民的生活方式之一，樂歌是生活裡重要節目。至孔子時雅樂已敗壞，詩與樂便在那時分了家；中國人文精神產生甚早，於是走上以人為本及實用之途。

中國古代歌謠的著錄，時常緣於需要。或因音樂的關係，或因占驗的關係。見於史籍裡的，大抵不外這兩種。

古代有采詩制度，所謂太史陳詩，以觀民風，雖有失託古的理想，自也有部分事實的存在。《左傳》〈襄公十四年〉說：

> 自王以下，各有父兄子弟，以補察其政。史為書，瞽為詩，工誦箴諫，大夫規誨，士傳言，庶人謗；商旅于市，百工獻藝。故夏書曰：「道人以木鐸徇于路，官師相規，工執藝事以諫。」（見《左傳》（十三經注疏本）冊六，藝文版，頁562-563）

杜預注：

> 逸書：道人，行人之官也。木鐸，木舌金鈴。徇於路，求歌謠之言。（同上，頁563）

《禮記》〈王制〉篇說：

> 天子五年一巡守，歲二月，東巡守至于岱宗，柴而望祀山川，

覲諸侯，問百年者就見之。命太師陳詩，以觀民風。……（見《禮記集說》，世界版，頁69）

這種採歌謠，受諫言，以廣納天下意見的美好傳統，一直承繼於後世，不但王者如此，地方官守更要注意。也因此，歌謠能早得登錄於史籍。

（一）詩經

古代的歌謠，最重要的一個總集，自然是《詩經》。而《詩經》以前的古詩歌，大都收集在楊慎的《風雅逸篇》、馮惟訥的《風雅廣逸》及《詩紀》前集十卷〈古逸〉裡。而《詩經》在很早的時候，便緣於人文的需要而當作應用的格言集或外交辭令的。孔子在《論語》裡說：

詩，可以興，可以觀，可以群，可以怨；邇之事父，遠之事君，多識於鳥、獸、草、木之名。〈陽貨篇〉
不學詩，無以言。〈季氏篇〉

這是孔子的「詩教」。實際上，在孔子的那個時代，詩恐怕也確是具有實際效用。我們知道在春秋時代，諸侯、大臣們，乃至史家，每每引詩以明志，稱詩以斷事，或引詩以臧否人物。其見存於《左傳》、《國語》的，為數不少。總之，《詩經》與民生實用結合。因此，詩在先秦兩漢時代裡，並未純以文學面目出現，相反的是倫理、政治的面孔，屈萬里先生歸納先秦兩漢說詩的風尚如下：

一、先秦說詩的功用，主要的在於涵養品德（修身）、練達世務（從政）、豐美辭令（應對）。漢人認為詩的功用，也大致如此。但，先秦人說詩，只是採取詩中的幾句嘉言，以作上述的用途；而漢儒則把各詩的全篇，都說成在政治和教化上有重大的意義。

二、先秦人說詩，除了斷章取義之外，固然也有引申詩意，或借詩為喻的習慣；但，他們所取的，也只是詩中的某些句子。漢人則充分地利用引申和借喻方法，來說全篇的詩意。

三、由於上述先秦人和漢儒說詩的情形不同，因而先秦人的詩說，並不影響各詩篇的本義；而漢儒之說，對於各詩篇原來的作意，大部分都曲解了。

（詳見《中國文學史論文選集》（一），學生書局，頁94）

《詩經》雖是最早的詩歌總集，但已不是詩歌的本相。有人認為它已經成為樂章的詩歌，屈萬里先生在〈論國風非民間詩歌的本來面目〉一文裡，曾就下列五點加以考查：「一、國風篇章的形式。二、從文辭用雅言看國風。三、從用韻的情形看國風。四、從語助詞的用法看國風。五、從代詞的用法看國風。」（詳見《書傭論字集》，開明書局，頁194-215）他認為國風已不是詩歌的本來面目。至於其形成，他有下列幾點的 推測：

一、它們全是各國的貴族和官吏們用雅言的詩歌，而沒有民間的歌謠。

二、它們的一部分是各國貴族和官吏們用雅言作的詩歌，而另一部分則是各國文人們用雅言作的詩歌。

三、它們的一部分是各國貴族和官吏們用雅言作的詩歌，而大部分是經過潤色之後的民間歌謠。（同上，頁211）

其實，俗文學的特質是口傳的，它原是流行於民間，而為大眾所嗜好，所喜悅的東西。也就是說，它是流動性的，隨時可以被修正，被改樣，後經王朝和列國的采集、記錄或刪定，才定了形，自然已不是本來面目了。

（二）樂府

其後，漢惠帝時有樂府令。至武帝元鼎六年（西元前111年）成立樂府官署，主要任務，便是采集民間的歌謠，加以增飾，供朝廷祭祀宴享時所需用的音樂。《漢書》〈禮樂志〉說：

> 至武帝定郊禮之禮，祠太一於甘泉，就乾位也；祭后土於汾陰，澤中方丘也。乃立樂府，采詩夜誦，有趙、代、秦、楚之謳，以李延年為協律都尉，多舉司馬相如等數十人造為詩賦，略論律呂，以合八音之調，作十九章之歌。（見《廿五史》冊一，《漢書補注》，藝文版，頁486-487）

樂府最早是指音樂的官府，以采集民間歌謠為職掌，後來成為民歌或仿製民間歌謠這類詩體的代稱。樂府的名稱雖起源於漢代，並不證明漢代以前沒有民歌，從《詩經》的〈十五國風〉、《楚辭》的〈九歌〉，都已含有民歌在內，以及從經、史、子、集內選錄而編成的《古謠諺》，也都算是民間的歌謠。而漢以前民間的歌謠，不稱樂府，叫做詩歌，即說明詩與音樂的關聯性。

（三）唐宋以後

歌謠是老百姓和孩子們的詩，可說歷代皆有之。有關歌謠的歷史，可參看西諦（鄭振鐸）的《中國俗文學史》，及朱自清的〈歌謠的歷史〉(見《中國歌謠》第三章)。總之,中國古代歌謠的著錄,或因音樂的關係,或因占驗的關係。至唐宋,由於繁榮的商業貿易、長期和平穩定的政治社會,人口密集,經濟充裕,物產叢集,國內大都市四處昌榮,是中古史的黃金時代,也創造了民間文學及藝術蓬勃的自然環境。所以,在宋人筆記中有頗多的民俗資料。

至明代,公安派反對復古,主張獨抒性靈,對民間文學頗為重視。因此,歌謠,在明代中葉以後進入一個新的繁榮的階段。文人開始採集、編纂歌謠專集。以前,主要由政府設專門機構採集、整理,其目的在於察視民情,或音樂。後來雖然也有個人從事過這方面工作,但個人大量採集、編纂和研究,則開始於明代,其中最傑出的代表是馮夢龍。

民國以來,北京大學歌謠研究會所徵集的歌謠,是以當時通行為限,稱之為「近世歌謠」,大都是在兩百年歲月,活鮮鮮普遍存在的。相對於近世歌謠的我們稱之為「古歌謠」,它們已經成為書面記錄。或有失本來面目,其大眾性、口傳性、新鮮性、流動性已失。

(四)小結

歌謠由於形式簡單,再加上漢語有單音節、孤立性、有聲調的特點,所以,在演進中時常影響到其他相近的東西;也可說這些東西的歌謠化。古代這種情形較少,近代卻有許多的例子。如:詩、佛經、童蒙書、傳說、戲劇等,皆有歌謠化的現象。

民俗學興起之初,緣於對史學研究方法的反動,許多國家的學術界,極力排斥文獻記錄,認為只有活的傳承所提供的例證才是有價值的資料。當然,遺留在民間的傳承之中,常常保有比文獻更古舊而寶貴的形態的要素。雖往昔俗文學不被重視,從目錄學上,俗文學的部分歌謠由於用作樂歌,或因占驗的關係,早得著錄。但大都非本來面目，再加上古今語言之異，古歌謠似乎不足與近世歌謠相提並論。可是，我們的文學，兩千年來原是雅、俗兩主流並進，雅是屬於有修養的知識份子所專有，俗則自由生長在民間。而雅則又孕育於俗，如詩、詞、戲劇、小說皆是先有民間的自由形式，而後漸被有修養的知識者所接受，一經有修養的知識者之手，便成清品，即今所謂古典文學作品。持此，可知俗文學在有意與無意中被記錄下來，乃是不可避免的事實。而我們歷代的文獻豐富，留下原始性痕跡也不少。尤其是宋代以後的文獻，直接記錄著民俗的信仰、口碑，以及生活習慣的也不少，如果能夠小心處理，善為掌握，自能運用裕如，則文獻也是可用的資料。畢竟欲了解文化形式的過程，文獻資料是有用處的。

古歌謠所以被收錄，是緣於實用；至於當作文學而加以輯錄，是明朝以後的事，無論取那一種觀點，他們似乎皆不曾認識歌謠本身的價值。他們對於歌謠，不是有目的，就是有失隨便。因此，歌謠在著錄時，便不免被改變而不能保全其真相。這種改變，在樂工的手裡，便是為了音樂的緣故；在文人的手裡，便是為了藝術的緣故。只有筆記中所收，或者近真的較多；因為筆記的體裁較為隨意，無需刻意求雅，倒反自由些。所以，古歌謠，廣義的說似乎可以說是屬於摹擬的歌謠。當然，其中或許有曾流行於民間，也有本不為民間而作。但無論如何，其與當時歌謠必有若干蛛絲馬跡的關係可尋。朱自清在《中國歌謠》一書裡，曾說明這種古歌謠的產生緣由，現轉述如下：

一、追記的。追記是對於口傳的古代歌謠而言。這有兩種意義：一是照原樣開始著錄下來；一是用當時語言著錄下來。

二、依託的。依託大都附會古人。

三、構造的。又可分為三種：一是託為童謠，實係自作，並未傳播。其次是為了某種政治目的，構造歌謠，使兒童歌之，傳於閭巷。有的是陷害人的，有的是煽惑人的，有的是怨謗人的。其三是為騙錢而作的歌謠。

四、改作的。這也有兩種：其一是為教育目的而改作的；其次是為文藝的目的而改的。

五、摹擬的。說到摹擬的歌謠，首先想到的自然是擬作的樂府。這種作品極多，是一個重要的文學趨勢。

（以上詳見世界版，頁54-62）

四　童謠及其歷史的考察

（一）童謠的異稱

老百姓和孩子們的詩，歷代稱作頌、歌謠較為普遍。而也有以民謠、山歌稱之的。民謠一名約在南朝出現，劉孝威〈三日侍皇太子曲水宴〉詩：「豫遊光帝則，樂飲盛民謠。」（見丁仲祐輯：《全漢三國晉南北朝詩》冊3，藝文版，頁1474）

此外，也有稱為山歌的。七言四句是山歌的基本形式。就這種體制而論，山歌的起源不能早於唐代，因為唐以絕句為樂府。我們現在所知道的最早的山歌是竹枝歌；它被發現的時候，已在中唐，它受七絕的影響，似乎是最顯明的。有名的劉三妹傳說，說劉三妹是山歌的始造者，即是唐中宗時人。至於山歌之名，也似乎在中唐才有，李益〈送人南歸〉詩：「無奈孤舟多，山歌聞竹枝。」（見《全唐詩》，冊5，卷283，明倫版，頁3214）

又白居易〈琵琶行〉：「豈無山歌與村笛？嘔啞嘲哳難為聽。」至馮夢龍，編有《吳歌集》，名為《山歌》。山歌一名，自然是江浙以南通俗的稱謂，而廣東民間也盛行這「山歌」的名稱。

至於目前通稱的民歌，歷代不見稱謂。而流風所及，則有兒歌的流行。甚且認為兒歌、童謠有別。考兒歌一詞，始用於民初北京《歌謠周刊》，其來源自日本與歐美，他們搜集的兒歌是當時仍流傳的近世歌謠。當時雖然用兒歌一詞，卻也未排斥童謠。周作人於〈兒歌之研究〉一文裡說：

> 兒歌者，兒童歌謳之詞，古言童謠。（見《兒童文學論》，里仁版，頁51）
> 占驗之童謠，實亦兒歌之一種，但其屬詞興詠，皆在一時事實，而非自然流露，泛詠物情，學者稱之曰歷史的兒歌。（同上，頁52）

一九二八年夏天，黃詔年所編印第一本兒歌集，則題名為《孩子們的歌聲》。

（二）童謠的採集與著錄

中國古人從來沒有把童謠放在他們的眼裡，以為這只是些小孩子的信口開河；所以，童謠的命運，一直被埋沒。其間，曾有明朝呂德勝、呂坤父子，編纂、更改了諺語和格言，又採用當時的童謠，取其起興，呂氏撰述了「教子嬰孩、蒙以養正」的語句，先後刊印有《小兒語》、《女小兒語》、《續小兒語》、《演小兒語》等書。又清鄭旭旦編有《天籟集》，輯當時吳越童謠，間有諺語，共四十餘首。其引言說：

> 雅音已熄，浩氣全消，生息相吹，童謠無□。吾願觸發天機，普度塵劫，人心不死，合當頂禮是言。（〔清〕鄭旭旦、悟癡生編錄：《天籟集》，上海市：上海中原書局，1929年，頁1）

呂坤父子《小兒語》所借用的童謠起興，距今四百年。那些兒歌的全體句子，現在都還有流傳。至於鄭旭旦所輯錄的，時間還未超過一百五十年，全部的作品也仍在江南各地流傳。

直到民初，因受日本與西方的影響，許多人都承認兒童文學與民俗學的研究為不可緩，而從事這些研究，又勢非廣集資料不可；於是，始廣加搜輯。當時研究童謠的人，大約可分作三派；從三種不同的方面著眼：其一是民俗學的，其二是教育的，其三是文藝的。

往昔童謠的著錄，是緣於占驗的關係，李家瑞在《北平俗曲略》一書有頗為中肯的說法：

> 兒歌即童謠，北平謂之小孩語，或謂周宣王時童女所歌，「檿弧箕服，實亡周國。」為童謠之起源。這不過就有記載的說，其實兒歌為兒童謳歌嬉戲之一種，出於天籟，自有言語以來就有了。《晉書》〈天文志〉說：「凡五星盈縮失位，其精降於地為人，熒惑降為童兒，歌謠遊戲，吉凶之應，隨其眾告。」這是用讖緯之說解釋兒歌的起源，本來極其荒謬，但是中國幾千年來的兒歌，都是這樣解釋了；而古兒歌之能於保存一點下來，卻還是靠了這種不經之談。（李家瑞：《北平俗曲略》，臺北市：文史哲出版社，1974年，影印本，頁178）

又鍾敬文序《孩子們的歌聲》一書也說：

> 童謠這兩個字，在過去很長的時間中，是被看待得烏煙氣瘴的。他們以為童謠是一種神怪的讖語，乃天上的星宿下凡所歌唱，用以預報國家治亂，人事變化的。《晉書》〈天文志〉云：「凡五星盈縮失位，其精降於地為人。熒惑降為兒童，歌謠遊

> 戲，吉凶之應，隨其眾告。」這話便是中國人向來對於童謠的見解。我們現在把《樂府詩集》、《古謠諺》等書一翻，其間所收錄的民間歌謠，多是附帶有這一派的解說的。其實，童謠，就是小孩子們所唱的歌謠，其意義與現在所謂「兒歌」相似。中國自漢以來，讖諱之說盛行，許多本來不相干的東西，不免因它的附會而深深著上了一個「色暈」，於是一部分本無甚意義，只是隨口湊攏趕韻的兒歌，便充當了預報人間吉凶的讖語。

這種不經之談，即是所謂的五行志派。

童謠有「以為鑑戒」的緣故，所以，有好些歌謠得以僥倖的保存在史書裡。考《古今圖書集成》〈庶徵典〉卷一五三至一五七有「謠讖部」，即可知這種五行志派的盛行。這種五行的讖緯之說，自漢朝以來頗為流行。王充在《論衡》〈訂鬼篇〉、〈實知篇〉中皆有所指責，而張衡也有〈駁圖讖疏〉，但皆無法阻止謠讖的流行。唐人潘炎則有〈童謠賦〉之作，轉錄如下：

> 〈童謠賦〉　〔唐〕潘炎
>
> 景龍二年九月後，常有童謠云：「羊頭山作朝堂」。郡南六十里有羊頭山，今興唐宮即當之矣。賦曰：
>
> 熒惑之星兮列天文，降為童謠兮告聖君。發自鳩車之歲，稱為竹馬之群。其言伊何？克明寶位。惟北之北。正應天邸之居，曰興朝堂。用彰天子之置。大人占之而自負，黎庶聞之而屬意。天人合慶，歷運其昌。同康衢，聞於翼善；比歸亳，順於成湯。言且表，微諒人神之應事，惟在昔，殊飛走之祥，豈此卯金稱為劉氏，赤伏徵於漢光。且游童之謳謠，羌見偉於疇昔。千古所記，百王不易。豈徒采於茅茨，空用書於竹帛。天

贊我皇，特高列辟，惟一人之有應，振六合之光宅。（據《韻文論述彙編》下冊，鼎文版，頁1412引）

（三）以俗文學觀點定名為「童謠」

謠讖之說，使童謠喪失本來面目，所以有人力主兒歌、童謠有別。其中以朱介凡先生最主此說。他在《中國兒歌》一書裡說「童謠多是政治性的預測、諷刺，讓歷史家取為治亂興衰的論斷。」（見純文學版，頁8）他說童謠的特徵有：

一、重在政治性。

二、不以歌唱而存在，是耳語式的流傳。因其所指說的事物——動亂災荒，社會鉅變，與人們實際生活關係密切，傳播快速如風。

三、吉凶禍福，成敗順逆的「先知」預測。

四、表現為老百姓的議題、諷刺、評斷，無畏於權威。

五、詞意游離恍惚，故意逗人猜解。

六、沒有一定的結構形式。

七、後人就歷史已有事物的附會。

八、時間性的限制。一旦時過境遷，謠就不再流傳，非如一般的兒歌和民歌之傳承甚久。（同上，頁10）

至於兒歌，他認為「兒歌是孩子們的詩。從孩子們的心性、生活、童話世界意象、遊戲情趣，以及兒童語言的感受出發，比起成人們的山歌、民謠，更要顯得：『句式自由、結構奇變、比興特多、聲韻活潑、情趣深厚、意境清新、言語平白、順口成章。』他隨意唱來，其旨趣、結構的發展，常出人意表。一句一句快樂的唱，他下一句究竟要唱出什麼？教人難以推理。兒歌所涉及的事物，宇宙人生，鉅細無遺。辭章千變萬化，而並不雜亂，它只是充分顯示了孩子們生命成長的活力，從嬰兒直到少年——心靈的嬉遊。」（同上，頁27）總之，朱先生認為童謠所以並非兒歌，主要的一點是：

> 童謠很少關涉兒童生活。（同上，頁10）

可是，古歌謠的著錄是緣於需要。所謂「童謠」，殆當世有心人之作，流行於世，能為童子所歌者，究屬少數，而大部分都是以原有的歌謠附會而成的。至於那種既不是本事的童謠，又非有心人慨詠時事之作，乃一些別有作用的野心家，造作種種謠言，故意使兒童唱之，以求達到他們政治上的目的，則僅取效童謠形式而已。

其實，以近世歌謠的概念，去限定古歌謠，已失公平。而民俗學者又從僅存的有限資料裡，認定它是民族心理的表現，含蓄著單純的古代制度儀式的遺跡，所以非但誤解了古歌謠，甚至也誤解了中國文化的特有精神所在。況且，朱先生也不得不認為：

> 有時候，兒歌與童謠，也難以截然劃分。（同上，頁10）
> 兒歌與童謠有很顯然的分別。卻也有那種存在著中間性的情形，說它是兒歌也可，說它是童謠也行。（同上，頁11）

個人以為一味以「關涉兒童生活」為界限，雖可明示近世童謠的特徵，但卻無濟於古童謠的了解。朱自清在《中國歌謠》裡也說：

> 〈兒歌之研究〉（《歌謠》三三、三四號轉錄）中說兒歌是「兒童歌謳之詞，古言童謠。」但來自書史記錄童謠者，多信望文

> 生義的熒惑說，列之於五行妖異之中。故所錄幾全為占驗的及政治的童謠；童謠的範圍於是漸漸縮減，而與妖祥觀念，相聯不解。這個錯誤應該改正；我們須知占驗的及政治的童謠，只是童謠的一部分，而不是它的全部。（見世界書局版，頁138）

所謂兒歌一詞，歷代並不多見。試以《古謠諺》一書為例，說明其稱頌用語的一般現象。《古謠諺》是清人杜文瀾所輯，計有一百卷。朱介凡先生在《中國歌謠論》一書裡曾說：

> 清杜文瀾《古謠諺》一百卷，其關於謠的方面，對兒歌、山歌這類體裁者，登錄的並不多；多的是古代所說的「童謠」、「民謠」──即本書單名之為「謠」的這一部分，凡見諸往代典籍者，他這部書裡無不廣為輯錄。（見中華版，頁644）

而朱自清在《中國歌謠》一書也說：

> 古謠諺，體例極為謹嚴，原不致有所潤色，但書中材料，全係轉故書，非從口傳寫錄者可比，所以仍未必為真相。（見世界版，頁63）

由口傳到書面，其變相乃必然，再加上存錄者並無保存民俗的認識，以及文化精神所致，古謠諺未必為真相乃屬可信，但仍可從其存錄者中見其端倪，朱先生所謂著錄不多，只是從近世童謠言之。

考《古謠諺》一書收童謠約有二百十四首左右，其中直稱童謠者有一百七十二次。其他稱謂者三十八次。以下試以世界書局版本為據，考其稱謂與用次列表如下：

稱謂	用次	出處頁數
歌	18	26、49、118、127、174、188、192、262、377、381、381、767、769、777、804、819、824、868
謠	8	42、214、312、330、596、735、802、1026
歌謠	1	30
語	8	114、123、157、374、447、627、701、720
唱	3	176、375、968

其中稱謂也有不同，現分類引錄如下：

1 歌

稱「歌」者，又有孺子歌、兒歌、童兒歌、豎子歌、小兒歌、小女兒歌之別。稱孺子歌有二：一則見於卷二，引自《孟子》〈離婁篇〉上；再者見於七十一卷，引自《文子》。二者所載詳略互異。今引《文子》如下：

> 孺子歌云：「混混之水濁，可以濯吾足乎；冷冷之水清，可以濯吾纓乎。」（下冊，頁804）

稱兒歌者有三：卷四引《史記》〈灌夫傳〉作「潁川兒歌」條，說：

> 夫不喜文學，好任俠，已然諾。諸所與交通，無非豪傑大猾。家累數萬，食客日數十百人，陂池田園，宗族賓客為權利，橫於潁川。潁川兒乃歌之曰：潁水清，灌氏寧。潁水濁，灌氏族。（頁49）

卷七十三引《真誥》作「漢初小兒歌」條，說：

> 昔漢初，有四、五小兒路上畫地戲。一兒歌曰：「著青帬，入天門，揖金母，拜木公。」……（下冊，頁819）

卷七十八引《歸震川集》卷二十四作「內江兒童祈雨歌」條，說：

> 貴州思州府知府李君墓碑，……大旱，齋沐祈禱，徒步暴赤日中，令兒歌之曰：「旱既太甚，治邑非人。寧禍其身，勿病其民。」三日，霖雨大足。（下冊，頁868）

稱童兒歌者有三：卷八引《晉書》〈五行志〉作「阿子歌」條：

> 穆帝升平中，童兒輩忽歌於道曰「阿子聞。」曲終輒云：「阿子汝聞不。」（頁118）

卷八引《晉書》〈山簡傳〉作「襄陽童兒為山簡歌」：

> 永嘉三年。……時有童兒歌曰：「山公出何許，往至高陽池，日夕倒載歸，酩酊無所知，時時能騎馬，倒著白接羅，舉鞭向葛疆，何如并州兒。」疆家在并州，簡愛將也。（頁126-127）

卷十引《魏書》私署涼州牧張天錫傳作「涼州民為張氏謠」條：

> 昭成末，苻堅遣將苟萇伐涼州，破之，天錫降於萇。初駿時，謠曰：「劉新婦簸米，石新婦炊羖羝，蕩滌簸張兒，張兒食之口正披。」是時，姑臧及諸郡國童兒皆歌之，謂劉曜、石虎並伐涼州不克，全堅而降之也。（頁174）

作豎子歌者有一，卷十引《隋書》〈五行志〉上作「隋煬帝夢二豎子歌」：

> 帝因幸江都，遂無還心，帝復夢二豎子歌曰：「住亦死，去亦死，未若乘船度江水。」由是築宮丹楊，將居焉，功未就而帝被弒。（頁188）

稱童子歌者有四：卷十引《隋書》〈王劭傳〉作「陳留老子祠柏樹下三童子歌」條：

> 高祖受禪，拜著作郎，劭上表言符命曰。又陳留老子祠有枯柏。世傳云：老子將度世云。待枯柏生、東南枝迴指，當有聖人出，吾道復行。至齊，枯柏從下生，枝東南上指，夜有三童子相與歌曰：「老子廟前古枯樹，東南狀如繖。聖主從此去。」乃至尊牧亳州，親至祠樹之下，自是柏枝迴抱，其枯枝漸指西北，道教果行。校考眾事，太平主出於亳州陳留之地，皆如所言。（頁192-193）

卷二十四引《十國春秋》吳劉得常傳作「華姥山童歌」條：

> ……華姥山，一夕，有童子歌曰：「靈菌長，金刀響」，山中人數聞之。（頁377-378）

卷六十七引《杜陽雜編》卷上作「代宗夢黃衣童子歌」條：

> 代宗廣德元年，吐蕃犯便橋。上幸陝，及迴潼關，是夜夢黃衣

童子歌於帳前曰：「中五之德方峨峨，胡呼胡呼可奈何？」……（下冊，頁769）

卷七十四引《高僧傳》作「藏薇山兩童子歌」條：

齊南海荊山釋法獻居延祥寺，後入藏薇山創寺。成後，有兩童子攜手來歌云「藏薇有道德，歡樂方未央。」（下冊，頁824）

稱作小兒歌者有四：卷十四引《明史》〈五行志〉作「正統二年京師小兒歌」條：

正統二年，京師旱，街巷小兒為土龍禱雨，拜而歌曰：「雨帝雨帝，城隍土地。雨若再來，還我土地。」說著謂雨帝者，與弟也，帝、弟同音。城隍者，郕王。再來還土地者，復辟也。（頁262）

卷二十五引《帝城景物略》作「都城小兒祈雨歌二則」條：

凡歲時不雨，家貼龍王神馬於門，磁瓶插柳枝樹門之傍。小兒塑泥龍，張紙旗，擊鼓金，焚香各龍王廟，群歌曰「青龍頭，白龍尾，小兒求雨天歡喜，麥子麥子焦黃，起動起動龍王。大下小下，初一下到十八，摩訶薩。」初雨，小兒群喜歌曰：「風來了，雨來了，禾場背了穀來了。」雨久，以白紙作婦人，縛小帚，令兒攜之竿，懸簷際，曰掃晴娘。（頁381）

卷二十五引《帝城景物略》作「拜月叩星歌」條：

> 幼兒見新月曰月芽兒，即拜篤篤祝。乃歌曰：「月月月，拜三拜，休教兒生疥。」小兒遺溺者，夜向星月叩首曰：「參兒辰兒，可憐溺床人兒。」（頁381-382）

卷六十六引《齊諧記》作「桓玄纂位時小兒歌」條：

> 桓玄纂位，後來朱雀門中，忽見兩小兒，通身如墨，相和作籠歌，路邊小兒從而和之者數十人。歌云：「芒籠茵，繩縛腹，車無軸，倚孤木。」……（下冊，頁767）

作少女歌者有一，卷六十八引《洞微志》作「唐齊州病狂人聞夢中少女歌」條：

> 顯德中，齊州有人病狂。云夢中見紅裳少女，引入宮殿中，其小姑令歌，遂歌曰：「五雲華蓋晚玲瓏，天府由來汝腑中。惆悵比情言不盡，一丸蘿蔔火吾宮。」一道士解之云：少女心神，小姑脾神。火，毀也。醫經言蘿蔔制麵毒，故曰：火吾宮，此犯大麥毒也，即以藥兼蘿蔔食之，其疾遂癒。（下冊，頁777）

從口述引文中可知，所謂孺子歌、兒歌、童兒歌、豎子歌、小兒歌、小女兒歌，是以稱謂為主，似乎與當下專有名詞的兒歌無關。

2 謠

稱謠者，也有兒謠、小兒謠、嬰兒謠、兒童謠、童子謠之別。作兒謠者有一，卷四引《史記》〈晉世家〉作「晉國兒謠」條：

> ……兒乃謠曰：「恭太子更葬矣，後十四年，晉亦不昌，昌乃在兄。」（頁42）

作小兒謠者有一，卷十二引《舊唐書》〈五行志〉作「元和小兒謠」條：

> 元和小兒謠「打麥、打麥。三、三、三。」乃轉身曰：「舞了也。」（頁214）

作嬰兒謠者有一，卷十七引《戰國策》〈齊策〉作「齊嬰兒謠」條：

> 田單將攻翟，往見魯仲子。仲子曰：「將軍攻翟，不能下也。」田單曰：「臣以五里之城，七里之郭，破亡餘卒，破萬乘之燕，復齊墟，攻狄而不下，何也？」上車弗謝而去。遂攻狄，三月而不克之也。齊嬰兒謠曰：「大冠若箕，脩劍拄頤，攻狄不能下，壘枯丘。」（頁312）

作兒童謠者有四：卷十九引《襄陽耆舊記》卷二作「惠帝即位時兒童謠」條：

> 蒯欽。初，惠帝即位，兒童謠曰：「丙火沒地，哀哉秋蘭。歸刑街郵，終為人歎。」……（頁330）

卷四十六引《丹鉛總錄》卷二十一詩話類作「又引兒童謠論杜詩」條：

> 杜子美送人迎養詩「青青竹筍迎船出，白白江魚入饌來。」用孟宗姜詩事。韋蘇州送人省覲亦云：「沃野收紅稻，長江釣白魚。」又云：「洞庭摘朱果，松江獻白鱗。」然杜不如韋多矣。青青字自好，白白近俗，有似兒童「白白一群鵝，被人趕下河」之謠。（下冊，頁596-597）

卷六十三引《輟耕錄》卷九作「至正辛巳杭州衣紅兒童謠」條：

> 至正辛巳莫春之秋，江浙行省平章政事只理瓦台入城之任之日，衣紅。兒童謠曰：「火殃來矣。」至四月十九日杭州災……（下冊，頁735）

卷七十一引《列子》〈仲尼篇〉作「康衢童謠」：

> 堯治天下五十年，不知天下治歟？不治歟？不知億兆之願戴己歟？顧問左右，左右不知。問外朝，外朝不知，問在野，在野不知。堯乃微服於康衢，聞兒童謠曰：「立我蒸民，莫匪爾極。不識不知，順帝之則。」堯喜問曰：「誰教爾為此言。」童兒曰：「我聞之大夫」，大夫曰：「古詩也」。堯還宮召舜，因禪以天下，舜不辭而受之。（下冊，頁802）

稱童子謠者一，卷九十九「鄴城童子謠」條，說：

> 鄴城童子謠：鄴城中，暮塵起。探黑丸，斫文吏。棘為鞭，虎為馬。團團走，鄴城下。切玉劍，射日弓。獻何人？奉相公。扶轂來，關右兒。香掃塗，相公歸。（下冊，頁1026）

3 歌謠

稱歌謠者僅有一次。卷三引《升菴經說》卷四詩類作「又引童子歌謠釋綠竹」條，說：

> 綠竹猗猗。綠竹韓詩作薵筑。石經同。薵，扁筑也。一云菉，蓐草。郭云：似小梨，赤莖節高，好生道傍，今童子歌謠有「雞冠花、菉蓐草……」是也。唐詩，名花采菉蓐。（頁29-30）

4 語

稱語者有八次，其中作兒語者一，卷八引《晉書》〈五行志〉中作「吳永安中南郡兒語」條，說：

> 孫休永安三年，將守質子群聚嬉戲，有異小兒忽來言曰：「三公鋤，司馬如。」……（頁114）

作小兒語者四：卷八引《晉書》〈櫪行志〉中作「義熙初小兒語」條：

> 義熙二年，小兒相逢於道，輒舉其兩手曰「盧健健。」次曰：「鬥歎，鬥歎。」末曰：「翁年老，翁年老。」當時莫知所謂。……（頁122）

卷九引《南齊書》〈荀伯玉傳〉作「荀伯玉聞青衣小兒語」條：

初太祖在淮南，伯玉假還廣陵。夢上廣陵城南樓，上有二青衣小兒語伯玉云：「草中肅，九五相追逐。」伯玉視城下人，頭皆有草，元徽五年而廢蒼梧。（頁157）

卷五十引《七修類稿》卷二十三「郎瑛引小兒語釋懛」條：

蘇杭呼癡人為懛子，屢見人又或書獃騃二字。雖知書如杭徐伯齡，亦以懛字為是。予考《玉篇》眾書無懛、獃二字，獨騃字。《說文》云：「馬行仡。」而《韻會》云：「病，癡也。凡癡騃皆作懛。」獨《海篇》載懛、獃二字，亦曰義同騃，是知懛、獃皆俗字也。嘗聞小兒云：「阿懛，雨落走進屋裡來。」又……（頁下冊，627）

卷五十九引《墨客揮犀》卷三作「熙寧中京師小兒易祈雨語」條：

熙寧中，京師久旱。案古法令坊巷各以大甕貯水，插柳枝，泛蜴蜥，使青衣小兒環繞呼曰：「蜴蜥蜴蜥，興雲吐霧。降雨滂沱，放汝歸去。」開封府准堂劄責坊巷寺觀祈雨甚急，而不能盡得蜴蜥，往往以蝎虎代之，蝎虎入水即死，無能神變者也。小兒更其語曰：「冤苦冤苦，我是蝎虎。似恁昏昏，怎得甘雨？」（下冊，頁701）

卷六十一引《雞肋編》作「世俗戲小兒語」條：

世俗以手引小兒學行謂之朶，有「將將朶朶」之謠。（下冊，頁720）

作兒童呼語者一，卷二十四引《三楚新錄》作「桂管兒童呼語」條：

> 馬殷使部將林勳將數萬眾擊南越，未數月，拔桂管十八城，劉龔懼而乞盟。勳即李老虎，勇壯絕倫，人號曰李老虎。先是桂管兒童每聚戲呼曰：「大蟲來。」號呼而走，及勳拔桂管，論者以為應。（頁374）

作群兒呼語者一。卷三十引《平江記事》作「蘇州除夕群兒呼語」條：

> 吳人自相呼為獃子，又謂之蘇州獃。每歲除夕，群兒繞街呼叫云：「賣癡獃，千貫賣汝癡，萬貫賣汝獃，見賣儘多送，要賒隨我來。」蓋以吳人多獃，兒輩戲謔之故耳。（頁447）

5 唱

稱作唱有四次：作童戲唱者一，卷十引《北齊書》〈後主紀〉作「北齊末童戲唱」條：

> 童戲者好以兩手持繩，拂地而卻上，跳且唱曰：「高末。」高末之言，蓋高氏連祚之末也。（頁176）

作小兒唱者三：卷二十四引《五國故事》卷上作「淮南市井小兒唱」條：

> 周師未南征，而淮南市井小兒普唱曰：「檀來也。」（頁375）

卷三十引《中吳紀聞》卷六作「大觀中姑蘇小兒唱」條：

> ……城中小兒所在群聚，皆唱云：「沈消遙」，莫知其由，已而三御史果至。（頁444）

卷九十引《北里誌》作「南曲中小兒唱」條。（下冊，頁968-969，文長不引。）

作童子唱者有一，卷九十三引《朝野僉載逸文》作「駱賓王為裴炎造謠」條：

> 唐裴炎為中書令，時徐敬業欲反，令駱賓王畫計，取裴炎同起事。賓王足踏壁靜思，食頃，乃為謠曰：「一片火，兩片火，緋衣小兒當殿坐。」教炎莊上小兒誦之，并都下童子皆唱。……（下冊，頁983-984）

（四）小結

總結以上所述，可知童謠的別稱不過四十。其中雖有稱作「兒歌」者，似乎與當下專有名詞兒歌無涉，它只是對小孩的稱謂之一而已。一般說來，仍以稱童謠最為普遍。

顧名思義，謠是不入樂，亦即是「徒歌」而已。也就是說它多半不付予歌唱，而是講說的。至於「兒歌」是否能唱，則頗耐人尋思。民初的歌謠收集，並無音樂家的參與；因此，所謂的唱，實亦徒歌而已，並無曲章可言。朱介凡先生在《中國歌謠論》裡說：

> 兒歌多是隨口唱的，不一定有調兒。民歌則有其鄉土腔調，文字記述上，是看不出來的。（中華書局版，頁3）

雖然，徐芳在〈兒歌的唱法〉裡說：

> 我們確究歌謠，第一要緊的是要會唱；假如我們有了歌謠，唱不出來，或者唱得不對，那就把歌謠的美點全失了。情歌是情人們唱的歌，秧歌是農人們唱的歌，採茶歌是採茶的男女們唱的歌；這些歌全不是我們這些不懂唱的人能領會的，他們都有他們的唱法，他們雖然沒有什麼音樂伴奏，可是他們那天真而自然的歌聲，也許要比什麼音樂會裡的演奏，有趣得多。兒歌也是如此。小孩子們無知無識，整天在哼哼唱唱裡面過活。他們一面唱，一面擺動自己的手腳，那甜脆的聲音，那活潑的樣子，真是最可愛的了。我們都是當過小孩子的。雖然小時唱的歌兒不多；可是多少還留一點影子在腦裡。我願寫下唱歌時的情況，來敘說兒歌的唱法。
> 普通分兒歌為兩大類：一為母歌，一為兒歌。母歌是母親哄孩子的時候，唱給孩子聽的。兒歌是孩子自己唱的。就唱的方面說，兒歌又可分為三種：一是獨唱的，一是對唱，一是合唱的。今列表如下：

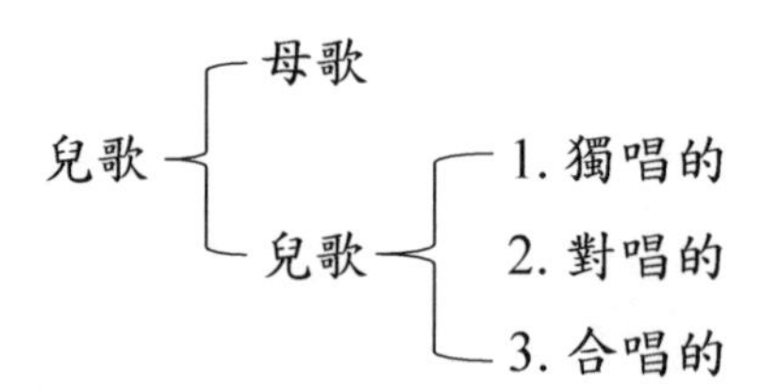

他的結論是：

> 兒歌因為是天真浪漫的小孩子們的歌，所以唱起來不很難，也沒有什麼特別的曲折和奧妙。不過，各地有各地的方音，他們唱出來的音調是不同的。而且各地方的風俗不同，於是辭句也

> 稍有出入。不過其唱時的情況是大致相同的。（徐芳：〈兒歌的唱法〉，北京大學《歌謠周刊》第2卷第1期，1936年4月，頁3-6）

可是，我們實在不相信這就是兒歌的唱法。事實上，這僅是屬於朗誦而已。簡上仁先生在〈台灣童謠概論〉裡說：

> 童謠大都是朗誦而不唱的。然事實上，謠詞本身已有高低不同的聲調，加上吟唸時的強弱長短，它的抑揚頓挫已自然賦予了「口語的音樂化」而具有歌曲神韻。童謠的歌詞長短不一，字句多堪玩味，大都是孩童在日常生活嬉戲之時，口中唸唸有辭，日復一日，朗朗上口而流傳下來。當然，也有些是經成人在不失純真、清新的原則下，加以美化而使之更能順口朗誦出來的。童謠歌詞的特色在流露童稚天真無邪的想像力和心聲，加上對詞句韻腳連串的特別重視，通常無法十分兼顧歌詞的內容和意義。就歷史文學價值而言，童謠確實不如民謠具有時代背景和心聲的特性，但不可否認的，童謠更能勾起一般人的童年回憶和情懷。（見《台灣民謠》第五章，省新聞處，頁170）

又楊兆禎先生在〈客家童謠〉一文裡也說：

> 客家童謠，與客家民謠有一樣共同性，那就是：詞句通俗，而且，每句尾用同韻字，所以，朗誦起來，異常順口，格外舒暢，只要小時唸熟，到了年紀老，仍牢牢不忘。「打四字」、「盼望」等是家母幼年時所朗誦者，他年將七十，但仍記憶猶新，朗朗有聲，一字不誤。

> 不過客家童謠與大人唱的客謠有一點不同之處，那就是：客家童謠只朗誦而不唱，當然了，客家話的聲調有六或七聲那麼多，如「ㄕ」有：詩、時、屎、施、示、食、識等六種（有時七種）聲調，頗富音樂性，朗誦起來，已經頗有歌唱之味道。（楊兆禎：《客家童謠》，臺北市：天同出版社，1984年，頁41）

我們知道，幼兒學語，先音節而後詞意，此童謠所由發生，而它在幼稚教育上所以居重要地位，也正在此。因此，童謠重在音節，義不相貫，但兒童卻能涉想成趣，自感愉悅，不求會通。如果我們堅持稱之為兒歌，並無不可，但以文學、教育或民俗的角度視之，似乎不宜。音樂家李安和先生在〈論童謠在歌唱音樂教學上的運用要則〉一文裡，有段頗為有中肯的話，引錄如下：

> 中國的童謠大多是給孩子們唸的，而不是給孩子們唱的；也就是說只有詞兒，沒有旋律。這或許是由於中國的語文聲調極富變化，孩子們在朗讀時，已從語調的高低抑揚中，得到歌唱式的滿足。就拿臺語來說吧！大家都知道國語有四聲，但是很少人注意到臺語有八聲。一種具有八個聲調的語文，已經有了極高的音樂性。如果我們再細心一點觀察，就會發現，豐富的聲調變化是中國方言的共同特性，這也正是歌謠為人傳誦的原因之一。因為歌謠是具有民俗性與地方性的，它的原始讀音必定是「母語」或方言。但，這並不是說，童謠已是朗讀中發揮了它最大的功效，童謠不須要再入樂了。筆者沉浸音樂世界數十年，深深體會到吟詩固然怡人心性，作樂更能引入共鳴。今天，我們要推廣童謠，固然必須研究吟唱的方式；要鼓吹童謠的教學，更是必須將童謠入樂，才能發揮它最大的教育功能。

> 古人說：「君子之德風，小人之德草。」從事教育工作的人，必須以「君子之德風」自相期許，我們的教育才有希望。
> （《兒童圖書與教育》第2卷第1期，1982年1月，頁2）

明明是不可唱的詞，我們又何必強說它是兒歌，且堅持兒歌、童謠有別？

五　結論

綜合以上所述，我們認為童謠與兒歌是同義詞，用詞選擇可因人而異。至於刻意替二者劃分界線，實屬蛇足。早期研究的文人教授們喜受「兒歌」一詞，而今參與民俗歌謠研究的音樂家，則用童謠，其間用詞之不同，頗耐人尋味。

回顧我們傳統的童謠，真可說是從層層煙霧中走出。雖然，童謠曾經是童年生活中不可缺乏的精神食糧，它帶給人們充實而綺麗的童年回憶。每個人都曾在搖籃歌聲中長大，在遊戲歌聲中歡笑，在幻想歌裡尋夢，在趣味歌中相互譏笑，在敘述歌和猜謎歌中增加見聞，擴張知識。可是，古代高人雅士之流似乎不把童謠放在他們眼裡，以為這只是小孩子的信口開河，並無價值可言，有的只是做為占驗的工具而已；所以，童謠的命運，一直埋沒了幾千年。直到民初，北大歌謠研究會起，始承認兒童文學與民俗學的研究不可緩，於是開始採錄。而後戰事起，國民黨政府遷臺，採錄工作中斷。

如今，隨著人口的增加，社會制度與結構的變遷，孩子們嬉戲的空間受到拘限，又由於科技的進步、經濟的繁榮，電視占據了人們的閒暇時間，電動玩具偷走了孩子的心；加上各種才藝班排滿了小孩們的作息表，而工業製品、塑膠玩具剝奪了自製風箏、毽子、陀螺的創造機會。更加上西方文化的大量輸入，及教育方針的領導等種種因素的影響，使得童謠不但在兒童的生活圈子裡逐漸銷聲匿跡，甚至在人們的心中也漸漸地褪色淡忘了。

童謠不再是口傳教育、口傳文學，它似乎已沒了影子。它必須靠有心人來整理、研究與保存。重要的是：使文字化的童謠永遠活在孩童心中，讓他們一代一代傳誦，以免在歲月的流程中散失。

季光容女士認為英國人很重視童謠傳承與教育，她說：

> 童謠的膾炙，手戲的普遍，也許是英國的兒童教育最特別的一點；別的國家，別的民族雖然也都有兒歌和童謠，但是並沒有特別受到重視，頂多只能算是母子、親人之間一種即興的遊戲，不像英國人把兒歌看成一門正式的學問，有系統的，由母親、保姆，和幼稚園的他師介紹給孩子們。就英國的兒童來講，五歲以前可以說是兒歌時代：吃飯有吃飯歌，睡覺有搖籃曲；穿針引線，栽花插柳，騎驢走馬，打魚看家，只要是人做過的動作，幾乎全可以在兒歌裡面找到例子。（見《這些英國人》，〈童謠——英國兒童的世界之二〉，純文學版，頁180）
> 要是我們把中國和英國的童謠作個比較，就會發現兩者表現的形式和內容其實差不多；要說真有什麼不同，大概就是對兒歌的態度了。中國也許地大物博，兒歌的地方性色彩比較濃厚，再加上傳播的工具不是唱本，是人自己，很少有幾首童歌能夠普遍到人人會唱的地步，影響力自然也差些。英國人老早就把兒歌編成給兒童正式啟蒙的教材了。他們可以這麼做，一方面固然是由於地方小，方言少，各地的生活習慣大致差不多，容易引起共鳴，還有一個很重要的原因，就是他們從前留下來的許多老調，因為經過不斷的淨化和增改，到現在都不過時，孩

子們更因為嘴裡唱的可以在現實生活中體認到，而格外覺得真切。（同上，頁188）

童謠是民族的乳汁。郭立誠女士在〈陳金田編臺灣童謠續後〉一文裡說：

最近看到陳金田先生所編這部《臺灣童謠》，使我想到幾件事：

一、童謠雖是唱給兒童聽的，但是最先唱的必然是成人，因為那些詞句所講述的事物和感情大都是屬於成人的。

二、同一類型的歌謠有好多首，詞句大同小異都差不多，這是由於流傳到好多個地區，口耳相傳的結果於是就有了差異，經過傳唱的人自由的修潤增添，因此才有許多同一類型的歌謠。

三、童謠有潛移默化的效能是不可忽視的，古老的傳統社會是沒有什麼學前教育的，孩子們多由母親、祖母們帶大，長到七、八歲時也不是每個孩子都能夠有機會入學讀書的，有人甚至於終身一字不識，可是他們自幼由母親們嘴裡唱的那些童謠裡受到口耳相傳的教育，建立起他們一生不變的觀念和意識，所以古老的謠諺的確有「諷上化下」的價值，這是事實。

四、孔子說「詩可以觀」，現代的文學理論也說文學是反映時代，反映社會的，尤其是來自民間的謠諺作者，他們從來沒有受到創作技巧的訓練，也不會刻意謀篇，更不會有意隱諱，純是由於興會所至，眼前看到什麼就講什麼，心裡想到什麼就說什麼，這種純粹出自天籟的作品，的確可以忠實的反映出那個時代的社會情況和當時人的思想感情。

（見《臺灣童謠》，大立版，附文頁2）

而個人在為童謠正名之餘，亦有話要說。

首先，個人認為傳統童謠時代的結束，乃是趨勢使然，但我們仍可加以適當的整理與發揚，尤其是需要作曲家的編曲，使其傳唱不已。簡上仁對臺灣童謠有如下的展望，他說：

> 童謠雖非音樂文化的主流，卻也是音樂文化的「幼苗」。惟時勢所趨，潮流所及，欲恢復往昔童謠在童年生活裡的盛況，實非可能。然在此瀕臨失傳之際，若不再加以適當的維護整理與發揚，勢將成為絕響。
>
> 徒有唸詞無曲，也是童謠易於被淡忘的另一個主因。有些徒唸的童謠，常因不具時代意義而匿跡，如「掩咯雞，走白蛋……」是捉迷藏，如今卻因隨著小孩們不復玩此遊戲而消失。是故，為童謠唸詞配上朗朗上口的曲子，將是延續童謠生命最有效的方法；如此，即使內容已不合時宜的唸謠，孩子們仍可從哼唱中獲得歡樂。（見《臺灣民謠》，省新聞處，頁199）

另外，楊兆禎先生也有如此的說法，他說：

> 客家童謠只朗誦而不唱，當然了，客家話的聲調有六或七聲那麼多，如「ㄕ」有：詩、時、屎、施、示、食、識等六種（有時七種）聲調，頗富音樂性，朗誦起來，已經頗有歌唱之味道。但，我們如再進一步，把客家童謠用五聲音階，再用簡單的節奏，作出有地方特性的兒童歌曲，這樣，對下一代的主人翁豈非功德無量？我想這工作是急不容緩的，尤其，在這兒童也在模仿大人唱其「愛呀愛！恨呀恨！……」的時候。（《客家民謠》，天同版，頁41）

其次，個人認為傳統童謠的時代已結束，但我們卻可創作。而有心創作者，自當對童謠的特質、內容與形式有所了解；也惟有如此，方能創作出更多、更好的童謠，來滋潤我們的下一代。

又個人在批閱過程中，頗能感受民初學者的用心與真知灼見，如周作人〈讀《各省童謠集》第一冊〉說：

> 我們固不必把新詩建築於民歌或童謠的基礎上，但加以研究觀摩，我敢相信對於新詩的前途至少也有幾分利益和幫助。（《歌謠周刊》第20號第3版，1923年5月27日）

何植三〈搜集歌謠的附帶收穫〉也說：

> 從許多的歌謠上，可以看得出變遷的途徑；又從其本身上，可以找到永久生命的藝術之所在：故前者可供研究詩史的參考，後者可為現代創作新詩者根據。（《歌謠周刊》第36號第1版，1923年12月9日）

其實，這種說法早在一八九六年威大利Guido Vitale在〈北京的歌謠序〉中已道及，他說：

> 真的詩歌可以從中國平民的歌找出這種觀念。（《歌謠周刊》第16號第8版，1923年5月13日）

而新詩編造者胡適，更於《歌謠周刊》的復刊詞裡說：

> 我以為歌謠的收集與保存，最大的目的是要替中國文學擴大範

圍，增添範本。我當然不看輕歌謠在民俗學和方言研究上的重要，但我總覺得這個文學的用途是最大的、最根本的。詩三百篇的結集，最偉大最永久的影響當然是他們在中國文學上的影響，雖然我們至今還可以用他們作古代社會史料。我們的韻文史上，一切新的花樣都是從民間來的。三百篇中的國風二南和小雅中的一部分，是從民間來的歌唱。楚辭中的九歌也是從民間來的。漢魏六朝的樂府歌辭都是從民間來的。詞與曲子都是從民間來的。這些都是文學史上劃分時代的文學範本。我們今日的新文學，特別是新詩，也需要一些新的範本。中國新詩的範本，有兩個來源：一個是外國的文學，一個就是我們自己的民間歌唱。二十年來的新詩運動，似乎是太偏重了前者而太忽略了後者。其實在這個時候，能讀外國詩的人實在太少了，翻譯外國詩的工作只算得剛開始，大部分作新詩的人至多只說是全憑一點天才，在黑暗中自己摸索一點道路，差不多沒有什麼偉大的作品可供他們的參考取法。我們縱觀這二十年的新詩，不能不感覺他們的技術上，音節上，甚至在語言上，都顯示出大的缺陷。我們深信，民間歌唱的最優美的作品往往有很靈巧的技術，很美麗的音節，很流利漂亮的語言，可以供今日新詩人的學習詩法。(《歌謠周刊》）第2卷第1期，1636年4月4日，頁1-2）

《歌謠周刊》諸君子對「歌謠與新詩」關係的認識，朱介凡先生在《中國歌謠論》裡也曾提起（見中華書局版，頁17)，惜注意者不多。撫今思昔，徒增傷感。有心學者，能不自勉乎？

（一九八六年五月完稿）

參考書目

一

〔宋〕郭茂倩編　《樂府詩集》　里仁書局　1980年12月影印本
〔明〕馮夢龍輯　《山歌》　東方文化書局影印　1970年
〔明〕楊　慎輯　《古今謠諺》　臺灣商務印書館　1976年11月臺一版
〔清〕杜文瀾輯　《古謠諺》　世界書局　1983年10月四版
〔清〕沈德潛輯　《古詩源》　世界書局　1980年10月四版
《鄉土歌謠欣賞》　國家出版社　1982年9月
《歌謠周刊》　東方文化書局影印　1982年9月再版
《繪圖童謠大觀》　廣文書局　1977年12月
孔凡均等錄　《華北兒童嬉戲》　東方文化書局影印　1985年
王世禎編　《中國兒歌》　星光出版社　1981年11月
王霄羽輯　《陝西謠諺初集》　天一出版社　1974年11月再版
白姊姊策劃　《有趣的中國兒歌》（書三本、每本錄音帶三卷）　幼福文化公司　1984年2月
朱介凡文　黃昌惠圖　《雞兒喔喔啼》　教育廳中華兒童叢書　1969年9月
朱天民輯　《各省童謠集》　東方文化書局影印本　1974年
朱自清　《古逸歌謠集說》　收存於《朱自清古典文學專集續編》　源流出版社　1982年9月
朱雨尊輯　《民間歌謠集》　世界書局　1971年12月三版
行政院新聞局編　《中華民族歌謠選集》（凡二集）　中國出版公司　1980年6月
周吉羽圖、注　《河北兒童嬉戲》（與前書合印）　東方文化書局影印　1985年

周吉羽編譯　《中國的童玩、童謠》　常春樹書坊　1981年12月
招子庸撰　《奧謳》（與前書合印為俗文學發刊第一集）　世界書局　1971年12月三版
林二、簡上仁合編　《臺灣民俗歌謠》　眾文圖書公司　1978年2月
林老師編著　《兒歌１２３》　皇冠文化出版公司　1984年8
林劍青等輯　沈陌農圖　《中國民俗兒歌》（分趣味篇、南方篇、北方篇）　愛智圖書公司　1984年10月
柳飛燕主編　《婦女與兒童》　東方文化書局影印　1971年夏
夏淑德等輯　簡惠三等圖　《客人到》　中華兒童叢書　1970年4月
張乾昌輯　《梅縣兒歌》　東方文化書局影印　1969年秋
張裕宏輯　王永福圖　《臺灣風》　文華出版社　1980年8月
許牧野輯　《中國民謠選集》　許家駒出版　1971年8月
郭立誠編譯　《小兒語》　號角出版社　1985年2月
陳子實編選　《北平童謠選輯》　大中國圖書公司　1968年9月
陳金田輯　陳裕堂圖　《臺灣童謠》　大立出版社　1982年3月
雪　如輯　《北平歌謠集》　東方文化書局影印　1971年
麻三衡輯　《古逸詩載》（歷代詩史長編第一種）　鼎文書局　1980年12月
喻麗清編　《兒歌百首》　爾雅出版社　1978年8月
敦善編著　《繞口令》　星光出版社　1981年12月
童錦茂編繪　《中國民俗兒歌》（台灣篇）　高雄市　愛智圖書公司　1985年3月
舒蘭輯　《打掌掌百花開》　中華兒童叢書　1984年5月
華廣生　《白雪遺音》　西南書局　1975年3月再版
黃春明編撰　《鄉土組曲》　遠流出版事業公司　1977年4月修定三版
黃國隆等編著　《臺灣鄉土歌謠選集》　眾文圖書公司　1979年2月

黃詔年輯　《孩子們的歌聲》　東方文化書局影印　1969年秋
楊兆禎　《客家民謠》　天同出版社　1984年6月
劉萬章輯　《廣州兒歌》　東方文化書局影印　1969年秋
鄭旭旦、悟癡生編錄　《天籟集》《廣天籟集》（合印本）　上海中原書局　1929年5月
黎錦暉等輯　《中國廿省兒歌集》　東方文化書局影印本　1971年夏
簡上仁　《臺灣民謠》　臺灣省新聞處　1983年6月
顧頡剛輯　《吳歌甲集》　東方文化書局影印　1969年秋

二

《中國民間文學欣賞》　國家出版社　1982年6月
《民族音樂概論》　丹青圖書公司　1984年3月
《童謠之分析研究》　基隆市正濱國民小學　1982年5月
Branorettl 著　簡而清譯　《美國民間音樂》　今日世界出版社　1974年6月
V. Williams 著　楊敏京校訂　《民族音樂論》　愛樂書店　1969年8月
史惟亮　《音樂向歷史求證》　臺灣中華書局　1974年8月
史惟亮編著　《論民歌》　幼獅書店　1967年7月
白川靜著　杜正勝譯　《詩經研究》　幼獅月刊社　1974年
朱介凡　《中國歌謠論》　臺灣中華書局　1974年2月
朱介凡編著　《中國兒歌》　純文學出版社　1977年12月
朱光潛　《詩論》　正中書局　1962年9月
朱光潛　《詩論新編》　洪範書店　1982年5月
朱自清　《中國歌謠》　世界書局　1982年10月五版
西　諦　《中國俗文學史》　粹文堂　1974年1月
呂炳川　《呂炳川音樂論述集》　時報文化出版公司　1979年9月

李家瑞　《北平俗曲略》　文史哲出版社影印　1974年2月
胡　適　《白話文學史》　文光圖書公司　1967年6月再版
婁子匡、朱介凡合著　《五十年來的中國俗文學》　正中書局　1967年3月二版
許建吾　《歷代歌詞述要》　華岡出版社　1970年11月
許漢卿編著　《童謠童詩的欣賞與吟誦》　臺灣省國民教育輔導叢書　1982年6月
陳正治著　《中國兒歌研究》　啟元文化公司　1984年8月
陳夢雷編　《韻文論述彙編》　鼎文書局　1971年9月
馮沅君　《中國詩史》　影印本　不詳
馮輝岳編　《童詩探討與賞析》　國家出版社　1982年10月
楊蔭深　《中國俗文學概論》（與上書合刊）　世界書局　1982年10月五版
董作賓編著　《看見他》　東方文化書局影印　1971年春
廖漢臣編著　《臺灣兒歌》　臺灣省政府新聞處　1980年6月
臧汀生撰　《臺灣閩南語歌謠研究》　臺北市　臺灣商務印書館　1980年5月
劉昌博著　《中國兒歌研究》　自印本　1953年7月
蔣祖怡編著　《詩歌文學纂要》　正中書局　1975年2月臺二版
鍾敬文　《民間文藝叢話》　東方文化書局影印　1969年秋
譚達先著　《中國民間文學概論》　木鐸出版社　1982年6月

三

王玉川　〈談兒童詩歌〉　《兒童讀物研究》　小學生雜誌　1965年4月
朱介凡　〈我歌且謠〉　《我歌且謠》　世界書局　1959年6月

朱自清　〈詩言志辨〉　《朱自清全集》　河洛圖書出版社　1975年4月
周作人　〈兒歌之研究〉、〈歌謠〉、〈呂坤的《演小兒語》〉、〈讀《讀謠大觀》〉　見《周作人先生文集》之一《兒童文學小論》　里仁書局　1982年7月（與《兒童雜事詩》合刊）
林文寶　〈兒童詩歌研究〉　《東師學報》　第9期　1981年4月
徐守濤　〈歌謠〉　屏師《幼稚園國語文教材教法》
梁容若　〈兒童的歌謠〉　《兒童讀物研究》　小學生雜誌　1965年4月
陳　侃　〈兒童歌謠研究〉　《師校師專及國教輔導人員研習會專題研究第四集》　1967年7月
陳　侃　〈兒童歌謠研究〉《教育文摘月刊》　第12卷第4期　1965年4月
陳　侃　〈童詩與童謠〉　《國語日報》　「兒童文學周刊」　第659-660期　1985年1月13日-20日
馮　獄　〈談童謠〉　《國語日報》　「兒童文學周刊」　第663期　1985年2月10日
葉德均　〈歌謠資料彙錄〉　《戲曲小說叢考》坊間翻印本
褚東郊　〈中國兒歌的研究〉　收入於郁達夫編　《中國文學研究》（上）　清流出版社影印
劉錫蘭　〈漫談歌謠〉　《師校師專及國教輔導人員研習會專題研究第四集》　1967年7月
蔡尚志　〈兒童歌謠與兒童詩歌研究〉　《嘉師學報》　第12期　1982年4月
鄭　蕤　〈談兒歌之精神與兒歌教學〉　中師《幼稚教育特刊》　1985年12月

鄭良宗　〈鄉土童謠的研究〉　《兒童文學研究（第一集）》　中國語文出版社　1974年11月

參
試論「兒語」

一　前言

兒語，自古有之，也有人稱之為童言，近日又有人稱為童語。至於把「兒語」列入兒童文學範疇者，始於一九八一年王秀芝教授的《中國兒童文學》(頁44-53)。然而，王教授並未給予明確的界定。

而後，林政華教授的〈兒語研究——兒童詩歌探源〉出，並於一九八五年十二月八日，中華民國兒童文學學會第一屆論文發表會中提出；當年曾引發熱烈的討論，並有林武憲老師的講評，他說：

> 我們都知道，真正的兒童文學作品，要具有兒童性，採用兒童的觀點，用兒童能懂的語言，從兒童的經驗出發，主題意識，內容表現方法、形式，都要配合兒童心理發展階段；所以，寫作者需要了解兒童語言。如果能在作品中，安排創造一些讓兒童有親切感的「兒語」，一定可以增加作品的趣味，也就是只把「兒語」，做為一種素材，而不能把它看做是一種文學作品，獨立兒童文學中的一類。(談〈兒語研究〉)

筆者認為林政華教授能重視「兒語」，可說頗具慧眼；但綜觀全文，立意雖可取，而立論則尚不足。至於，林武憲老師的講評，雖然能夠抓住重點，且發揮自己的文學觀；但嚴格說來，他所說的似乎並非真正的重點。

其後，林政華教授又以林牽山為筆名，有〈試談文學性兒童語言〉一文，刊登於省北師專《國民教育》第二七卷第一期，再從兒童語言發展的觀點來補述他對「兒語」的看法。如今，事過境遷，忽忽也有兩年多，未見有人論述有關「兒語」的文章，所以，筆者不揣陋學，率爾操觚，雖有失貽笑大方，竊以為或能補述林教授原作於一二。我們知道，一般人所謂「兒語」，即是指兒童語言，而事實上是否有所謂兒童語言的存在？則不為一般人所重視。是以，本人擬先對兒語的界定做一考查。又皮亞傑（Piaget）研究幼兒及兒童對世界認識的發展過程；他認為對世界的認識是語言與思想的基礎，也就是說，語言與認知是不可分的。所以，本文從兒童的認知發展和語言學習兩方面加以考察，以便了解兒語的實質定義與內涵，並進而從美學的觀點認定兒語的藝術性，最後提出個人對兒語的看法。

二　有關兒語界定的考察

「兒語」這個名稱，還未見於現有的字典、辭典上，可是，它卻是個似乎人人用過且了解的名詞。而用在兒童文學上，則是一九八一年左右的事。

至於把「兒語」用於書名，則始自龔顯男的《甜蜜的兒語》，該書初版於一九八〇年七月。全書分五部分：天真的兒語、有趣的兒語、詩意的兒語、可愛的兒語、清新的兒語。龔氏並未說明什麼是兒語，而他的兒語並非是記錄，只是「從眼前學校的歡笑，補捉著他們純潔的笑靨，感應著他們雅樸的心聲。」（見自序）。該書於一九八六年五月改由亞泰圖書事業公司與龔氏出版社聯合出版，並易名為「童年的兒語」，全書並增訂為十部分。

其實，兒語一詞，在林煥彰先生的《童年的夢》（1976年4月出版）裡已有提到。他在〈月光光〉一詩解說：

> 像一則童話，我用類似兒語的文字來處理；這首詩，表現小孩天真無邪的想法。（頁33）

又在附錄二〈兒童詩的欣賞〉之二裡也說：

> ……及最後一行的「依然」也似乎有必要改為「還是」，使它更「口語」，更接近「兒語」，那樣才能充分顯現兒童的心理及獨特的語言形態；在詩的節奏上（語音的流轉）或許更自然有利得多。（頁81-82）

（一）兒語的釋義

「兒語」一詞，雖不是普遍流行的用詞，但絕不是陌生的語詞，以下略就字源探其含義。「兒」字，許慎《說文解字》八篇下說：

> 孺子也。从儿兒，象小兒頭囟未合。（見漢京影印四部善本新刊本，頁409）

段注：

> 子部曰孺，乳子也。乳子，乳下子也，《禮記》謂嬰兒。女部謂之嫛婗。兒、孺雙聲，引伸為凡幼小之稱。（同上）

又兒、童二字，常結合成一合義複詞，而有混合通用的情形，但它們的本義卻是不同的。一般說來，童，是指未成年的孩子而言。《左傳》僖公九年：

> 子凡在喪，王曰小童，公侯曰子。（見《左傳》（十三經注疏本），藝文版，頁218）

杜預注：

> 小童者，童蒙幼末之稱。（同上）

孔穎達疏：

> 童者，未冠之名。童而又小，故為童蒙幼未之稱。《易》蒙卦云：「匪我求童蒙，童蒙求我。」蒙謂闇昧，幼童於事多闇昧，是以謂之童蒙焉。（同上）

又劉熙《釋名》〈釋長幼〉第十：

> 兒始能行曰孺子，濡也，言濡弱也。七年曰悼，悼，逃也，知有廉恥，隱逃其情也，亦言是時而死可傷悼也。毀齒曰齔。齔，洗也，毀洗故齒，更生新也。長，萇也，言體萇也。幼，少也，言生日少也。十五曰童，故禮有陽童，牛羊之無角者童，山無草木亦曰童，言未巾冠似之也，女子未笄者亦稱之也。（見《小爾雅訓纂》等六種本，鼎文版，頁74）

一般說來，古時約八歲入小學。許慎《說文解字》敘：

> 周禮，八歲入小學。

入學，古代謂之啟蒙，約今日學前至小學階段。案：蒙字的解釋，《易經》有蒙卦，卦辭是：

> 蒙，亨。匪我求童蒙，童蒙求我。初筮告，再三，瀆；瀆則不告。利貞。

彖辭：

> 蒙以養正，聖功也。

又《序卦傳》云：

> 物生必蒙，故受之以蒙。蒙者蒙也，物之和也。

《經典釋文》卷第二〈周易音義〉：

> 蒙，莫公反。蒙，蒙也，稚也。《稽覽圖》云：無以教天下曰蒙。方言云：蒙，萌。（見鼎文國學名著珍本彙刊本，頁20）

童蒙即兒童，幼稚的意思，蒙、童同義。因蒙以養正，古人在兒童教育上的專文，有：朱子〈童蒙須知〉、王陽明〈訓蒙教約〉（或作訓蒙大意）、陳弘謀〈養正遺規〉。清末光緒二十八年（1902）張白熙奏定壬寅學制，也有蒙學堂，次年張之洞等會訂癸卯學制，也有蒙養院；所謂蒙學堂、蒙養院，皆沿襲舊有用詞。

從前述引論中，我們可以了解就古代的字義解釋，「兒」比「童」更幼稚。

（二）兒語的古代意義

「兒語」一詞，古代叫做「童言」，所謂「童言無忌」、「童言鳥語，百無禁忌。」其實，兒語也見之於古代。當時雖沒有實質的界定，卻具有兒歌、童謠的意思。明代呂得勝、呂坤父子，即演繹諺語、格言而成《小兒語》、《續小兒語》、《演小兒語》等書。他們撰述小兒語的動機，據朱介凡先生〈呂坤的小兒語〉一文裡說：

> 一、教子嬰孩，蒙以養正。
> 二、把大人傳誦的諺語、格言，編纂更改了，給孩子們唸唱。
> 三、採用孩子們的謠歌，引起赤子之心的興趣，以為教訓。
> 四、先在孩子們腦筋裡生根，等他長大了，再憶念這些話頭，而引起生活行為的反省。
> 五、還有一個隱而不顯的目的，即是在那個政治橫暴的時代，士君子、老百姓所不得不講求的持身自保之道。
> 六、藉小兒書的形式，傳播自己的思想觀點。
> （《見聽人勸》，頁332）

呂得勝於明世宗嘉靖三十七年（1558）序《小兒語》云：

> 兒之有知而能言也，皆有歌謠以遂其樂。群相習，代相傳，不知作者所自。如梁宋間「盤腳盤，東屋點燈西屋明」之類，學

> 焉而與童子無補，余每笑之。夫蒙以養正，有智識時，便是養正時也。是俚語者固無害，胡為乎習哉？余不愧淺末，乃以立身要務，諧之音聲，如有鄙俚，使童子樂聞而易曉焉，名曰小兒語。是讙呼戲笑之間，莫非理義身心之學，一兒習之，可為諸兒流布；童時習之，可為終身體認，庶幾小補云。縱無補也，視所謂盤腳盤者，不猶愈乎！（見郭立誠編註：《小兒語》，頁42）

他以為兒歌不過孩子們「以遂其樂」，在教養上卻「與童子無補」，這看法當然並不太對。只因他太汲汲於「蒙以養正」了，恨不得把孔孟之道，一下子都塞入幼小心靈裡，讓天下眾生，都成聖賢。

呂坤的學業、德行、事功，都超乎其父，發揚先人遺愛，乃有《續小兒語》（包括演小兒語）的選述，明神宗萬曆二十一年（1593）自序說：

> 小兒皆有語，語皆成章，然無謂，先君謂無謂也，更之；又謂所更之未備也，命余續之。既成刻矣，余又借小兒原語而演之。語云：教子嬰孩。是書也誠鄙俚，庶乎嬰孩一正傳哉。乃余竊自愧焉，言各有體，為諸生家言，則患其不文；為兒曹家言，則患其不俗。余為兒語而文，殊不近體，然刻意求為俗，弗能。故小兒習先君語，如說話，莫不鼓掌躍誦之，雖婦人女子，亦樂聞而笑，最多感發；習余語，如讀書，謇謇惛惛，無喜聽者，拂其所好，而強以所不知，理固宜然。嗟嗟！兒自有不兒時，即余言或有裨於他日萬分一，第恐小兒徒以為語，人徒以為小兒語也。無論文俗，總屬空談，雖仍小兒之舊語，可矣。先君何庸更，余何庸續且演哉？重蒙養者，其繹思之。（同上，頁58）

所謂「語皆成章」，乃指兒語、童謠。又杜文欄所輯《古謠諺》，也錄有「兒語」一詞。卷八「吳永安中南群兒語」條說：

> 《晉書》〈五行志〉中，孫休永安三年。將守質子群聚嬉戲。有異小兒忽來言曰：「三公鋤，司馬如。」又曰：「我非人，熒惑星也。」言畢上昇，仰視若曳一匹練，有頃沒。干寶曰：「後四年而蜀亡，六年而魏廢，二十一年而吳平。於是九服歸晉，魏與吳蜀並戰國。三公鋤，司馬如之謂也。」（見世界書局本，頁114）

又卷八「義熙初小兒語」條說：

> 《晉書》〈五行志〉中，義熙二年，小兒相逢於道，輒舉其兩手曰：「盧健健。」次曰：「鬥歎、鬥歎。」末曰：「翁年老、翁年老。」當時莫知所謂。其後盧龍內逼……。（同上，頁122）

又卷九「荀伯玉聞青衣小兒語」條：

> 《南齊書》〈荀伯玉傳〉。初太祖在淮南；伯玉假還廣陵，夢上廣陵城南樓，上有二青衣小兒語伯玉云：「草中肅，九五相追逐。」伯玉視城下人，頭皆有草，元徽五年而廢蒼梧。（同上，頁157）

又卷三十「蘇州除夕群兒呼語」說：

> 《平江記事》。吳人自相呼為獃子，又謂之蘇州獃。每歲除夕，群兒繞街呼叫云：「賣癡獃，千貫賣汝癡，萬貫賣汝獃，見賣儘多送，要賒隨我來。」（同上，頁447）

又卷五十「郎瑛引小兒語釋懛」條說：

> 《七條類稿》（卷二十三辨證類）。蘇杭呼癡人為懛子。屢見人又或書獃騃二字。雖知書如杭徐伯齡，亦以懛字為是。予考《玉篇》眾書無懛獃二字，獨騃字。《說文》云：「馬行仡。」而《韻會》云：「病也，癡也，凡癡騃皆作騃。」獨《海篇》載懛、獃二字，亦曰義同騃，是知懛獃皆俗字也。嘗聞小兒云：「阿懛，雨落走進屋裡來。」又讀程泰之《演繁露》，鄭獬字毅夫，守江陵，作〈楚樂亭記〉，有頌云：「我是蘇州監本獃，與爺祝壽獻棺材。近來髣髴知人事，雨落還歸屋裡來。」又知亦有來歷。（同上，頁627）

又卷五十九「熙寧中京師小兒易祈雨語」條：

> 《墨客揮犀》卷三。熙寧中，京師久旱，按古法令坑巷各以大瓮貯水，插柳枝、泛蜴蜥，使青衣小兒環繞呼曰：「蜴蜥、蜴蜥，興雲吐霧，降雨滂沱，放汝歸去。」開封府准堂劄責坊巷寺觀祈雨甚急，而不能盡得蜴蜥，往往以蝎虎代之，蝎虎入水即死，無能神變者也。小兒更其語曰「冤苦冤苦，我是蝎虎。似恁昏昏，怎得甘雨？」（同上，頁701）

（三）兒語定義的考察

「兒語」一詞，王秀芝教授雖然將它納入兒童文學的範疇裡，但並沒有為它下定義，他只是描述的說：

> 多麼天真的語氣，直接的聯想！令你發噱，也令你愛得心疼。兒心兒語就是詩。（《中國兒童文學》，頁45）

就字面定義而言，似乎就是「兒童語言」的意義。

而林政華教授於〈兒語研究〉一文裡，則開宗明義的說：

> 兒語，顧名思義，就是指兒童所能說、能聽、能懂的話語，尤其是幼兒天真爛漫而饒富韻味的話語。（見《兒語三百則》附錄，頁75）

定義前段是屬字面定義，而後段則屬實質定義。林教授惟恐意思不清楚，又從年齡、產生背景與特質、價值等方面加以描述，他說：

> 因為兒童發展的情形不同，兒語的產生，雖以四歲至六歲的「幼兒期」為主（受幼稚園教育），但向下也可以延伸到兩三歲的「嬰兒期」，向上也可以延展到六至十二歲的「兒童期」（受小學教育）。由此可見，兒語也當歸入兒童文學範圍中，來加以探究。（同上，頁76）

由上所述，可知兒語產生的背景有五：

> 一、是兒童天生的想說話，能說話，以表達他的想法與感受。
> 二、是兒童所知有限，經驗不多，語彙幼稚而缺乏。
> 三、是上項條件的不良，而又要從事主觀的表達自己的感受與想法，於是在不知不覺間，衝口而出，創造了純真有趣的話語，表現了道地的「兒童語言」，充滿兒童性。
> 四、是成人將兒童所說具有文學味、兒童性的話語，均以記錄成章。
> 五、是成人回味自己兒童期所說的天真話，並予以記述；或自創合乎兒童心態，描寫兒童生活的話語。
>
> 綜合來說，兒語的產生，內在根源於兒童心靈的發露，外在出於兒童語詞的表現或成人的記錄和創作。（同上，頁76-77）

另外，他認為兒語和成人文學性的用語比較之下，兒語顯示了許多獨特的性質，其中最普遍的有六，即：

> 直覺、淺白、生動、趣味、詩意、天真。（同上，詳見頁77-81）

此外，他又認為兒語具有下列八點的教育價值：

> 娛樂身心、學習知識、鼓舞興趣、培養詩心、豐富感情、培育美德、啟發思想、發展人格。（同上，詳見頁81-83）

總結林教授的敘述，我們似乎能明白兒語是什麼個概念。總之，林教授能透過現有資料作考察，只是尚缺少研究的理論。

三　兒童的認知發展與語言學習

人生是個短暫複雜的歷程，不易了解，但仍有基本脈絡可尋。從發展觀點言，人生是一個階段一個階段進行的，每一個階段各有其發展特徵。

根據個體在某些可預測的時期中，所表現的發展形式與特有行為模式，可以將人生分為十一個階段。這些階段及他們大概的年齡是：

產前期：從懷孕到出生。
嬰兒期：從出生到第二個星期的結束。
幼兒期：從第二星期的結束到第二年的結束。
兒童期早期：從二歲到六歲。
兒童期晚期：從六歲到十歲或十二歲。
青春期或前青年期：從十或十二歲到十三或十四歲。
青年期前期：從十三歲或十四歲到十七歲。
青年期後期：從十七歲到二十一歲。
成年期前期：從二十一歲到四十歲。
中年期：從四十歲到六十歲。
老年期或衰退期：從六十歲到死亡。
（以上見胡海國編譯：《發展心理學》，頁15-16）

幼兒二歲初期，開始使用真正語言，到二歲末，很多幼兒早已能言談自如。據此，所謂「兒語」的產生界限，即是始於二歲初期，而止於六歲，因為到了五、六歲或入小學時，可以說已經精通母語了。因此，兒語的產生，就發展階段而言，即是在於幼兒期與兒童早期；就年齡而言，即是二歲初到六歲。

(一) 兒童的認知發展

皮亞傑認為兒童的認知發展，是一系列的認知結構本質演變的結果，這些認知結構的演變，是由簡單進行至複雜。每一階段的發展，都是由前一階段的內容和機能，有系統地和順理地推理而成。新的認知發展階段，並不能代替舊的或先前的認知階段，它只是聯合先前階段的特點，產生本質上的變化；這樣，他新的全部機略，便比原有的更為高超廣大，足以認識、區別和應付更多的事物。

為了便利解釋認知發展的過程，皮亞傑把人類的認知發展全部過程，分為四個階段：

一、感覺運動階段（The sensori-motor stage），發生於從出生直到大約兩周歲這段時間內。

二、運算前階段（The pre-operational stage），發生於從第一發展階段之末直至大約七歲這段時期。

三、具體運算階段（The concrete operational stage），發生於從七歲直至十三歲的這段時期內。

四、形式運算階段（The formal operational stage），包括從十一歲直至大約十四歲的一段時期。

從一個發展階段到下一階段的進程，並不是自動的；它的進度也因人而異。個別兒童的認知發展，是受到他的稟賦和對自己潛在智力的運用方法和頻率的限制。但是可以確定，不管進度快或慢，每一個兒童都必須依序地經歷所有四個發展階段，沒有人可以從第一個階段直接跳到第三階段，任何嚴格而有效的教育和學習，都不能促使這樣的進步。

這四個階段，從簡單的進化成為複雜的理智組織層，直至個體在少年期達到概念成熟為止。在這些認知發展的每一階段內，兒童會以他那時期獨特的方法去知覺和組織他周圍的世界。

1 感覺運動階段

以上略述與本文有關的前兩個發展階段。皮亞傑認為認知的發展，始於嬰兒的誕生。因為從這時開始的一切感覺運動，均為日後的認知發展奠下基礎。為了解釋語言的發展與早期感覺運動發展的關係，皮亞傑對嬰兒生活最初兩年的一切行為，曾作了詳細的觀察和分析，結果把認知發展的感覺運動階段，再詳細分為六個發展層次：

> 第一層是反射的運動。（初生至一月）
> 第二層是適應和初步連環反應的出現。（一月至四月）
> 第三層是重複及意向行為的開端。（四月至八月）
> 第四層是機略的初步聯繫運用。（八個月至周歲）
> 第五層是從實驗創造新的機略。（周歲至十八個月）
> 第六層是從內心活動創造新的機略。（從歲半開始）
> （詳見《認知心理學說與應用》，頁41-48）

皮氏認為感覺運動階段，嬰兒以有意的感覺動作，使個體的需要與外界情境保持平衡關係以發展適應行為。他賦予此階段六個主要的認知成就，是：

一、認識物體的性質：嬰兒除了認識家人外，會對陌生人作消極反應。嬰兒能認知自己的住宅、家具、玩具，與常觸摸的東西，並進而了解如何操弄它，以及操弄後可能發生的反應。

二、手段──目的關係：嬰兒發展出基本的因果概念，例如他知道若抓貓的尾巴，貓會轉頭咬他。他也學會發現達到目的的新手段，因而能移開障礙物，以獲取他所要的東西。

三、目的性（intentionality or purposiveness）：嬰兒出現「目標導向」之行為，例如他會移去一布塊，以便拿起藏在布塊中之玩具。嬰兒所注意的為具體東西，與即刻的目標，對於未來尚未具有清楚的影像。

四、自我意識感：嬰兒期一項重要發展，就是「自我意識」從環境中分離出來。在嬰兒時期，他已有「軀體我」的概念，當然此軀體感尚未十分完整。嬰兒獲知與眾不同的「自我感」，常以「負性作用」（negativism）來爭取自立與自我肯定。

五、語言的開始：在嬰兒期早期，親子間逐漸建立複雜的溝通方法，二歲初期，嬰兒開始使用真正語言，到了二歲末，很多幼兒已能言談自如。皮亞傑把兒童語言附屬於「智力」或「邏輯」進化的結果，其智力乃包含在透過具體經驗所建立的「心靈結構」裡面。

六、物體恆常性（object permanence）：幼小嬰兒不了解物體消失於視界外，仍然繼續存在的現象。到了嬰兒期後期，以及進入學步期時，他逐漸獲知物體具有穩定與獨立存在的特性，而不管物體是否存在他的視界內，或其他任何位置。（見何英奇：〈人的生長與發展歷程〉一文，收入於《教育與人格發展》上冊第七章，頁92-93）

2 運算前階段

至於認知發展的運算前階段，兒童逐漸放棄以感覺運動為依據的思考方法，進而藉著內心的象徵去進行思想。這個階段思想的特徵是：

（1）自我中心主義

皮亞傑曾把運算前階段兒童的思想，類歸為界於成人思想和佛洛伊德的無意識（Freudian unconsciousness）的自我中心思想兩者之間。這一階段的兒童，無法神入（empathy）他人的地位，也不能接納別人的意見，作為許多意見中的一種，加以處理和協調；這點，可以從他經常表現在他人面前自言自語的特別行為中，窺見一斑。同時，這時期的兒童也無法超越自己看東西的角度，描述或表象同一物件的另一角度的面貌。要是他對某一事物的印象是從甲角度觀察所得的結果，而你命他描述這同一事物的從乙角度看到的面貌，他是無能為力的。這也就解釋了一般幼稚園兒童均有其特別繪畫的透視方法的道理。譬如說，一般的幼稚園兒童均把屋子畫成平面的形象，要他以成人的方法去繪立體的屋子是不可能的事。

這一階段的兒童，從不懷疑自己思想的真實性，也不會要從別人的思想，或事物的客觀性中去印證自己思想的是非。即使當他遇到事實與自己思想矛盾的情景，自我中心的兒童也會毫不躊躇地宣佈事實的錯誤，因為他覺得自己的思想是永遠對的。不過，我們要認清楚，這種自我中心思想傾向，是這一認知階段的特徵，它是過渡性的，並不是兒童蓄意要唯我獨尊，或是帶著什麼高傲妄大的價值意識。他這種特別的行為只是不自覺的，正如兒童時常自我言語，並不表示看不起周圍的人，而是這階段的一種自然的行為。

（2）中心點片見性

運算前思想最突出的特點，是個體對事物認識的片面性。這一階段的兒童，在觀察一件事物時，注意力往往集中在該物最突出（他最感興趣）的一面，對於它的其它面貌，則一概忽視。這樣，他的辨別和推理，便是片面、不完全的，也是不全面正確的。以成人的眼光來看，這一階段中的兒童，對事物的判斷均是片面的、皮毛的、過於簡化的，甚至是魯莽的；原因是他未能考慮周全，觀察入微，和三思而定。也因此，兒童有時常有「創見」，或「入木三分」的看法出現。

(3) 變換性

本階段的兒童思想上的另一個特點，是未能了解事物的變換性。當他們觀察一件事物的連續變換時，會把注意力集中在事物變換中的某些狀態上，只看到變換中的許多暫時出現的狀態，或是事物變換的最後結果，而忽視了事物從始至終整體的過程。也就是說，他只本著知覺去跟隨變換中的、按次序的新狀態，而未能把這些由變換產生的許多新狀態組合成一個始與終的關係。他的思想既不是歸納的，也不是演繹的，而是變繹的（transductive）；可是，他卻能抓住剎那的永恆。

此外，變繹的推理方法更有其他的特點。例如：兒童對於同屬一個推論連環中的聯繫因素，往往只能看到它們的相聯關係（associative relationship），而未能領悟其間所含的因果關係（causal relationship）。換言之，他只能把一些相關的因素並置（juxtapose），而不能拿它們來作邏輯的結合，這一識知發展期的兒童，還未能作系統的界定和關聯。同時，運算前階段兒童的思想是混合的（syncretic）；在他的眼光中，所有的事物均有相聯關係，由並置聯繫著，成為一個混合的整體。因此，他們認為一切的事情都是合理的，因為並置的事物之間不可能出現矛盾，也就沒有什麼不合理的可能。因為他們有信念，這一階段中的兒童便不能領悟到機會（chance）和機率（probability）的概念。

因為他們不能了解事物的變換性和因果關係，這時期兒童們的邏輯思想發展，便受著直接的限制；也由於未能領會事物的真正關係，他們的思想是不完全的，如要待思想成熟，還要經過更長時期的發展。

（4）非可逆性

運算前思想的另一特點，是它的非可逆性。可逆性（reversibility）的全面意義是相當繁複的，在這裡只能作極簡單的解釋。可逆性的思想是可以沿著一定的思路進行推理（例如：跟隨著一連續的邏輯步驟，或一件事物的連串改變等），直到達到一定的結論。然後，倒置本來的思路，把原來的思路線索和引導它的一切意象物態，相反的重新建立起來，直至歸返原意。由此，可逆性的思想是靈活的、流動的和平衡的。

自我中心主義、中心點片見性、變換性、非可逆性，這幾個特點是緊密相連的，它們同時限制著認知發展運思前階段的思想方式和實質。

從上述可知，皮亞傑認為智力的根源，是來自幼兒期、兒童期早期的感覺及運動發展。美國行為學派也認為性格的形成，與個體環境和學習經驗有密切的關係。而近代解剖學家及神經心理學家也證實，個體在環境中如接受大量的感覺刺激，則其腦部功能可獲得更好的發展。因此，讓孩子在環境中獲得充分的探索及操作機會，使神經、肌肉及骨骼均獲得正常的發展，如此，自能達到感覺統合。所謂感覺統合，是指個體先將各種感覺，如內耳前庭、平衡覺、皮膚觸覺、本體感受覺（肌肉關節動覺）、聽覺及視覺等，輸入腦部組織整合，然後再適當地反應到生活上。

在六歲以前，孩子還無法以抽象的概念來認識外界的事物，而必須以實際的感覺來認識與學習，所以，他們必須不斷地以身體及四肢的動作，來增加感官及運動的經驗，也就是說，學前的兒童是非語文傾向的，是屬於右腦思考方式。他們有與生俱來的豐富想像力，他們的學習大部分基於活動——各種形式的遊戲活動，是兒童學習的媒介。在幼兒的感覺範圍內，一切的東西都是新奇而可玩的。認知發展的主要動力，是兒童本身不懈的活動和經驗。因此，教育幼兒通常須以具體的事物為教具，同時，要提供大量的活動，以增加他們肌肉關節的動覺及對自己形體的認識。然後隨著年齡的增長，其感覺運動組合逐漸成熟，才能接受文學及抽象符號的教學。所以，良好的感覺統合是幼兒將來認知學習的根基。申言之，兒童的智力發展，在感覺運動階段，是以感覺統合的方式運用思考力；在運算前階段，則是在各種假想的遊戲中滋養成長出來的，因為遊戲是兒童將現實世界的事物，與他既有的經驗同化在一起的最主要的途徑。在運算前階段時期，兒童經由遊戲到語言、道德觀、時間和數字等概念。小孩子在此期發展成熟後，他會進入下一個階段——具體運算階段。到了這個階段，他們就能正確的分類物品，了解物品質量的保留觀念，用社會通行的語言表達意見，消除他們的萬物有靈觀，並且漸漸地能以合乎邏輯的思考方式來看周圍事物。

總之，兒童緣於在認知發展過程上的限制，他們的思考與認識的方式，是和成人世界有所不同，加以研究，會發現這是非常有趣、奇怪、出人意表、不可預料的。這種妙不可言的兒童意識世界，在林良先生的眼中，他認為包括了：

一、純真：站在兒童的純真世界中去觀察事物，常常會產生很多新的觀念。在安徒生童話〈國王的新衣〉裡，一方面揭露成人心理的複雜、虛偽；一方面表示出兒童的純真，不為世俗所蔽，所以敢於揭穿「國王是沒有穿衣服的」這件事情。

二、沒有時空觀念：或者可以說兒童另有一套屬於他自己的時空觀念。例如：據說美國韓福瑞當選了副總統，在遷往華盛頓時，他的小女兒祈禱時說：「上帝，我們要搬家了，以後再也見不到你了。」在她小小的心靈中，大概以為搬到華盛頓，上帝仍然留在她的舊家裡。

三、物我關係的混亂：兒童可以和任何動、植物或任何空間說話。兒童的意識活動本來就是如此，所以對兒童本身，不但沒有害處，不必禁止，而且可以乘機灌輸仁愛、愛護動物的觀念。

四、想像自由：兒童心靈純真，想像力不受任何束縛。對於這點，應加以培養、鼓勵，不要以為是空想而將之扼殺。腦子的活動力遠而寬，對人類的進步大有幫助。同時，兒童的想像力得到充分的發展，將來接觸到現實時仍能夠保留著自己的理想。

（省立臺中師專《研究叢刊第三集》中〈兒童讀物之語文寫作研究〉一文，頁124）

兒童意識世界，實際上即是兒童在語言內容方面的特色。所謂語言即是思考。因此，在表面上似乎平靜，而事實上卻相當複雜。要熟悉兒童的意識世界，最直接而有用的方法，就是經常與兒童接觸，從兒童自然流露出來的話中了解它。兒童意識世界的把握，即立足觀點的肯定。能掌握「立足觀點」，則能了解成人文學與兒童文學的分際所在。

(二) 兒童的語言學習與發展

語言是個完全開放而且相當複雜、抽象的符號系統。可是，任何一個正常的小孩，都能在短短的五、六年之內完全學會他的母語。因此，從古到今，兒童學習語言的過程一直是學者非常感興趣，卻也一直迷惑不解的一件事。尤有進者，通常每個兒童接觸到的語言資料不同，也無需父母刻意教導，但在短短的五、六年間，他們所學習的語法系統和使用語言的法則，卻是一致的。

以往，大家都以為幼兒學說話就像鸚鵡學講話一樣，是一字一句，慢慢地模仿、學習的。但行為學派認為模仿、刺激的再增強，是語言學習的主要途徑；而認知學者則認為人類具有與生俱來的學習能力，語言學習只是這種能力的一部分。至於變換律語法理論學者杭士基（Noam Chamsky），更認為學習語言的能力，不但為人類所獨有，而且天生的良知良能，很可能也是決定語言學習的成就的一大先決條件。他相信幼兒語言學習並非逐句去學，並非一個句式一個句式地學，而是學語言的衍生法則；語言是一高度抽象的認知行為，也是一有衍生法則可循的演繹系統。他指出：幼兒常會自創一些新的、大人沒聽過的，或是缺乏邏輯的句子，可見他們並不只在直接模仿大人的說法，他們其實也同時在自動發掘語言的規則。而大人在面對幼兒創新語言時，通常很少會有系統的，或是特意去矯正他，只要他的意思表達清楚了，大人自然會有所回應。照理說，這樣下去，幼兒說的話將會和大人有所不同；但事實上，幼兒卻能自我糾正，逐漸改進，終於與大人的說法符合。因此，杭士基派的學者認為：人先天有學語言的本能，只要讓幼兒生長在一個說話的環境中，每個幼兒都能自動地學會他們的母語，且學習的過程完全一樣。

無論幼兒學會說話的能力是來自先天或模仿，學習語言的過程都是從身體的舞動開始。嬰兒在出生幾天之後，會自然地跟著所聽到的語言節奏手舞足蹈，這是他了解語言的開始。今以宋海蘭教授在《幼兒語文教學》一書的分期為據，將各階段的發展過程分述如下（詳見頁4-6）：

1 嬰兒時期——出生至一歲

剛出生的嬰兒，發聲器官和智力還沒有發育成熟，所以常用「替代的語言」來表達他的需要，嬰兒替代的語言是：哭、牙牙兒語和姿勢。嬰兒最早使用的語言是啼哭，這種語言隨著個體的成長也漸分化，可由啼哭聲中，分辨出嬰兒的情感及需要，這是語言表達的第一步。

滿月後，如果覺得舒適愉快的時候，常常會發出一些咕咕聲（cooing），大人也常在這個時候對他咕咕回答，不知不覺中，學習著如何與別人呼應、交談。三個月以後，進入牙牙兒語（babbling），會發出咿咿唔唔的喃喃語，主要是嬰兒練習自己的發聲器官，這是有意的去模仿別人，控制聲帶而發出聲音，但他卻不知所發音的意義，尤其在八個月左右，出現的量最多。他會選擇性的模仿環境中別人語句裡的某一個音，進而控制聲帶肌肉，重複的發出。這個階段是奠定以後模仿學習的基礎，一直到一歲左右，所發的音才會逐漸和他的母語接近。

在此時期，幼兒除了充分練習發音外，姿勢（手勢、音調的高低等）也是常用來與父母溝通的一種方式，尤其是在一歲左右表現的最多。在他逐漸會說話以後，還會持續一段時間才放棄。成人宜在嬰兒心情愉快時，清晰地反覆說些簡單的話語，並配合動作、實物、圖片等，協助嬰兒了解成人的語言。

2 幼兒早期——一歲至兩歲

幼兒在此時期，有強烈的動機模仿別人的聲音、重複別人的說話，當幼兒由於模仿或重複而發出單字音時，成人即會依據幼兒所說的單字音及表情、姿勢，替幼兒表達完整的語句，逐漸使幼兒學習理解聲音所表示的意義。

幼兒此時開始建立字彙，尤其對於周圍環境中的東西，由熟悉而能指認聲音所代表的實物，名詞漸增多；字句的發展，也可單字句進而為雙字句，但是語言運用的能力卻很差。

成人在此時期，要以正確的發音跟幼兒說話，適時地給予幼兒鼓勵，並將語言視為一種遊戲，愉快地與幼兒練習說話，幫助幼兒建立更多的字彙及標準的發音。

3 幼兒中期——兩歲至三歲

幼兒在兩歲左右，語言發展情形更為進步，說話用字大為增加，根據兒童字彙發展的研究，平均幼兒在一歲時能懂得三個字，二歲時能說二百七十二個字，三歲時增至八百九十六個。幼兒說話平均句長，據估計：兩歲為一點七個字，三歲為三點三個字。字句發展進入多字句，字句之間已有簡單的語法結構。使用最多的詞類是名詞，動詞次之，代名詞又次之。兩歲時動詞、形容詞和介詞都顯著增加。

幼兒兩歲開始學習語法規則的內涵，其獲得語法規則相當有次序。語法之學習不只是學得組字為句的規則，還須要了解何時該使用。因語法常有例外，所以幼兒容易犯有「過度規則化」之弊。幼兒藉著語法規則，會敘述自己的行為及感情，雖然表達得不夠完整，發音不能夠把握正確，但是成人已能揣摩幼兒的思想，並能相互用語言溝通。更重要的是此時期各語言社會的傳統加諸幼兒身上的力量，便要從兒童語言行為當中表現出來，換言之，中國的兒童表現中國的語法，西洋的兒童表現西洋的語法。

成人在這個時期，要注意聽幼兒的說話，有時重複他的話，讓他知道成人是否了解；有時要問他問題，以便成人了解幼兒無法完整表達的意思，並隨時與幼兒交談他所感興趣的話題；語言的禮貌及日常生活的問安語，此時已可以開始教給幼兒。

4 幼兒後期——三歲至六歲

幼兒在三歲以後，語言能力突飛猛進，四歲能說的字彙為一五四〇字，五歲為二〇七二字，到了六歲前有二五六二字。說話平均句長據估計，四歲為四點三個字，五歲為四點六個字。字句的發展進入複雜句，漸漸能說出結構完構的語句，各種詞類也能加以運用，但實際能運用的字彙，遠不如從前。到了五、六歲，幼兒逐漸會對語言所代表的「字」有了認識，尤其是生活環境中常見到的字，更能引起幼兒的注意。

此時期的幼兒會自由使用日常用語，能運用語言表達自己的思想，由於好奇心及求知慾的驅使，幼兒喜愛發問，周遭的事物都要一探究竟，問出所以然來，也因為傳播媒體及學前教育的普及，在此時期末，幼兒的語言行為表現儼然如「小大人」。

成人在幼兒後期，對幼兒的發問，要用幼兒能懂的字眼回答，對於幼兒夾雜不標準的語音，不正確的語法，不文雅的語詞以及口吃等現象，要耐心地指導矯正，並要提供幼兒適宜的閱讀材料，將幼兒語言學習導入新境界，體驗閱讀的樂趣與文字的奧妙。

幼兒語言發展雖分成上述四階段，但其發展是連續的，發展的速度也因人而異，所以，分段的年齡是個約略的數字。總結以上所述，我們可以明白「理解力、發音、字彙、組句」是學習語言的四個要素。同時，也是兒童期早期學習語言的主要發展任務。

（三）兒童語言的分類

許多的專家學者曾對兒童所說的話，加以觀察與研究，他們認為兒童說的話，依其功用，可分為自我中心式的語言和社會化的語言兩大類，每一個類型都各有其不同的功能。我們一向認為大部分傳達語言的目的，是在溝通人們彼此的意見。可是，對小孩子來說，就不是這麼一回事了。試以《小腦海中的世界》第五章〈語言的發展〉為據，分述如下：（詳見張子芳譯本，允晨版，頁81-102）

1 自我中心式的言語

一個孩子大約是在二歲和四歲之間，開始說話。語言在一個人早期發展階段，是一種完全自我為中心的形式。小孩子的語言反映出他在此時此刻心中所想的事情，也可不在乎他所講的話只有自己聽得懂。說話本身即是一種愉快的感覺，也是運動的經驗。這種自我中心式的言語又可分為下列三類：

一、重複語句：自我為中心的說話方式中，以喜歡重複一些聲音話語為其最基本的形式。這種說話方式，是一種遊戲，也是為自己製造樂趣與快感。幼兒也會重複他聽到別人所說的話，才開始起步思考他們說過的話，例如：小孩子會把偶然聽到爸媽私下的談話，重複說給完全陌生的人聽，而這些話可能是會令人感到難為情的。

二、獨白：我們常會聽到小孩子自言自語的說個不停，也不管眼前沒半個人我，他還是獨自說著他的生日禮物、玩具或是他幼稚園的老師。這就是所謂的獨白。不論小孩子是獨自一個人，或是一群小朋友在一起，他總是對自己的話，講有關自己的事；只為了說給自己聽而已，他不在意有沒有聽眾，或聽眾是誰。同時，他們說話時，經常會從一件事跳到另外一件事上，而這兩件事之間並沒有任何關聯。這種自我中心的獨白，可能就是將來長大後的思想和理解力的基礎。

三、集體式的獨白：集體式獨白是三種自我中心式說話中最具社會性的。這種形式的獨白，是由同時發生的幾個獨白所組成的，也就是兩個以上的小孩同時都在說話，他們之中沒有一個人聽別人說話，或是回答別人的問題。通常，小孩子會一個個的聚在一起玩，可是，每個人只專注在自己的幻想或談話中。小孩子很少去注意聽玩伴問他的問題，他所給的答案往往和問題是牛頭不對馬嘴，兩者之間一點關係也沒有的。在這個階段裡，小孩子甚至根本不去試著了解或傾聽別人的意見。集體式獨白，可能為繞著一個普遍的話題為中心，也可能是大家講的話彼此毫不相關。

2 社會化的言語

皮亞傑認為小孩子在七歲以前，尚不需要與人清晰地溝通意見。每個人都會費一番功夫去了解他說的話，如嬰兒一哭，媽媽就會跑來餵他東西或換尿布。可是，一旦小孩子漸漸長大，並且開始接觸到和他自己一樣以自我為中心的小孩，就必須花點力氣爭取別人的注意，讓別人聽到也懂得他說的話。社會化的說話方式，在五、六歲時開始出現，因為到了這個時候，小孩子會有更多時間和別人一起玩，一起分享玩具，並且在玩團體遊戲時，需要更多大眾合作的精神。

雖然社會化遊戲隱含與別人溝通意見的意思，但六、七歲的小孩的說話方式仍是非常自我中心的。他們的對話常常是單行道的，不過，仍有一明顯的改變：小孩子會注意聽別人說的話，並且會應答別人說的話。開始會彼此交換訊息，而這就是一種對話。

社會化的語言，就是對聽者而說的話，顧到聽者的觀點，有意影響他人，要和他人交換思想及情感；據皮亞傑研究，可分四類：

一、交換訊息：交換訊息是社會化語言的基本形式。語言從原來是一種能給人帶來快感的途徑，轉變成用來互換想法和意見的工具。互換訊息是將來發展與人交談的基石。小孩子與別人交換心得或想法，他會告訴他的聽眾那些事是他感到興趣的，或是那些事會影響他的行為。

二、批評言論：這種說話方式經常出現在運算前階段兒童的談話裡。他們的評論是有意的，而且是特別針對某一個人。在這種情況下，這種說話方式和互換訊息方式極為類似。不過，小孩子卻不期望被批評的人有任何答辯。

兒童的批評言論常常是根源於氣憤或情感上的因素，很少是基於邏輯推理或理性的原則，同時箭頭往往指向別人。兒童利用批評的方式表示自己高人一等。

三、命令、要求和威脅：這種說話方式是指說者和聽者之間有明確的交通。小孩子為了達成某一目的，他會企圖經由命令、要求和威脅的方式，影響他的聽眾的行為。通常，這種說話方式會伴隨一些行動或蓄意要做某個行動。

四、疑問和回答：這是社會化語言形式中的最後一類形式。小孩子早在兩歲或三歲時便開始會問問題，在四歲至六歲期間，他們就會問個沒完。由於兒童語言能力增強，他便對每件事都要「打破沙鍋問到底」。小孩子對他們提出的問題都會要到一個解答。不過，皮亞傑發現年紀小的孩子發問時，經常是不專對某個人說話的，因此並不期待得到答案；有時候，他們甚至會自問自答。

孩子最早發問的形式，主要是以質問和人、地、物等的名稱和用途有關的問題，他常會問「什麼是……？」兒童進入運算前階段的後半段時（五、六歲），他們的問題，便著重在有關事物的因果關係及其本源，和自然界等問題。兒童所做的回答比他們所提出的問題，更能作為探尋他們邏輯概念和推理能力的發展狀況。

由於兒童以自我為中心的天性，他們無法明白或接受別人的意見；因為小孩子認為既然每個人的想法和他的完全一樣，因此凡事要不需要多做解釋。

兒童脫離以自我為中心的說話方式，他們把利用單音節的字和各種不同的聲音，拿來拼拼湊湊說著玩，或是說押韻的兒歌、童謠，以及唱遊等，這些都能幫助兒童了解語言的可塑性。稍後，在雙關語或開玩笑方面的學習，提供他們練習字彙的最佳機會，並且也是學習把思想從原有的形式中抽取出來，然後以新的方式運用它的好機會。

學習把意思相去甚遠的字聯想在一起，作成雙關語或反應敏捷的拿它來開玩笑，這就是能夠幫助兒童發展說話技巧，以及邏輯和創造性的思考能力的語言活動。

小孩子漸漸長大後，去除了以自我為中心的說話方式，真正的交談便開始發展了。這種由自我中心轉變到社會化的講話方式，顯示小孩子能夠領悟更抽象的想法和概念。

（四）兒語的世界——語言缺陷

語言學習是不容易的。根據調查研究，影響幼兒語言能力發展的因素有智慧、性別、家庭背景、社會因素、教育機會等。智慧由遺傳決定，性別生來註定，家庭背景及社會因素往往是不可抗拒的。惟有教育機會是能把握的。幼兒的語言能力所以有很大的差別，主要是由於教育機會多寡的不同，很少是由於智力的差別。

申言之，發音器官發育不全或損傷；較低的智能；不良的社交環境，缺乏說話的誘因；不適當或不良的模仿對象；久病；耳聾；多胞胎的孩子；均可能使幼兒的語言發展遲滯，甚至形成語言的缺陷。現試以張耀翔《兒童之語言與思想》一書為據，略述各種的語言缺陷（詳見頁43-49）：

一、啞：這是最嚴重的缺陷。啞病多屬耳聾的結果。蓋語言的學習由於模仿，模仿的先決條件是能聽，世上啞巴大半是因為生來或極幼時即患耳聾的結果。有些兒童的聽覺器官及中樞都無生病，而仍不能說話，這必是因為他的智能太低下，不能領悟他人語言，更不能模仿出來；所以，啞症也是低能的附帶現象。

二、口吃：就是發音重覆，即重覆說某一個字或某一句話。常見的現象是：說話忽然中斷，結結巴巴的，一句話也說不出來，忽然又一連串地說個不停。這種缺陷最普遍。其原因，有的是發音器，尤其是喉頭的活動遲緩，或不能協調，或患抽筋病。有的是神經因恐怖而受震擊，使胸中橫隔膜在發音的時候，不能自由活動。又有的是幼時慾望被壓迫了。有的則是不良習慣造成的。患這種病的人，往往不注意語言的內容，而注意於語言的機械方面；不大注意要說的字句，而注意於一句話的頭一、二字，或一字的頭一、二個字音。

三、失言病：也稱失語症。可分為運動性失言症、感覺性失言症、倒錯失言症和脫音症。

四、失音症：失音的現象很多，有喪失發音能力者，有只能發微弱語音者，有發音不清楚者，有發音不響亮者，有鼻音不清或帶鼻音者，有發音尖銳而不響亮者。

五、童語：幼兒有幼兒說話的腔調、語氣，到了長大了自然會改變。假如長大了還未改掉，也是一種缺陷。詳見下節。

六、讀音不對：這種現象是起於疏忽，器官缺陷，或神經衰弱。

七、不完全語言麻痺症。起於發音器官的衰弱，或不能協調。又可分為：拖長語言、戰慄語言、重讀加多、遺漏字音或整個字、字音顛倒等。

八、語言麻痺症：語言或組織語言的因素喪失，與啞不同，這是暫時的。起於唇、舌或喉頭的麻痺。

九、語無文法：在句子構造上現出顯著錯亂。據研究報告指出，兒童在文法方面的錯誤，與父母有關。

十、嗓啞：患者只能作低聲語言。心境極端消沉，或患協識脫離症者，常有這種現象。

十一、沉默：患者並無失言症或痲痺等現象，有時只是故意拒絕語言。

十二、擬聲症：又稱回聲症。將聽見的字句，像鸚鵡一般的模仿出來。

十三、重複語言：繼續不斷的重覆說同樣字句。

十四、多言：話特別多。

十五、穢語症：非常愛講不正經、污穢、淫亂的話。

十六、怪聲症：愛發意義聲音。

十七、新語症：愛造新字，給以意義。

十八、謊語症：將幻想的意思當作真事講出來。

綜觀上述各種語言缺陷，皆有治療與改正之途。其中，除發音器發育不全，或有損傷疾病所造成的語言缺陷之外，皆是兒童語言發展過程中共有的現象。這種共有的兒童語言現象，即是所謂的兒語。兒語，它的英文是baby talk。這裡的兒語並不單指幼兒說話的腔調或語氣（本義）而言，而是泛指那些可抗拒的各種的語言缺陷；因此，廣義的兒語，是泛指兒童在語言發展過程中常見的各種的語言缺陷（引申義）。與字面定義的「兒童語言」有所不同。無論是本義或引申義，兒語的本質皆是在於「缺陷」。

申言之，兒童語言的發展是一段辛苦的歷程，我們知道兒童語言的發展，是基於感覺運動作用，從感覺統合的活動中，兒童學到模仿的能力。語言的學習，大有助於概念能力的發展，也就是說語言的發展和促進邏輯思想的發展，但它不是產生邏輯思想的必備條件。反過來說，語言的發展是基於個體所具有感覺運動統合作用的，因此，後者是前者的必需條件；沒有感覺統合的經驗，語言便不能發生。為人父母者，應該在幼兒學說話的時候多下點功夫。或許做個「多話」的父母，多與孩子交談，配合孩子的理解力，進而擴展孩子的語言範疇，是具體有效的方式。只有透過良好的學習機會，才能幫助孩子走出「兒語」的世界。

一九八七年六月十日《國語日報》第三版，有段〈幼兒語言發展家長需加注意〉的報導，試引錄供參考：

> （本報訊）信誼基金會語言學習能力測驗中心，最近邀請林麗英醫師演講「幼兒語言發展常出現的一些困擾問題」。林醫師指出，除了構音異常（又稱為口齒不清）佔了語言障礙的百分之八十以上外，還有語言發展遲緩、口吃、聲音沙啞和聽力障礙等。林醫師提醒父母，要儘早發現兒童的語言問題，可以利用下面的方式多注意。
>
> 第一、檢查孩子是否有器官上的問題。
>
> 第二、和多數同年齡的孩童做比較，可以發現孩子的語言發展速率如何。
>
> 第三、以平常心來觀察孩子，父母對於孩子的口語表達力、清晰度、聽覺等應做細心的觀察和評量，但不要過分焦慮。
>
> 第四、運用專業人員的諮詢服務，父母如果發現孩子有語言發展上的問題時，應立即尋求專業性的「語言治療」專家予以治療，以免失去了適當的治療時機。

總之，兒童在語言的學習與發展上，都有他獨有的特色。林良先生在〈兒童文學裡的語言問題〉一文裡，認為兒童在語言形式上有五項特色：

1 語彙有限

兒童的語彙跟一般成人的語彙相比，是相當有限的。幼小的兒童在學習進程中，因為語彙的缺乏，有用「眼睛上面的牙刷」來指眉毛，或用「嘴上的眉毛」來指鬍子的。從文字的觀點來看，這是「有限語彙的無限運用」的技巧。兒童讀物作家必須特別注意這一點，必須學習「用兒童所能懂的語言來從事創作」，原因就在這裡。

2 語法的錯誤

兒童常常是「整體」的吸收語句，缺乏分析的能力。因此，在另造新句的時候，容易造成語法錯誤。從電視上學來的「陰偶雨」竟使一個幼童說出「陰偶雨啦，要帶傘！」連詞的運用，對兒童來說是相當困難的。「除非我要去吃飯啦！」說這句話的幼童，必定是把「除非」當作「現在」或「本人」來用的。

3 專用語彙

幼兒的專用語彙，大部分是由母親、保母所傳授，如：咪咪、鴨鴨、抱抱、餵餵、紅紅、大大……。幼兒因為沒有分析詞性的能力，也造成了許多專用動詞，例如：大便「大」好了，小便「小」出來了。

4 專用語調

幼兒專用的語調，也是由母親、保母傳授的多。例如：把弟弟叫成「抵笛」，把妹妹叫成「每梅」，把糖糖說成「躺湯」。

5 發音困難

有些幼兒，在三四歲的時候遭遇到發音困難。例如：喊哥哥為

「多多」，把「知道」說成「基道」都是。（見《中國語文》32卷5期，頁49-50）

兒童在語言形式上的特色，雖然有五項，但在基本上，「語彙有限」是最值得重視的。我們知道能把握兒童的語言世界和意識世界，才能寫作兒童讀物，而寫作兒童讀物成功與失敗的關鍵，也在於此。特意去認識孩子，去和他們玩，聽他們說話，對寫作也很有幫助。

四　兒童的美學基礎

兒語雖然是兒童語言發展過程中的普遍現象，也是語言的缺陷，可是，它卻具有藝術的美，且是我們無法在人以外的自然物中找到。

（一）兒語的本質

在幼兒會用語句表達他的意思之前，他有三種表達方式：哭、牙牙兒語和姿勢。哭，是嬰兒剛出生的幾個月裡，最常使用的。但是，對未來語言的發展來說，最重要也是真正的語言學習，是由牙牙兒語開始的。王鍾和先生在〈幼兒是怎樣學會說話的？〉一文裡，曾對牙牙兒語有如下的說明：

> 牙牙兒語（babbling）——再過五、六個月，嬰兒開始學習試著將子音和母音更迭地串連起來，發出「ㄅㄚ　ㄅㄚ、ㄇㄚ　ㄇㄚ、ㄉㄚ　ㄉㄚ」之類的聲音，自言自語、牙牙不停。全球各地的嬰兒在這個時期所發的音，幾乎都相同，一直要到一歲左右，所發的音才會逐漸和他的本地語接近，例如：中國嬰兒說「爸爸」，美國嬰兒說的是「Daddy」。（見《幼兒知多少》，頁94-95）

又在〈兩歲半前嬰幼兒的語言發展〉一文裡，也對牙牙兒語、兒語有所說明：

> 嬰兒從二、三個月開始，當他覺得很舒服時（例如：吃飯、睡足），他的聲帶會因偶爾的活動，而發出一些爆炸性的聲音。這些聲音是由一個子音和一個母音組合而成，如「ㄏㄜ」、「ㄇㄚ」、「ㄅㄚ」，這是一種不自主的聲帶肌肉活動，發出的聲音沒有任何意義。據研究的結果發現：在這時候，如果周圍的人給他一些反應，爆炸音的量和種類就會顯著增加。這些不同種類的爆炸音，就是嬰兒牙牙兒語（即：有意的去模作別人，控制聲帶而發出的聲音，但他卻不知所發音的意義）的重要基礎。換句話說，如果嬰兒要模仿「ㄇㄚ－ㄇㄚ－ㄇㄚ」，而他的聲帶肌肉曾在「爆炸音」階段做過類似音的收縮，那麼，再學習這個音時，就會比較容易。所以，當父母發現幼兒有「爆炸音」出現時，應該面對他，與他說話，給他反應。這樣，幼兒聲帶肌肉的活動和所發出的爆炸音必定會增加。
>
> 到了三個月以後，嬰兒的牙牙兒語逐漸出現，尤其在八個月左右，出現的量最多。他會選擇性的模仿環境中別人語句裡的某一個音，進而控制聲帶肌肉，重複的發出，如「媽－媽」、「抱－抱」。在這個階段，雖然嬰兒不知道這些音的意義，但是，父母可以清晰，緩慢地重複發出一些日常生活中常用字彙的音，如：「奶－奶」、「杯－杯」、「燈——」等，鼓勵幼兒去模仿。當他跟著做時，別忘了親親他或摟抱他，給他鼓勵，這樣，他會比較有興趣地去玩「發音」的遊戲。（同上，頁100-101）
>
> 在一歲以後，幼兒常會有意地去模仿所聽到的聲音，但是，他常常無法很準確、很清晰地模仿出所聽到的每一個音，而只是

> 一個大概，譬如：「科學小飛俠」成了「ㄎ－ㄒ－ㄚˊ」，「便當」說成「ㄇ－ㄢˋ　ㄉㄤ」等很逗趣的兒語。
>
> 當幼兒模仿發出他所聽到的聲音時，他會將自己的音與別人所說的互相比較。如果覺得自己的音不正確時，會一再地嘗試、練習和糾正。有許多父母常覺得幼童的兒語很可愛，故意以這種方式和幼兒對答，使幼兒失去分辨的機會，等到不正確的兒語說成習慣後，再想改正可能就困難了。許多研究都發現：幼兒發音的標準與否，與早期的適當輔導有很大的相關，所以，不論幼兒的兒語是多麼可愛，父母都要隨時以正確的語音和他說話。（同上，頁104）
>
> 幼兒的發音在兩歲半以後，進步得很快。如果他周圍的人都有準確、清晰的發音，那麼，幼兒會很快的模仿學會，並糾正自己不正確的兒語發音。所以，在一般情形下，幼兒進入幼稚園小班時，別人已多半能聽得懂他的話了。相反的，如果沒有得到良好的指導，幼兒在語音的成長，就會有落後的現象。（同上，頁110-111）

另外，胡海國編譯《發展心理學》（原作者Elizabeth B. Hurlock）一書裡，也有如下的說明：

> 牙牙兒語，當幼兒的發聲系統發展以後，就能發出比出生時可能發出的更多種的爆炸音。這些聲音的一部分會留下來。且發展成為幼兒式的牙牙兒語，同時，有些就發展為真正語言的基本型式。由牙牙兒語而來的聲音會逐漸的增加。且當幼兒六個月大時，能綜合某些母音與子音，如「媽－媽」，「爹－爹」、「奶－奶」。

> 牙牙兒語開始於出生後第二或第三個月，第八個月時達到頂峰期。以後，則逐漸的被真正的語言取代。但是，這些牙牙兒語並不是用來與別人交談，而只是一種遊戲。在語言發展的觀點上，它真正的價值是初步的控制發聲器官的練習，使他以後可能模仿別人的語言來學習講話。(見頁146)
>
> 一般稱口齒不清的話為「兒語」(baby talk)。兒語有很多種情形，最常見的是遺漏一個或幾個音節，尤其是一個字中間的音節，例如：「巴特爾弗來」(butterfly)說成「巴等弗來」(buttfly)；或是用字母、符號，或其他字來代替本來的字，如：「杜里」(dolly)說成「特里」(tolly)。或說「火車」是「嘟一嘟」；或是較長、較少見的字，其中插入其他字母或符號，如：「奧特模畢爾」(automobile)說成「特特模畢爾」(tautmobile)。
>
> 對幼兒來說，子音與子音混合的發音比母音或雙母音困難。最難說的子音是z，w，s，d，與g。最難說的子音混合音是st，str，dr，fl。「o」是最難說準的母音。字尾的子音比字首的子音較容易被漏掉。
>
> 由於父母或家裡的親屬常認為幼兒說這些話很「可愛」，而讓他繼續這麼說，甚至還鼓勵他用這些話與他交談。如此，會造成錯誤的印象，使幼兒以為這樣說話才是對的。由於不斷的以錯誤的發音說話，結果會成為一種習慣。等幼童進入兒童期以後，要想用正確的發音來替代時，反而會變得十分困難。而且會發現他的遊伴聽不懂他所說的話，甚至會因為他「說話像幼兒」而嘲笑他。(同上，頁148)

從上述引文可知，所謂牙牙兒語，實際上就是自言自語的重複聲音或句詞，它只是種遊戲與發音練習而已，並不具有語言的實質意義。

至於「兒語」，是指失常或錯誤的「幼兒語」。一般說來，幼兒一歲左右開始學說單字，大約是在兩歲和四歲之開始使用語言，因此在這段期間，就發音而言，時常會有不清楚與不標準的情況出現；就字彙的接合而言，通常並未依循一定的語法，於是有「不完整的句子」出現。以上是兩歲左右幼兒語言上的特色。至三、四歲的兒童，則很少再保有這種幼兒式的語言，五、六歲時，兒語的現象已不見，他們已成功的學會母語。由此可知，所謂兒語，其本質在於缺陷，其缺陷則源於不準確與不清晰。至於不準確與不清晰，則有音、義之別。而其呈現方式則有多樣，一般說來，非發音器發音不全，或有損傷疾病等的語言缺陷，皆可歸之於兒語的範疇。各式各樣的缺陷兒語，在相對於成人眼中則是逗趣、是可愛。因此，林政華教授認為兒語具有「直覺、淺白、生動、趣味、詩意、天真」等特質，是可信的。相對於成人的語言思考方式，兒語也時常具有矛盾、異常、荒謬、失誤、相似或對比、巧合、機會、愚笨和天真和滑稽、幽默的情況。

（二）滑稽的藝術

滑稽藝術，是與「悲壯」對立的範疇。這兩種藝術是我們無法在人以外的自然物中找到，兩者皆屬於非美的基準。這種滑稽藝術具有一般人所謂的美以外的意義。它所帶給我們的不是純淨的快感，而是在快感中含有非快感的情緒；同時它不是立即可以把握的，需要通過我們的思考與理解，許多人可能因為它的複雜與艱澀而望之卻步，所以，並不是人人可以接受的。簡單的說，所謂滑稽，是指此類藝術品可以使人愉悅，使人發笑，或者說可以使人產生一種滑稽感。

一般言之，如自滑稽的形式來劃分，可分為滑稽的形象、滑稽的言詞與滑稽的動作三大類，今依姚一葦先生〈論滑稽〉一文為據。

（詳見《美的範疇論》，頁228-241）試分述如下：

1 滑稽的形象

所謂滑稽的形象，是指一種被誇張或被扭曲的形象，而此形象又足以使人產生滑稽感者。如：喜劇演員的面具與造型，即是有意的滑稽的形象。

2 滑稽的言詞

我國有滑稽一詞，主要是指語言的滑稽。也就是指語言的俳諧、便捷與通俗，可發人一笑者。而滑稽的言詞卻是滑稽的重要一項，而且形式複雜，種類繁多，下面將分別加以說明。

一、殘陋的言詞：所謂殘陋的言詞，乃指凡是語言的笨拙、錯誤、多餘、重複、粗俗等均屬之；也就是較一般人的語言為低，所以引起發笑。言詞殘陋的程度是相對的而非絕對的，所以從對比中來表現，方顯得鮮明突出。

二、淫褻的言詞：所謂淫褻的言詞，是指言詞中含有性的挑逗成份，由於性的問題是大家所諱言的，是文明社會中的一種禁忌，所以，從性的禁忌到性的放縱可使人獲得一種快感，而爆發笑出來。分析心理學者認為：是把潛意識界的願望浮現到意識界的一種滿足。所以此一性質的滑稽便不是單純屬於心理現象，而是兼具生理方面的作用。一般言之，係屬滑稽的言詞中的一種卑俗的形式，流行於民間中的故事、歌謠、笑話與喜劇之中。

三、機智的言詞：是一種可以發人一笑的有趣語言，類似俏皮話。這種語言往往出人意表，所以具有高度的知性的成份，與前二者絕不相同。機智的言詞所以能引起發笑，不是由於卑抑或殘陋，而是由於出人意外與戲謔的成份，使對方或第三者感到尷尬，所以稍具傷人的程度，但傷人的程度不大，正是所謂的謔而不虐。又這種語言是理性的，出自一種靈感的、迅速的反應，為一種思想的遊戲與語言的遊戲。

四、幽默的言詞：幽默的言詞，也能使人發笑，但它不同於機智。機智純然是理智的，而幽默則理智中含有感情，它不僅不傷害到別人，且具有一種同情的性質。也就是說幽默是溫和的，而且溫和中帶有善意；它雖然也是一種的嘲謔，但所嘲謔的對象往往是自己。

五、弔詭的言詞：弔詭是指似是而非，或似非而是的語言。就語言的本身，它可能背離一般的常識，成為一種荒唐的、自相矛盾的詭辯，所以能製造滑稽感，但是在荒唐與滑稽之中往往有至理存焉，所以，它是高度精製的語言，也是理智的遊戲。

六、諷刺的言詞：諷刺所指涉的意義較廣，包含規諫在內。此種語言當然是理性的，其所不同於機智，則是在於其傷人的程度甚大，被諷刺的對方不好受。因為它的傷人程度甚大，所以不一定是滑稽的，也可以是嚴肅的；作為滑稽的言詞只能是其中的一部分。如採雙關語或指桑罵槐的方式，往往可發人一笑。

3 滑稽的動作

所謂滑稽的動作，是指一個人的行為或活動所造成的滑稽感，而使人發笑者。此種動作，可分為兩種不同的特質。

一、卑抑的動作：所謂卑抑，是指行為的笨拙、粗俗、錯誤、重複、模仿、機械化之類，此類行為較一般人為低下，使人覺得可笑。

二、乖訛的動作：所謂乖訛，是指自行為的對照中所產生的一種不恰當、不合適的情境。自此情境中所產生的滑稽感，而引人發笑。因此，就行為者本身而言，並非是一個貶低了的人物，其行為也不是卑抑的，只是該行為在此情境中顯得不合適、不調和。乖訛的行為所造成的滑稽正是喜劇中的普遍的形式，不過運用起來顯得更為複雜。

上述滑稽的各種不同的形式，皆屬滑稽藝術的重要形態；在這些形態之中，有無意的滑稽；那些笨拙、粗俗、誤會等所產生的滑稽形象、言詞或行為；有意的滑稽：有意的滑稽是純然理性的表現，是聰明的賣弄，在言詞的滑稽中最是常見，那些機智、幽默、弔詭、諷刺的言詞，充分表露出說話的智慧和素養。在如此複雜的形態中，除了它能引起人們的發笑的這一相同點之外，要想找出一箇共同的或通約的理論，似乎是有相當的困難。姚一葦先生在剖析西方歷來重要見解之後，認為當滑稽作為一種藝術的形態時，它蘊含醜的成份，但是滑稽所蘊含的醜是具有特殊的性質，也就是有下列之性質：

第一：滑稽的醜不含不快的性質。

第二：滑稽的醜應不含同情之性質。

第三：滑稽的醜係瑣屑的，而非嚴肅。

第四：滑稽的醜低於吾人的精神價值水平。

第五：滑稽的醜自對比中產生，自笑之中消失。

（詳見《美的範疇論》，頁259-261）

（三）兒語的藝術美

從上述兩節所論，可知兒語是具有滑稽藝術的美。這種美是屬於非美的基準。就滑稽藝術的形態而言，兒語是屬於「滑稽的言詞」。我們了解，兒語的本質是缺陷；這種缺陷，即蘊含醜的成份。透過各種方式呈現的缺陷性兒語，猶如各種形式的滑稽的言詞。

缺陷的兒語，猶如滑稽藝術之具有特殊的性質。我們知道兒語的缺陷不含不快的性質。牙牙兒語是種遊戲，是種發音練習，而兒語的缺陷足以使人認為可愛、逗趣。在可愛、逗趣中不含任何傷害、痛苦或恐懼的成份；因此，兒語的缺陷可以是一種扭曲、變形、卑抑、機械化、過失，甚至荒謬，但卻不含任何罪惡，不引起厭惡或痛苦。

其次，兒語的缺陷不含同情的性質。缺陷兒語的出現，是幼兒語言發展過程中的正常現象，具有直覺、淺白、生動、趣味、詩意、天真等特質，且能引人發笑，在發笑時是隔絕了同情，沉默了哀憐。

又，缺陷的兒語是瑣屑的，而非嚴肅。雖然缺陷的兒語常是一種的挫折，一種的錯誤，甚至是一種的失敗，但是不算嚴重；它是平凡的、瑣屑的，因為它是兒童語言發展過程中普遍發生的現象，只要稍加注意，四、五歲以後自然會消失。

又，兒語的缺陷是低於成人的精神價值水平。缺陷的兒語，其語言笨拙、錯誤、多餘、重複、粗俗，亦即較一般人的語言為低下，故能引人發笑；而具有機智、幽默、弔詭的兒語，有時儼如「小大人」，由於出之反常，也能引人發笑。

最後，我們可說兒語的缺陷是自與成人語言的對比中產生，同時也自笑中消失，蓋自語言本身而言，無所謂缺陷或醜，兒語所以能引人發笑，乃是成人的心埡，以自身作為對比時，所激起的情緒，即所謂滑稽感。這種滑稽感自笑之中得以發洩，因發洩而消失。故滑稽所引起的快感，也是一種發洩作用。

總之，缺陷的兒語，猶如滑稽的言詞，皆屬滑稽藝術諸形態之一。其所造成滑稽、幽默的情況有：矛盾、異常、荒謬、失誤、相似或對比、巧合、機智、愚笨和天真。

五　結論

我們認為兒語具有滑稽藝術的美，因此，我們認同它的藝術性與文學性。但是，由於本身本質所限，實在不可能成為兒童文學的一類。申言之，兒語的本質即是所謂的缺陷。而缺陷本身即有簡短、不完整的含義。簡短、不完整的兒語，雖然是滑稽藝術的形式之一，但事實上只有複雜的滑稽，才是藝術上的一種重要形式。

又兒語只是兒童在語言發展過程中的一些有趣的缺陷語言，就傳播的觀點說，它只是語言或媒體。就文學而言，語言也只是文學的工具而已。所以兒語與文類本有不相同的範疇。就文學而言，則有體用的關係。因此，兒語不能成為兒童文學的一類，其理自明。它只是文學語言之一，它能走進各種文類裡，卻不能獨立成為一種文類。

再說，就兒童語言發展的過程來說，我們無法肯定所謂「兒童語言」的事實。兒童由於認知發展階段的限制，其早期語法系統雖不同於成人，卻也有其自成體系之處。因此，我們不能不把這一體系歸功於小孩本身多方嘗試與創新的能力，小孩學母語等於是建構理論過程中所作的種種「假設」，企圖逼近成人語法系統為主要理論目標。一般說來，普通一個幼兒在短短五、六年內，就精通他的母語；因此，所謂的兒童語言，就其發展過程與目標而言，皆不離成人語言。

又就兒童文學寫作的觀點來看。雖然，我們認為兒童文學是為兒童寫作的。它的特質之一是「運用兒童所熟悉的真實語言來寫」，但是我們實在不能迷信有一種屬於兒童的特殊的「兒童語言」存在。有關兒童語言的問題，林良先生於〈兒童文學——淺語的藝術〉一文裡說：

> 兒童文學是為兒童寫作的。它的特質之一是「運用兒童所熟悉

的真實語言來寫」。

這個界說，好是好，不過也很容易引起初次嘗試兒童文學寫作的人的「過激行為」，使他寫出來的作品叫人沒法兒接受。

第一種「過激行為」就是在形式上過份強調「為兒童而寫」，在行文的時候，處處製造「為兒童寫作」的「形式」，彷彿作者面前真的站著一個「兒童」。這種「形式主義者」的表現通常是這樣的：

> 親愛的小朋友們，我來給你們講一個故事好不好？小朋友，你們愛不愛聽？你們愛聽對不對？好，我就來講給你們聽一聽。從前，有一個樵夫。小朋友，你們知道樵夫是甚麼嗎？樵夫就是到山上去砍柴的人，砍了柴，就挑到鎮上去賣。有一天哪，這個樵夫哇，正在砍柴的時候哇，一不小心，沒把斧頭抓緊，那斧頭就這樣子從手裡飛出去，撲通，掉到池子裡去啦。這個樵夫啊，你們猜他心裡難過不難過？告訴你們，他心裡難過極了！你們猜他怎麼辦？他呀……。

這個寫法，採用的是一種「最安全的形式」，因為無論是誰都沒法兒否認它是「為兒童而寫」的。但是我們不得不說，過份強調這種「形式」，會使我們的作品成為「最使兒童心煩」的作品。

我們所說的「為兒童而寫」，指的是要掌握「語言運用」的分寸，並不是指製造一些形式。大家試看下面的例子：

> 親愛的小朋友，初，鄭武公娶于申哪，曰武姜。生莊公及共叔段。小朋友，莊公寤生，驚姜氏，故名曰寤生，遂惡之。愛共叔段，欲立之。亟請於武公，公弗許呀。小朋友，及莊公即位，為之請制……。

這一段文字裡，那「形式」確實使人沒法兒否認它是為小朋友寫的，可是在語言的運用上，卻完全是失敗的。很顯然的，這一段文字雖然有「為兒童而寫」的形式，但是作者並沒掌握住語言運用的分寸。它雖然是為兒童寫的，卻並不為兒童所了解。

第二種「過激的行為」，是迷信有一種屬於兒童的特殊的「兒童語言」，而且認為這種特殊的「兒童語言」早已存在，只等我們去發掘，以便運用在兒童文學的寫作上，作為兒童文學的「理想語言」。有這種想法的人，是因為偶然留意到兒童說話的習慣，才引發了興趣的。例如兒童習慣把貓叫「貓咪」，把羊叫「咩咩」，把汽車叫「嘟嘟」，把鳥叫「鳥鳥」等等，兒童也喜歡疊用動詞，例如「吃」說成「吃吃」，「拿」說成「拿拿」等等。有「兒童語言」構想的人，認為「名詞」有了，「動詞」有了，一切句子當然也都不成問題，「兒童語言」就在他們的興奮中成立了。

> 從前前，有有一個個小孩孩，養養隻隻小貓咪。貓咪壞壞，孩孩氣氣，打打。貓咪哭哭，孩孩笑笑。孩孩坐嘟嘟看看奶奶，吃吃飯飯。孩孩笑笑，哈哈嘻嘻，嘻嘻哈哈。

其實兒童只不過是對某些常聽到的「保母語詞」，在學習語言的階段裡喜歡重複使用罷了。我們在兒童文學作品中可以適當的加以運用，增加「語言的趣味」。如果竟認為有某一種特殊的，自給自足的「兒童語言」存在，而希望純粹用那種特殊的語言來寫作，那就是一種「過激的行為」了。

兒童所使用的語言，本質上也就是大人所使用的語言。那種夢想中的，純粹的「兒童語言」，是不夠用來敘事，不夠用來說理，更不夠用來抒情的。（見《淺語的藝術》，頁19-22）

申言之，真正的兒童文學作品，要具有兒童性，採用兒童的觀點，用兒童能懂的語言，從兒童的經驗出發，不管是主題意識，或者內容表現方法、形式，都要配合兒童心理的發展階段。所以，寫作者需要了解兒童在語言發展過程中的語言現象，進而作為表達的工具，自會有親切滑稽的效果。有心讀者，只要多看兒童文學名著（如《愛麗絲夢遊仙境》、《小王子》等），自能了解兒童文學裡的語言問題。

總之，兒語的缺陷，是成人原鄉裡的匱乏。而滑稽藝術也只存在於人本身。這種滑稽的情趣性是兒童文學特質所在，所以如何透過矛盾、異常、荒謬、失誤、相似、對比、巧合、機智、愚笨和天真等方式，呈現滑稽的情趣性，該是「兒語」帶給我們的思考啟示。兒語雖然不一定能獨立成為兒童文學的一類，同時，也不一定是童詩的濫觴，但它卻是人類藝術尋求的開始。近年來，筆者在兒童文學講授之前，總是把閱讀兒語當作熱身，「其目的無非是喚回他們久已失落的『童心』，激起他們重新愛護兒童的『愛心』；假使沒有『童心』，又怎麼能融入兒童的世界中，體會他們的感受？而沒有『愛心』，則更談不到興趣與導引了。『兒語』可以牽引他們回到自己的童年，塵封已久的往事，也許會突然鮮活起來。」（見王秀芝：《中國兒童文學》，頁46）。

參考書目

一

Art Linkletter 著　張維廉譯　《一萬五千個兒童訪問》　廣文書局　1970年9月

杜文瀾編　《古謠諺》(上、下)　世界書局　1988年10月四版

林　良　《看圖說話》　國語日報社出版部　第一輯1969年初版　第二輯1970年4月初版　第三輯1971年6月初版

林政華編著　《兒語三百則（附〈兒語研究〉一文)》　慧炬出版社　1986年2月

林煥彰　《童年的夢》　光啟出版社　1981年8月修訂再版

張忠瑜輯　《媽媽的耳朵》　現代關係出版社　1985年2月

郭立誠編　《小兒語》　號角出版社　1985年2月

郭燕卿編錄　《小雨滴》　熱點文化出版公司　1985年

傅　堪輯　《小人國》　聯經出版事業公司　1984年10月

龔顯男　《童年的兒語》　龔氏出版社、亞泰圖書公司聯合出版　1986年5月

龔顯男　《甜蜜的兒語》　龔氏出版社　1982年9月五版

二

Elizabeth B. Hurlock 原著　胡海國編譯　《發展心理學》　華新出版公司　1974年9月

王秀芝著　《中國兒童文學》　雙葉書廊　1986年2月三版增訂

江紹倫　《識知心理學說與應用》　聯經出版公司　1980年9月

宋海蘭　《幼兒語文教學》　作者自印本　1986年5月五版

林　良　《淺語的藝術》　國語日報社　1985年10月二版

姚一葦　《美的範疇論》　臺灣開明書店　1978年9月
高麗芷　《感覺統合》　信誼基金出版社　1986年8月
張子芳譯　《小腦海中的世界》　允晨文化公司　1983年5月
張耀翔編著　《兒童之語言與思想》　臺灣中華書局　1968年1月二版
黃宣範著　《語言學研究論叢》　黎明文化公司　1974年5月
學前教育雜誌社編　《幼兒知多少》　信誼基金出版社　1985年12月五版

三

〈七十五年度兒童文學論文討論會紀錄〉　中華民國兒童文學學會《會訊》　第1卷第6期　1985年12月　頁11-23
朱介凡　〈呂坤的小兒語〉　《聽人勸》　世界書局　1961年10月　頁327-346
何英奇　〈人的生長與發展歷程〉　收入賈馥茗等著　《教育與人格教育》上冊　復文圖書出版社　1981年1月　頁87-142
林　良　〈兒童文學裡的語言問題〉　《中國語文》　第32卷第5期　頁46-51
林良講述、趙雲筆記　〈兒童讀物之語文寫作研究〉　《國語及兒童文學研究》　省立臺中師專研究叢刊第三集　1966年12月　頁121-126
林武憲　〈談〈兒語研究〉〉《海洋兒童文學研究》　第10期　1986年4月　頁33-37
林峯山　〈談論文學性兒童語言〉　《國民教育》　第27卷第1期　1986年5月　頁4-5
陳宗顯　〈參加年會的感想〉　中華民國兒童文學學會《會訊》　第1卷第6期　1985年12月　頁24

駱　梵　〈我們的信箱〉　中華民國兒童文學學會《會訊》　第1卷
第6期　1985年12月　頁39

肆
試論臺灣童謠

一　前言

童謠，也有人稱之為兒歌。簡單的說就是兒童在日常生活中邊唸邊唱的歌謠。兒童有其天真活潑充滿想像的生活天地，而童謠就是他們的遊戲媒介。

童謠是俗文字的範疇之一，也是一般人通稱的歌謠之一。歌謠，也稱為民歌、民謠。依林惠祥《民俗學》一書，分民俗為三大類：甲、信仰及其行為。乙、習慣。丙、故事、歌謠及成語。（商務臺一版，1968年2月，頁8-10）

歌謠，就是老百姓和孩子們的詩。是由大眾集體創作，作者不可考，且在民間流傳久遠，可用以詠唱或唸誦。朱介凡於《中國歌謠論》一書裡，將中國歌謠分成七大類：「兒歌、情歌、工作歌、生活歌、敘事歌、儀式歌、謠」並將這七大類化約為三類型：

> 一、兒童們唱的，或大人為兒童們唱的——兒歌。
>
> 二、大人們唱的情歌，工作歌、生活歌、敘事歌、儀式歌——總名為民歌。
>
> 三、不付諸歌唱的——謠。
>
> （以上見臺灣中華書局版，1974年2月，頁15-16）

而呂炳川於《呂炳川音樂論述集》一書，則認為民歌若以狹義的定義來分，內容太過狹窄，故採廣義分類，其分類如下：

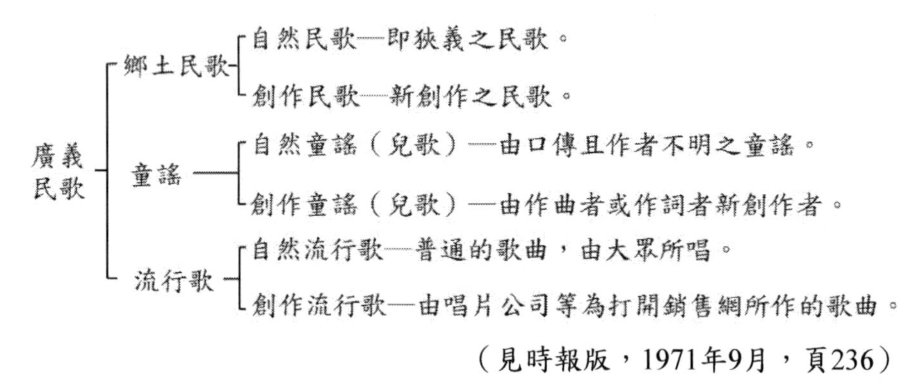

（見時報版，1971年9月，頁236）

而本文的童謠，即是界定於「自然童謠」，自然童謠，或稱為傳統童謠、古童謠。又本文所謂的臺灣童謠，基本上應具備下列三個要素：

一、臺灣風。必須富有臺灣的本土氣質和傳統精神。

二、民俗性。必須是民眾的集體創作，且具有在民間流傳久遠，沿襲成性的事實。

三、唸唱性。必須是可詠唱的歌或唸誦的謠。[1]

（見簡上仁：《臺灣民謠》，省新聞處，1983年6月，頁1）

申言之，「臺灣」是特定的限制。所謂臺灣童謠，即是指傳統的方言的自然童謠。就時間言，是以臺灣光復前傳統社會裡的童謠為主，也就是指傳統社會裡的自然童謠，或傳統童謠。以地理環境言，則指臺灣及澎湖島各島嶼，不論高山、平原與島嶼皆包括在內。以語言論，是指方言，是指臺灣人，指在臺灣光復以前，就設籍定居的臺灣的住民。在臺灣人中，有漢族系的福建、廣東與原住民族。

1 原文「三、歌謠」，易為「唸唱性」，以其童謠的特性。

光復以後的臺灣，面臨社會轉型，雖然大陸人來臺，注入新血液，也有了國語童謠。但就臺灣意識的觀點言之，傳統的臺灣已然解體，是另一種新的文化景觀，亦即是另一種的轉變，是以本文存而不論。

全文除前言、結論外，有臺灣開發的歷史淵源、臺灣歌謠的歷史、臺灣童謠的採集與研究、臺灣童謠的類型等四章。論述原則，在於略人所詳、詳人所略，至於有關音樂部分，實非所長，只好略而不談。

筆者自幼生長農村，許多童謠皆耳熟能詳，學成後側身教席，有感於傳統鄉土文化之凋零，是以有本文之作，旨在勾畫出傳統臺灣童謠的面貌，並期盼傳統的臺灣童謠能文字化、吟唱化，使其永遠活在兒童心中，讓他們能代代傳誦，以免在歲月之流程中散失。

緣於筆者是閩南人，不諳客家話與原住民語言，所用材料，悉以見諸文字與福佬系童謠為主，祈請大家見諒與斧正。

二　臺灣開發的歷史淵源

臺灣的名稱，古來屢有變化，上古已不可考。自《尚書》「島夷」之說開始，或曰秦漢時稱「瀛洲」、「東鯷」，三國時稱「夷州」，隋稱「流求」，宋、元時稱「流求」、「瑠求」，明初稱「東番」、「小琉球」或「北港」，至明季始有「臺員」或「臺灣」之稱，荷據初期所稱「臺灣」，範圍僅限於——鯤身（即安平鎮）——小沙嶼。及至清初，「臺灣」，範圍始漸擴展至臺灣府（縣）治及其轄地。

發現臺灣的年代，傳疑不一。但從考古學上的發現，遠在上古迄秦漢之際，漢民族文化即已流漬於本島，且已有早期移住民族形成部落，過其原始生活，則無從置疑。

（一）臺灣與大陸的地緣關係

臺灣本島狀如甘藷，位於東海的大陸棚上，在古生代的晚期，即二億三千萬年前，始由海中褶曲隆起成為海島。那時華中、華南還是一片汪洋。中生代時華南、華中自海中升起，形成現時的大陸，臺灣也第一次和大陸接連。之後，在更新世冰河期間數次與華南以陸地相連；其間，並有源源不斷的華南動物群往臺灣遷移，包括以狩獵採集為主的舊石器時代人類。以下試從地形、文化遺存、生物學的存證等觀點，論其與大陸的地緣關係。

1 地形

以地質學觀點言，臺灣位於大陸邊緣部，故其地質學性質，與琉球、呂宋兩個島弧，完全有別。以臺灣海峽的海底情形言，所謂 Formosa Bank（臺灣海床、大陸棚）的深度，多不及五十公尺。一百公尺以上的，只有基隆與福州之間中央海峽與澎湖水道。至於東海岸的琉球海溝，竟有九千公尺左右的深度。此種地形特徵顯示，臺灣東海岸才是中國大陸的邊緣。如果將海面降低四十公尺，則廣東向東延伸的半島，將幾乎與澎湖群島連結。如果降低一百公尺，則臺灣本島、臺灣海峽、大陸將連結成一片的陸地。

2 文化遺存

據考古學家的發掘與研究，約在一萬五千年前，臺東長濱、八仙洞住有舊石器時代的人類。他們所使用的石片器、礫石石器等較粗製石器，跟日本、菲律賓等地所發現的舊石器文化不類似，倒是繼承了亞細亞舊石器文化的傳統；這證明第四冰河期臺灣與大陸相連，大陸舊石器時代人類已遷移至臺灣活動。

更新世結束，臺灣成為孤島以後進入磨石器、陶器為主的新石器時代，從一萬年前開始一直持續到漢人大量移民臺灣時期為止。居住在臺灣島上的人種，無論是舊石器時代的長濱人或左鎮人，抑或新石器時代的山地土著種族或平地土著種族，主要來自大陸；大多屬於古代越族的印度尼西亞語族。臺灣的新石器文化可分為三期、七期文化層。其中四層文化源自華南，兩層文化可能傳自中南半島，而最晚的一層才是經由菲律賓諸島北上。

3 生物學的求證

臺灣在一萬至數萬年以前，似與大陸連為一體，而舊石器人類，乃經由華南進入臺灣地區。其事實，可從臺灣第四紀更新世早期在頭嵙山群下部的通霄層中所發掘的中國犀牛、象類及鱷魚等化石，以及近年在臺中縣大坑及發現的中國劍齒象、遠東創齒象，桃園縣大溪鎮內柵發現的中國犀牛等化石，予以證實。換言之，我們可以從地史學上，地層性質及臺灣海峽的地形與地質各方面所研究得知，當時臺灣海峽與東海的大部分，尚未凹陷沉沒，臺灣與大陸係完全連為一體。

這些古生物，亦有如今仍遺存於臺灣者。如大甲溪梨山的鱒魚，為北太平洋區南移的冰期殘留生物之一。臺灣高山的朝倉鳳蝶、小斑白蝶、宮城帶日蔭蝶、御山日蔭蝶、阿里山褐日蔭蝶等，許多平地所見不到的蝴蝶，原屬中國西南山岳地帶的生物群。又如冷松、鐵杉、雲杉等，都是屬於中國北方、西北方和華南高山區域或喜馬拉雅山區寒冷氣候區的植物。這些冰期遺留的昆蟲和植物，證明更新世冰期時，臺灣與大陸的生物界，具有密切不可分的關係。

（二）臺灣與大陸的血緣關係

臺灣無論在民族上或文化上都與中華文化習習相關，但是臺灣因地理上位於海隅，它的歷史發展與大陸其他省分所不同的，特別有下列三點：一、原住民族。二、漢民族移民的經過。三、本島與外民族的接觸。這些不同地方，將或多或少的影響臺灣的風俗民情，以下試就此三點論其與大陸的血緣關係。

1 原住民族

臺灣原住民族計有：泰雅族、賽夏族、布農族、曹族、魯凱族、排灣族、卑南族、阿美族、雅美族、邵族等十族。在原住民族中普遍有祖先發祥地的傳說，此種傳說，雖不能說明其種族來源，但可藉以推定其移住初期的重要立足點。此種傳說大致可分為三類：一、高山發源說。二、平地及海岸發源說。三、海外發源說。其間，高山起源各族，來臺較早，至於平地、海岸及海外發源者，是後來民族，來自印度尼西亞或菲律賓群島。可知原住民族在種族特質上，係屬於原始馬來人系統，語言上屬印度尼西亞系。在文化特質方面，也保持著印度尼西亞系統原始文化特質，而孤立於中國、印度與阿拉伯三大亞洲高級文化圈之外。可見，臺灣原住民族，在未接受此三大文化影響以前，早已移住臺灣。

臺灣現有原住民族共計有二十一萬八千人左右，其中半數分布於中央山脈，半數分布於後山、平原、海岸與島嶼。原住民民族中尚保持原有傳統生活方式與文化形態者，山地約有十二萬人；東部海岸平原約有十萬人，即住臺東、花蓮及苗栗縣南庄鄉。

2 漢民族移民的經過

繼原住民移住臺灣的民族，則是漢民族。漢民族究竟於何時入臺？史無明文記載。但我們可以肯定漢民族早明朝以前即已發現臺灣，澎湖早在南宋初年（十二世紀初）即有漢人村落。而臺灣卻遲至明末（十七世紀初）荷人入侵前後，始有大量的漢民族移入，並以壓倒性之人口數與文化，先將居住平地區之平埔族漢化，或迫其遷徙至次要經濟地帶，展開急速之同化，致使平埔族幾已成為歷史名稱。

3 與外民族的接觸

臺灣位於中國大陸福建省的東南海上。東臨太平洋，東北靠近琉球列島，東南隔巴士海峽遙接菲律賓群島，西面隔寬約一百五十公尺的臺灣海峽，與對岸的福州與廈門相望。

就臺灣的相關位置觀察，有其不可忽視的位置價值。臺灣因其地理上關係，被發現的時間很早。但由於不易進入島上墾殖，直到元代，臺灣才慢慢地以清楚的面貌，逐漸出現在歷史的舞臺。

至十七世紀初葉，為海盜倭寇侵襲，始有外來民族開始湧入臺灣。荷蘭人於一六二四年開始在安平修築熱蘭遮城，在它對岸本島部的赤嵌修築普羅民遮城。並且以臺南一帶為中心，逐漸進行重商主義的殖民地經營。

一六二六年，西班牙躲過荷蘭的阻撓，沿臺灣東岸北上，經三貂堡，在雞籠灣內的社寮島（即今和平島）修築聖薩爾瓦多城。接著，於一六二九年，也繞過西北部沿岸，拿下淡水，修築聖多明哥城，溯淡水河而上，試圖也在臺北平原扶植勢力。

一六六一年，鄭成功率領二萬五千的大水師，攻取荷蘭人佔領下的臺灣。

一六八三年，清廷收復臺灣。同治年間（1871），琉球人在臺灣南部登陸被原住民殺害，造成「牡丹社事件」後，始漸次移民，臺灣乃由土著文化發展至漢民族的移民文化。清室對臺灣的支配，由一六八三年至一八九五年，達兩世紀有餘。

一八九五年，臺灣依《馬關條約》割讓給日本，至一九四五年十月廿五日，臺灣光復。

綜觀臺灣近代的歷史，先後歷經荷蘭人佔據三十八年（1624-1662），西班牙局部佔領十六年（1626-1642），明鄭二十二年（1661-1683），清朝治理二百餘年（1683-1895），以及日本佔據五十年（1895-1945）。其中，相當長時期是處於殖民地的地位，因此，除了漢人的移民文化外，尚有殖民文化的滲入，尤以日治時期的殖民化影響最為顯著，荷蘭次之，西班牙最少。是以臺灣的文化在光復前是以漢人的移民文化為主，殖民文化為輔的文化形態。光復後，大陸人的來臺，注入文化的熱血液。又一九四九年十二月七日國民黨政府遷都臺北，更是湧進大量的大陸人口。

一般說來，臺灣人或本省人，是指在一九四五年八月十五日第二次世界大戰結束以前，就設籍定居在臺灣的住民。相對的，把八月十五日以後，也就是臺灣光復後，才從中國大陸各地搬到臺灣，然後定居下來的住民，統稱為「外省人」。而本文所指臺灣童謠，亦即是以光復前為主。

三　臺灣歌謠的歷史

中國古代雖然有採詩制度，所謂太史陳詩，以觀民風。又清代官府亦編撰有系列的臺灣府志、地方誌。但皆不能算是有關臺灣民俗採集或研究的開始。

有關臺灣民俗的調查與研究，事實上是由日本人著其先鞭，而後才有我們自己人的參與。且有關俗文學的採集，皆偏重諺語、傳說、故事、歌謠的搜集，對於童謠，則很漠視，因此本文擬從臺灣的傳統文學、日本對臺灣民俗之研究、臺灣歌謠之研究等方面入手，以見臺灣歌謠之歷史，並見臺灣童謠之蛛絲馬跡。

(一) 臺灣的傳統文學

《三百年來台灣作家與作品》一書（王國璠、邱勝安合著，臺灣時報社，1977年8月），列施肩吾為第一位作家，施氏是唐憲宗元和十年（815年）進士，為人風流瀟灑，所作詩文奇麗。生平無大志，自命是道家者流。他有〈彭湖行〉一詩：

> 腥臊海邊多鬼市，島夷居處無鄉里。
> 黑皮少年學採珠，手把生犀照鹼水。

有人說它歌詠的對象是臺灣的澎湖，但也有人說它指的是鄱陽湖。其間雖有正反不同的意見，卻無濟於臺灣傳統文學的發展。傳統文學以文字書寫為主，是以十七世紀初葉荷蘭人與漢民族來到安平，帶來漢字及羅馬字，結束了臺灣的史前時代，並且開始有了傳統的漢民族文學。

一六六一年，鄭成功驅逐了盤據在臺灣的所有外國勢力，把臺灣開發為「反清復明」的據點。同時不願做清朝順民的明末遺臣也陸續來臺灣，其中也有些享有文名的知識份子存在。如一六六二年因颱風漂泊而來臺灣的明太僕寺卿沈光文，便是臺灣文學史上頭一個有成就的詩人。之後，漢民族的移民與土地的開發迅速地發展，一八八五年臺灣脫離福建省而建省。此時，漢民族人口已逾二百五十多萬，米、糖、茶、樟腦的生產與輸出突飛猛進，使得臺灣社會蓄積了可觀的商業資本。

繁榮和富裕促使民族傳統文化紮根，從萌芽到茁壯迅速開展。但是真正表示臺灣的舊文學水準達到可以與大陸並駕齊驅的程度，卻是邁入十九世紀以後的事情。而臺灣舊文學到了清末，才帶有豐富的本土為主的鄉土色彩。舊文學的播種歷經兩百多年，臺灣社會才擁有廣泛的士大夫階層，有了這個階層做背景，才有通過科舉的進士出現。葉石濤先生於《台灣文學史綱》裡曾論其緣由如下：

> 從一六六二年（永曆十六年）明儒沈光文漂流到台灣播種舊文學以來，直到一八四四年（道光二十四年）懷有強烈本土意識的蔡廷蘭中進士為止，這中間已流逝了二百多年的時間。舊文學的遲遲未能在台灣生根，這是台灣社會結構使然。台灣本來是一個漢蕃雜居的社會，移民而來的漢人大多數屬於目不識丁的庶民階層，尤以農民為多。從事拓墾事業不須通曉文字，而一部分靠手工藝謀生的匠人，亦不必有書寫之能力；唯有一部分商人為生計所需，必須略通文字及簡單的書寫、計算才行。因此，缺乏穩定的士大夫階級的存在。至於宦遊人士，短則三年，長則數年，台灣只不過是暫時居留地，恨不得立刻逃回大陸。因此，宦遊人士的詩人，大多數屬於文獻性質的史書；至於個人述懷的詩人，多是傷懷詠吟的富於異國情趣的作品。（見文學界雜誌社本，1987年2月，頁11-12。）

到了清末，內憂外患接踵而來，激起臺灣舊知識份子保鄉衛土的激烈情操，知識份子逐漸覺醒，認為文學並非遊戲應酬的工具，它應該反映本土人民的疾苦生活及發揚民族精神。因此，他們在清末扮演了不同的角色，有些與臺灣共生死，有些逃回大陸，有些在異族統治下消極地苟延殘喘。

從日本時期到一九一三年前後的二十年間，舊文學仍然是臺灣文學的主流。雖然日本當局以懷柔及籠絡舊士紳階層，並極力推行「皇民化運動」，同時大陸來臺訪問的文人幾乎絕跡，致使臺灣舊文學得不到大陸的影響和刺激，逐漸由盛而衰。但是在整個日治時代之下，卻依然有漢民族意識存在著。

(二) 日本人對臺灣民俗的採集

十七世紀初葉，臺灣始有傳統的書寫文字，且發展緩慢，反之，若以神話、傳說的口傳俗文學來看，臺灣文學可以上溯到臺灣史前時代，即四、五千年前，或更早的原始民族原始神話傳說。口傳俗文學就是不登大雅之堂，不為士大夫所重視，而流行於民間，成為大眾所嗜好、所喜愛的東西，由此可見臺灣的口傳俗文學是個豐富的寶藏。而這個寶藏的開採卻是始於日本人。

日本治臺五十年，其統治方針及策略頗多變化，依王詩琅〈日治時期統治政策的演變〉一文，大體可以分為三個時期。(詳見《日本殖民地體制下的臺灣》，眾文版，1980年12月，頁10-16)：

第一期：自一八九五年至一九一八、九年之間，除了以武力鎮壓各地義民的反抗之外，一方面部署其統治機構，建立開發基礎；另一方面則設法安撫居民，對於臺胞原有風俗習慣，無暇干涉，美其名曰：尊重，一切措施寬猛應時，適度運用，以臺灣殖民地基礎的樹立為首要，可以稱為綏撫時期。

第二期：自一九一八、九至一九三七、八年止，這一時期之初，正是第一次世界大戰之後，日本列入世界五大強國之一，對臺灣的經營亦大有進步，但當時民主自由及民族思想瀰漫，臺灣人則隨教育之普及，已漸漸民族覺醒，日人為籠絡臺人，統治順利計，轉取「同化政策」，高倡內地延長主義。

第三期：蘆溝橋侵華戰爭之後，日本進入所謂戰時體制。於是積極消滅臺胞的漢民族式生活樣式和色彩，全力推行所謂「皇民化運動」，一直到臺灣光復為止，這一時期通稱為「皇民化時期」。

日治時期，統治臺灣的執行人臺灣總督，為了推行殖民政策，並作為治臺施政之參考，立即開始調查臺灣的風俗習慣。其中規模最大的機構是「臨時臺灣舊慣調查會」。此會是於明治三十四年（1901）十月二十五日，以勅令第百九十六號公布其規則的。內容分為二部：第一部是調查有關法制的舊慣；第二部是調查有關農工商經濟的舊慣。

明治四十二年（1909）四月，又以勅令第一〇五號，改正該會規則，新置第三部。其主要事業，是根據舊慣調查所得的結果，起草及審議臺灣總督府指定的法案。可知第一部和第二部是消極方面的調查；而第三部是積極方面的審議。

該調查會係直屬於臺灣總督，以民政長官後藤新平為會長，聘請專家學者為委員。第一部會長是日本京都大學法學教授岡松參太郎，第二部會長起初由愛久澤直哉擔任，後來改由委員宮尾舜治統裁調查事務，最後由總督參事官任委員，推行工作。第三部會長仍由第一部會長岡松參太郎兼任。其中第一部工作較有成果，且與民俗相關，以下略述第一部工作概況。

該會第一部工作，於明治三十六年（1903）三月，北部臺灣調查完畢之後，刊行《第一回報告書》上、下兩卷及《附錄參考書》一卷。次年九月著手南部臺灣調查，於明治三十九年刊行《第二回報告書》上、下兩卷三冊，《附錄參考書》二冊，旋於明治三十九年四月，開始中部臺灣調查，四十年結束。而後，再就實地調查，或廣徵文獻，補足調查之不備，或訂證誤謬，編纂《第三回報告書》，於明治四十三、四十四年刊行《臺灣私法》和《附錄參考書》共十三冊。此《臺灣私法》是三回報告書的集大成。也就是把臺灣的風俗習慣，予以有系統的整理。

該會第一部又於明治四十二年（1909）以降，調查原住民的生活習慣，於大正二年至六年（1913-1917）、刊行《蕃族調查報告》四冊、《蕃族慣習調查報告書》三冊、《臺灣蕃族圖譜》二冊。

又較「臨時臺灣慣習調查會」成立早一年，即明治三十三年（1900）夏季，由臺灣總府暨法院官員，組織「臺灣慣習研究會」，共設委員三十三人，以兒玉總督為會長，後藤新平民政長官為副會長，伊能嘉矩為總幹事，刊行《臺灣慣習記事》的雜誌。自明治三十四年起至明治四十年（1901-1907）為止，七年共刊行七卷。跟純粹官方機構的「臨時舊慣調查會」不同的，是由民間發動組織的，其主要目的，是搜集慣習資料，其範圍亦較為廣泛。舉凡衣食住行的瑣碎習慣，莫不收錄。

其後，一九一四年，日人平澤平七主編，由臺灣人蔡啟華、潘濟堂、陳清輝三人協助，編成《臺灣俚諺集覽》，以日臺灣總督府名義，印行於世，這是在臺日人對於臺灣俗文學關心之開始。

綜觀其工作，可知當時的臺灣總督府多麼重視臺灣風俗習慣之研究，而起初堅決主張臺灣研究之重要的人士，是民政長官後藤新平。他原來是一位醫生，他把「醫病要先看病歷」的原理，應用於「治國要先知民情」上面，其動機原是為了推行殖民政策，並作為治臺施政之參考，但是他那種實事求是的精神，卻也令人感佩。而有關臺灣民俗之調查與研究，也因官方之帶動而後蔚為風氣。

（三）臺灣歌謠的採集與研究

歌謠是老百姓與孩子們的詩。它是由民眾集體創作，作者不可考，且流傳久遠，雅俗共賞。其氣質與精神皆根植於風土民情，而可用以詠唱或唸誦。

歌謠的產生，往往與居住地區的地理環境、自然景象、人文關係及使用語言等息息相關。且由於這些密不可分的因素存在，使每一個地區的歌謠各有其不同的風格與精神。臺灣地區由原住民族及漢人，歷經長期的慘澹經營，自然有著當地特有的文化，也有代表其文化特質而極具濃郁鄉土氣息的歌謠。

臺灣歌謠依種族及語系的不同可分為：

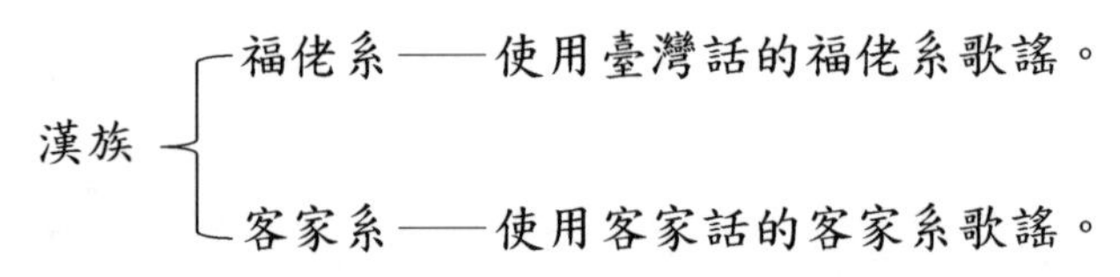

原住民族：原住民族系——使用原住民語的原住民系歌謠。

臺灣的歌謠，除原住民本具有原住土著歌謠特色之外，漢民族的歌謠，雖移植自大陸，惟三百餘年來受本地語言、風俗民情、地理環境、社會背景、人文特質、土地感情感浸與影響，經過不斷的滋長、再生和演化，遂孕育成獨具本土風格的民俗歌謠。

臺灣歌謠的採集與研究，是始於日本人，而採集與研究方向則有音樂學、人類學、語言學、文學等之不同。一般說來，音樂學要以歌曲為主；其他則以歌詞為主。又臺灣歌謠以原住民族系與福佬系為多，因此所謂採集與研究也都以二者為主，以下試以歌曲、歌詞兩方面略述過去之採集與研究。

1 歌曲

在臺灣最早從事歌謠之歌曲採錄者，恐怕要算是張福興。張福興生於一八八八年，逝於一九五四年，享年六十七歲。他是苗栗頭份人，也是臺灣第一位留日音樂家。一九二二年，應當時臺灣總督府之聘，做原住民音樂調查，於春季前往日月潭，以兩週時間採集當地民歌十三首和僅有演奏的杵音兩首，後由「臺灣省教育會」出版《水社化蕃杵音及歌謠》（1922），附有民俗、歌詞等簡單註釋，這本小冊子的研究成果，是的音樂家從事採集山地歌謠的濫觴。

同年四月起，日本人田邊尚雄來臺灣調查當地民間音樂，大約停留了一個月的時間，除原住民歌謠之外也調查了漢民族的民間音樂。這一次調查報告，後來收集在《南洋・臺灣・沖繩音樂紀行》一書，成為臺灣音樂史上之重要文獻。這本書的特點在文學的記述，採譜方面只有四首完整的與兩首片段的原住民歌謠。

一條慎三郎，他是臺北師範學校教師，於一九二五年，接張福興之後，利用課餘，去採集了阿美、排灣、布農和泰雅的歌謠，仿張福興書例編印《阿美族之歌》（1925）與《排灣、布農、泰雅番謠歌曲》（1925）兩集。

竹中重雄。他在一九三三至一九三五年間進行原住民歌謠調查，其著作計有：《臺灣蕃族之歌》（1935）、《臺灣蕃族音樂的研究》（1932）、《蕃地音樂行腳》（1936）、《關於高砂族的音樂（上、下）》（1936）、《到臺灣內地尋找蕃歌》（1937）等。

一九四三年春，日籍音樂家黑澤隆朝應臺灣總督府的邀請，進行一項空前的大規模原住民歌謠採集工作，其現場調查時間，從一九四三年一月底到五月初，成果甚為豐碩，四百卷的錄音片和許多樂器資料，還有十卷「台灣的藝能」電影記錄片。這些資料，經過整理，由「勝利唱片公司」出版了二十六張「台灣民族音樂」唱片。黑澤隆朝曾嘗試以弓琴所發生的泛音作為五音階發生例證，由此原住民的音樂引起學術界廣泛的重視。

也就在這一年，呂泉生從日本返臺。他以「呂玲朗」為筆名，發表採集整編為合唱曲的嘉義歌謠〈六月田水〉和宜蘭歌謠〈丟丟銅仔〉於《台灣文學》雜誌第三卷第一、三號。閩南歌謠以五線譜記錄，以此為濫觴，而《台灣文學》季刊也是臺灣第一本刊載閩南歌謠合唱曲的雜誌。

臺灣光復後，由於社會未安定，對臺灣歌謠的採集與整理幾近停頓，其間雖呂泉生、呂訴上、許石、吳燕和張人模等人，作了歌謠零星的搜集工作，但是規模太小，也沒有作進一步的作學術研究。除外，亦有日本、歐、美等學者來臺作個人調查與研究，其研究的態度嚴謹，且異口同聲的重視臺灣民族音樂的原始價值。

至於國人的採集，則於一九六六年一月至一九六七年八月，掀起了一次空前的歌謠採集運動，這個運動達到最高潮的時候，無論其規模或成果都超過以往臺灣歌謠研究工作的任何記錄。

這次歌謠工作，首先由中國青年音樂圖書館（負責人史惟亮）發起，並獲得德國華歐學社與中國青年反共救國團之資助而進行的。接著，中國民族音樂研究中心成立（負責人史惟亮、許常惠），而獲得范寄韻、陳書中兩人的私人捐助，以及救國團、國民黨中央黨部、中山學術文化基金會等單位的資助，達到了一次田野採集工作的最高潮。在這次採集工作中，計採錄了臺灣平地和原住民歌謠近三千首，可說是自鄭成功驅逐荷蘭人開拓臺灣以來，國人在臺灣所作的最大規模與最有系統的民間音樂的採集工作。

個人印象裡，臺灣民俗歌謠之受重視，是始於黃春明編撰的《鄉土組曲》一書，此書於一九六七年四月由遠流出版社刊行。至於以個人論，則要以簡上仁投入最深且最久，其間並曾組「田野樂府」，於全省各地巡迴演唱。

2 歌詞

清代官府編撰系列的府志、地方志、紀行等，可以說是最早的調查工作。如江日昇《臺灣外記》，載有鄭氏時代流行的〈文正公兮正女〉歌，其間又以黃叔璥的《臺海使槎錄》最為珍貴。

黃叔璥為順天大興人。朱一貴起義後（1721），清廷才注意到臺灣的政治。一七二二年（康熙六十一年），新設「欽命巡視臺灣御史」，時派黃叔璥為首任巡臺御史。黃叔璥來臺以後頗通曉臺灣山川風土民俗，留臺兩年，撰有《臺海使槎錄》八卷，卷一到卷四是〈赤嵌筆談〉，卷五到卷七是〈番俗六考〉，卷八是〈番俗雜記〉。〈番俗六考〉記述北路諸羅番及南路鳳山番的風俗習慣，並附有〈番歌〉三十三首，每首歌都有漢字標音和原歌的譯詞，這是最早的研究原住民歌謠文獻。

一九一〇年，李漢如、日人伊藤政重，組織「台灣新學研究會」發行《新學叢誌》，闢有「台謳」一欄，刊載情歌，續刊三回，計錄八首，旋廢刊。

一九一一年（清宣統三年）舊曆二月底，梁任公由神戶啟程來臺，旅遊臺灣兩週，有《海桑吟》成集，其中有他收集改寫的〈台灣竹枝詞〉十首。竹枝詞是詠誦風土瑣事的七言絕句，本就和民間歌謠相互影響，任公之作，不脛而走，人人琅琅上口，難怪以後文人墨客也都好為竹枝詞之作，而重視民間歌謠。

一九一八年（大正七年），臺灣總督府編修課平澤丁東編印《臺灣的歌謠及名著故事》，收集民歌、童謠二百餘首，由臺北晃文館刊行，這是第一本的臺灣歌謠集。

一九二一年，臺灣總督府臺南地方法院檢察局，翻譯官片岡巖編著《台灣風俗誌》，該書第四集第一章〈台灣音樂〉、第二章〈台灣的雜念〉，收有不同臺灣的情歌與童謠。

一九二六年，「若草會」編著《俚謠粹吟》出刊。另外有豐原人張淑子的《教化三昧集》問世，張氏將一些勸善性質的俚諺、童謠、謎語輯錄成冊。

一九二二年春，廈門謝雲聲把泉州綺文堂印的《臺灣採茶歌》，改編為《臺灣情歌集》，作為民俗學會叢書刊行於世，一時引起國內學人，對臺灣民間文學的注目。

一九二七年，鄭坤五編印《臺灣藝苑》雜誌，特闢「臺灣國風」欄，收錄歌謠和俗曲，計收「四季春」等四十餘首，創文藝雜誌社刊載情歌的先例。

直到一九三一年一月一日，《臺灣新民報》第三百四十五號刊載了黃周（醒民）的〈整理歌謠的一個提議〉。這項整理臺灣歌謠計劃獲得賴和及全島同好的支持。《臺灣新民報》從次號（346號）即開闢「歌謠——歌謠零拾」，和「漢詩界」（古體詩）、「曙光」（新體詩）並列為「副刊」的主要專欄。這項成果可觀，所集數量之多及搜集範圍之廣，堪稱前所未見。自此而後，歌謠的收集，由無意識而變為有意識的文化工作，甚至掀起一番熱烈的臺灣語文建設運動。

一九三二年元月一日，《南音》雜誌半月刊創刊，《南音》最主要的作者是郭秋生，他在《南音》創刊號上的〈台灣話文的討論〉，提示基礎的工作有二，其一便是「採集過去的歌謠及現行的民歌」。接著以身作則，為推廣他「屈文就話」的理論，特闢「台灣話文嘗試欄」，輯集童謠、民歌、流行歌，企圖把理論付諸行動。

此時，臺灣新文學運動已經進入高漲期，「台灣藝術研究社」、「台灣文藝協會」、「台灣文藝聯盟」等文藝社相繼成立。一九三二年三月二十日，旅日臺灣留學生於東京成立「台灣藝術研究會」，主要會員有蘇維熊、王白淵、吳坤煌、施學習、張文環、巫永福等人，並發行《福爾摩沙》雜誌，其創刊號有編輯部長蘇維熊〈對於台灣歌謠——試論〉一文。

除外，臺北的一群愛好文藝的年輕人組織「台灣文藝協會」，並於一九三四發行《先發部隊》雜誌，全部用中文，後因統治當局干涉，次年改寫為《第一線》，以中日文並刊，兩期都明確也揭櫫出主題：

《先發部隊》是臺灣文藝出路的探討。

《第一線》是民間文學的認識。

《先發部隊》刊載有陳君玉的〈台灣歌謠的展望〉、廖毓文的〈新歌的創作要明白時代的課題〉,《第一線》刊載陳茉莉的〈對民謠的管見〉，是以廣角度來析民謠，值得注意的是編輯後記中指出:「我們祖先的遺產，只有臺灣的民間文學算是最為純粹，我們不但在文學上有保存的義務，在民俗學上也有整理它的必要」。《第一線》的任務已由歌謠的收集跨躍到民間故事的整理。這段期間的歌謠研究工作，僅限於一群熱愛「新文學」的青年人，以溫故求新的心情而做的努力，沒有音樂家的投入，以致沒有音樂理論分析的文字出現。

一九三六年六月，臺北「台灣文藝協會」發行李獻璋編輯的《臺灣民間文學集》，集有歌謠、謎語、傳說、故事等，其中收集的歌謠近千首。

一九四一年七月，有了《民俗臺灣》創刊，它是由金關丈夫和池田敏雄所編輯，中、日學者多人執筆，於臺灣歌謠的採集與研究上，頗多貢獻。當時臺灣大學助教日人稻田尹，得「歌人醫師」林清月之助，對臺灣歌謠鑽研，頗費心思，先後在《民俗臺灣》發表收集心得，後整理成冊，名曰《臺灣歌謠集》，於一九四三年出版。《民俗臺灣》因與「皇民化」運動相背，遭受當局干涉，但金關丈夫等人不為所屈，努力苦撐，於一九三四年五月，戰爭末期前才停刊。

光復以來，除了報紙、雜誌，常見零星的臺灣歌謠敘述之外，則以省、縣、市文獻與鄉土性期刊為主，如《台灣文化》、《臺灣文獻》、《臺灣風物》、《臺北文物》、《南瀛文獻》等，但亦未見全面性的採集活動。

一九七五年二月，吳瀛濤由台灣英文出版社印行《臺灣諺語》一書，其中「歌謠」，含教化歌，民俗歌、民謠、情歌、相褒歌、民歌、童謠、順溜、兒戲歌、急口令、流行歌等福佬、客家通俗歌謠，所佔頁數達三百三十二頁（頁349-681）。

舒蘭編著《中國地方歌謠集成》（渤海堂文化公司，1989年7月），其中冊十一至十八為臺灣歌謠，冊十一至十二是兒歌，冊十三至十四是民歌，冊十五至十八是情歌。

四　臺灣童謠的採集與研究

許常惠先生於《台灣福佬系民歌》一書裡，曾認為在福佬係七類民間音樂中，以「童謠類唱得最少，愛情類唱得最多。」（百科文化公司本，1982年，頁9）又吳亞梅、吳季芬合撰〈兒歌研究之今昔〉一文，亦曾概述兒歌研究如下：

> 政府遷臺之後，有關兒歌的蒐集和研究多是私人進行，且又可分兩方面來討論。第一是大陸地區的兒歌，散見於旅臺外省同胞懷故憶舊的文章裡，各式報章、雜誌，甚或回憶錄皆偶可摘下數段，然因不是特別以兒歌為主題，故資料零星不全。從民國四十年代至今，固然有幾本包含全國各地兒歌的集子出版，但最豐富有條理的，應以朱介凡的《中國兒歌》（純文學出版社，1977）為首。此書珍貴處在於朱氏有其獨特見解，將兒歌分類並深入分析、闡釋；同時，其所引用的資料多是第一手的資料——他個人歷年所記錄眾人的口述，這樣的材料在此時此地更覺寶貴。第二則是臺省兒歌的蒐集與研究。日治時代日人在此方面頗下功夫，中國人也有李獻璋著的《台灣民間文學集》（台灣文藝協會，1936）可參考。光復之後，報章雜誌，

如《自立晚報》、《民俗曲藝》這類比較注重本土性的雜誌偶有登載外，吳瀛濤的《臺灣諺語》（台灣英文出版社，1975）、陳金田的《臺灣童謠》（大立出版社，1981）所蒐錄的臺灣兒歌比較可觀。這兩本書都用閩南方言直接記錄，並有註解，懂得閩南語者讀起來今倍覺親切。只是和民國一、二〇年的工作者一樣，這些兒歌集的編者只是記下歌詞再加註釋，至於最重要的錄音，則付諸闕如。此外，分析研究兒歌內容者也極少見。（見《民俗曲藝》第51期，1988年1月，頁107-108）

又從前面兩章的敘述，可知有關臺灣民俗與歌謠等俗文學之採集，皆偏重原住民與諺語、傳說、故事、歌謠之收集，對於童謠，則仍然很漠視。本文擬從採集與研究入手，以見臺灣童謠的歷史。

（一）臺灣最早的童謠

臺灣的住民，有祖籍福建、廣東和土著的原住民三大類，因此臺灣童謠亦有所不同。就以漢語系而言，亦不能說是皆來自大陸，廖漢臣於《臺灣兒歌》一書裡說：

民謠原是成人的歌謠，但是經過兒童的傳唱，久而久之，也會變成兒歌，這是民謠演變為兒歌的一個過程，這可參見下述。又民謠到處都有，大同小異，是不是古時從漳、泉等處傳聞而來的？這點，似應大大研究。台灣兒歌，一部分是從福建傳來的，一部分是在台灣的悠久的生活中產生出來的，不得因各地的民謠，大同小異，一律認為皆從福建傳來的。因為福建人遷入台灣已歷三百多年，而在台灣的特殊的環境中，也產生了很多的歌謠，同一主題的歌謠，有內容相同的，也有內容未盡相

> 同的，那能以內容相同，或內容大同小異，就認定是從福建傳來？例如「月光光，秀才郎，騎白馬，過蓮塘」，這首兒歌，台灣也有，閩南也有，這首兒歌流行台灣，至少已有一百多年。……（頁9）

申言之，兒歌這種俗文學，本無定本，尤其在兒童身上，由於訛傳或創化，更容易衍生不息，一般說來，詩歌是文字中產生最早的作品，在未有文字以前，就已經有口頭上唱的歌謠，這已是文學史家公認的事實，且案之歌謠生活，人們最初所唱者，皆為兒歌，其後才唱民歌，因此，臺灣的童謠生活，亦當源遠流長且豐富。

就俗文學觀點來看，臺灣的文學可上溯到臺灣史前時代，即四、五千年前，或更早的原住民族原始神話傳說的時代，且早期移民而來的漢民族大多數屬於目不識字的庶民階層，尤以農民為多，自是俗文學傳承的溫床。然而，就現存童謠而言，似乎不易論其原始。

陳漢光曾以筆名「野人」發表一首〈明鄭民謠〉於《臺灣風物》第五卷第七期：

> 刺瓜，刺、刺、刺，
> 東都著來去，
> 來去允有某，
> 不免唐山怎艱苦。

陳氏認為這首歌是臺灣最早的歌謠，作於明鄭時代。他的推想是：這首歌謠是鄭氏入臺灣之後，清廷實施遷界政策之時所產生的，那時，閩、廣沿海居民被逼離三十里，居民流離顛沛，哭聲載道，鄭成功乃招之來臺開墾。詞中「東都」，是鄭成功時代臺灣的稱呼，而「唐山」

係指大陸，「允有某」，似泛指生活上的安定。廖漢臣的看法是：

> 這首歌謠是台灣最早歌謠的一首，或可首肯，但是是不是作於明鄭時代，實在尚有研討的餘地。（見《臺灣兒歌》，頁35）
> 此謠並不是作於台灣，而是作於大陸，再由大陸傳來台灣。嚴格一點說，這首歌謠，是不得稱為道地的台灣歌謠。
> 不過，鄭成功祖孫三代經營台灣二十三年，招來大陸人民，鼓勵開發，實施屯墾，奠定人口增加的基礎，而在台灣出生生長的人一定不少，這些人都在台灣生根，在他們的生活中，可能也有產生或多或少的歌謠，只是從來的人沒有重視這類歌謠，久而久之，那些歌謠都散失了，或尚被掩藏在社會中也未可知，筆者揣測明鄭時代以來，不但已有台灣的歌謠，可能也有台灣的兒歌。（同上，頁36-37）

若從文獻上考獻，自當以黃叔璥的《臺灣使槎錄》為最早。該書卷四〈赤嵌筆談〉、〈朱逆附略〉有云：

> 朱一貴原名朱祖，岡山養鴨。作亂後，土人呼為鴨母帝。賊夥詭稱海中浮玉帶，為一貴造逆之符。既得郡治，一貴自稱義王，僭號永和；以道署為王府。餘孽有平台國公、開台將軍、鎮國將軍、內閣科部、巡街御史等偽號，散踞民屋。劫取戲場幞頭蟒服，出入八座，炫燿街市。戲衣不足，或將桌圍，椅背有綵色者披之；冠不足，或以紅綠綢紵色布裹頭，以書籍絮甲。變後，居民避難，絡繹海上；風恬浪靜，寸艇飛渡，不畏重洋之險。大師自六月十六日進鹿耳門，十七日下安平鎮，二十二日復府治。未及浹日奏捷。先是，童謠有云：「頭戴明帽，身

穿清衣；五月永和，六月康熙」。（見《臺灣文獻史料叢刊》第二輯，冊二十一，大通影印本，頁86-87）

這首有關朱一貴起義的童謠，黃氏視其為讖謠。在引文裡每句四字，而目前所見其他本子皆作每句五言，引錄如下：

頭戴明朝帽，身穿清朝衣；五月歌永和，六月還康熙！

除外，《臺灣使槎錄》卷五至七為〈番俗六考〉，是記述北路諸羅番及南路鳳山番的風俗習慣，並附〈番歌〉三十三首。其中兩首或疑為原住民童謠，試轉錄如下：

之一：〈打貓社番童夜遊歌〉
麻呵那乃留唎化呢！（我想汝愛汝）
麻什緊吀嗱化！（我實心待汝）
化散務那乃嗱麻？（汝如何愛我）
麻夏劉嗱因那思呂流麻！（我今回家，可將何物贈我？）
（見《臺灣文獻史料叢刊》第二輯，冊21《臺海使槎錄》，卷5，台灣大通書局，頁102）

之二：〈後隴社思子歌〉
曳底高毛白，（怪鳥飛去）
呋目呋甘宰老描崙。（飛倦了宿在樹上）
末力希呂呋（見景心悶）
毛嗄嘆嘆幽耶林嘮！（想起我兒子）
目歇呋越耶（回家去看）

仔者麼飲呂呋。（請諸親飲酒釋悶）

（同上，卷6，頁132）

正如前面引文裡廖漢臣所說，明鄭時代以來，不但已有臺灣的歌謠，可能也有臺灣的兒歌了。其實，童謠緣於教育與遊戲，只要有兒童，就會有童謠。只是文學的開始必須藉助文字的書寫，而俗文學也必須藉助文字始能有徵信，考臺灣的文學，若以書寫文學來看，則臺灣文學可推到十七世紀漢民族和荷蘭來到安平，帶來漢字與羅馬字，結束了臺灣的史前時代。因此，所謂最早的童謠，亦當不離信史開始的時代。

申言之，傳統的時代裡，對於童謠並不重視。其實，童謠是兒童的遊戲方式之一，遊戲必須有趣與生活化，而這種有趣與生活性不足的童謠，也會被兒童訛傳或創化，而衍生成為有趣與生活化，否則就會被淘汰。這種有趣與生活化的童謠，自不會是傳統文人記述的對象，他們要的是那些具有政治性的歌謠。那種政治性的童謠，或許會流行過，但緣於無趣與生活化的不足，兒童無法加以衍生，是以跟時代脫節，終遭兒童拋棄，可是它卻被保存了下來。

（二）臺灣童謠的收集與研究

有關臺灣童謠最早的採集，當始於臺灣總督府編修課平澤丁東，李獻璋於《臺灣民間文學集》自序有云：

> 大正七年府編修課平澤丁東氏，因愛這南方的異國情調，採集閑歌童謠共二百條，編成《台灣之歌謠》是為斯道專冊的嚆矢。他的記錄錯誤固然是很多，但總算得是件難能可貴的工作。

平澤丁東編印的《台灣的歌謠及名著故事》，收集民歌、歌謠二百餘首，由臺北晃文館刊行，這是第一本的臺灣歌謠集，而臺灣童謠的搜集，也是以此集為濫觴。但是，因為日人對於臺語的隔膜，紀錄上有許多的錯誤。

一九二一年二月十日，當時任臺南地方法院檢察局通譯官片崗巖，曾著《台灣風俗誌》，由臺灣日日新報社發行，分十二集，這是一部研究臺灣舊有風俗習慣極有價值的空前鉅著。凡是有關臺灣同胞的家庭起居和社會生活，莫不一一提及。如果說伊能嘉矩的《台灣文化志》是有關臺灣「縱」的探討，那麼這部片崗巖的《台灣風俗誌》，正可以說是橫的敘述了。其不同的地方，是在於《台灣風俗誌》偏重於現象的記載。廖漢臣於《臺灣民歌》一書裡，曾就童謠的角度評論。

> 民國十三年，日本人片崗巖出版《台灣風俗誌》，雖收載不少臺灣的情歌，仍不重視臺灣兒歌，一字不提。（頁8）

這段話可議處有二：其一、民國十三年當作民國十年；其二，所謂「一字不提」有失事實。今天大立出版社陳金田譯本為據，其間與童謠有關者如下：

〈台灣的雜念〉第四集第二章
〈台灣的兒童遊戲〉第五集第二章
〈台灣的小兒謎〉第五集第四章

就以〈台灣的雜念〉言，其中「搖子歌」有四首，「兒歌」有二十三首，外加遊戲，小兒謎，亦當有百首之多。

一九二六年，豐原人張淑子的《教化三昧傳》問世，張氏以「文以載道」為取捨標準，將一些勸善性質的俚諺、童謠、謎語輯錄成冊。由於思想保守，有不好的童謠，都被刪除了。

由於日治時期的「語言政策」，使傳統歌謠有式微現象，曾引起了從事民族運動先驅者的注意。

一九三一年一月一日，《臺灣新民報》刊有黃周（醒民）〈整理歌謠的一個提議〉一文，這項建議獲得賴和及全島同好的支持，於是臺灣新民報特闢「歌謠——歌謠零拾」專欄，開始徵稿，逐期刊載，搜集數量甚為可觀，其中夾雜有不少的童謠，從此以後，歌謠的搜集，由無意識而為有意識的文化工作。關於黃醒民其人，試轉錄莊永明〈讓歌謠成為民族詩〉一文如下：

> 一九三一年的今天，《臺灣新民報》第三百四十五號刊載了醒民（黃周）的一篇文章：〈整理歌謠的一個提議〉。
> 這篇文章開示明義以「我的單純的動機」說明：「我記得在做小孩子的時候，由母親或由鄰舍的小朋友們，在遊戲或在晚飯坐談的時間，學了不少的歌謠。」然而這些美好的往事，而今不再，卻聽見小孩子都在唱日本兒歌，音義都不懂，簡直是鸚鵡式的「咿啊」，不免感到可嘆！
> 第二節，他敘述了「所謂歌謠的意義」，而後在第三節說明了「整理歌謠的目的」：
> 「——動機雖是非常單純，但是其實整理歌謠的意義卻很深重。——而在如我們這樣的特殊情形之下的，是更有一層為日就廢傾的固有文化的保存上不可不作的目的。」
> 他深信「歌謠是民俗學上一種很重要的資料——可以供給研究民俗時候作很好的材料的。其次在很多複雜的歌謠之中，當然

> 是有不尠富有文藝的價值的佳品。」
>
> 然後醒民說出了他殷切的寄望：
>
> 「這種工作若得成功，或者可以使憂鬱成性的我們民族，引起了民族詩的發展，亦未可定了。」
>
> 在異族統治下，說出了這種於愴惻中含著無限期望的心語，意義是多麼深長，這項整理台灣歌謠計劃獲得「台灣新文學之父」賴和（號懶雲）和全島同好的支持。
>
> 《臺灣新民報》從次號（三百四十六號）即開闢「歌謠——歌謠零拾」，和「漢詩界」（古體詩）、曙光（新體詩）並列為「副刊」主要專欄。
>
> 這項成果可觀，所集歌謠數量之多及蒐集範圍之廣，堪稱前所未見。廖漢臣曾論為：「自此而後，歌謠的蒐集，進入另一階段，由無意識而變為有意識的文化工作，甚至掀起一番熱烈的台灣話文建設運動。」誠哉斯言。（見《台灣紀事》上冊，時報本，頁34-35）

這次的歌謠搜集行動，在半年之內集得一百多首。後來，李獻璋編輯的《臺灣民間文學集》，和戰後吳瀛濤結集的《臺灣諺語》，兩書所收錄的童謠，不少即是當年《臺灣新民報》的徵集成績。

一九三一年，連橫回臺南，開始在《三六九》小報發表《雅言》，前後達百號（自112至241號），全文計二四七則。其中有三則論及兒歌、童謠，試轉錄如下：

> 五七
>
> 兒歌為一種文學，以其出於自然也；各地俱有，稍有不同。余所收者有四、五十首，純駁參半。茲錄兩篇，一為「閹雞

啼」、一為「指甲花」，皆家庭事也。「閹雞啼」云：『閹雞雊雊啼，新婦早早起。上大廳，拭棹椅；落竈下，洗椀箸；入繡房，作針黹。大家大官攏歡喜，阿諛兄、阿諛弟，阿諛恁厝父母爻教示』。「指甲花」云：『指甲花，笑微微；笑我陳三慺嫁無了時。馬前戴珠冠，馬後迴涼傘；笨憚查某困較晏。頭無梳、面無洗，腳帛頭，拖一塊；乳的流，囝的哭。大伯、小叔慺來食下晝，青狂查某弄破灶』。此歌兩首，一寫勤勞，一寫懶怠；繪影繪聲，各極其妙。若以格調音律而論，則前作較勝（按台語「善」曰「爻」、「要」曰、「慺」、「阿諛」呼「阿老」，詳載《台灣語典》）。

五八

群兒聚集，互相遊戲，每舉隱語以猜一物，謂之作謎；亦啟發智識之助也。台灣此等之謎，到處俱有；特意有淺深，故辭有文野耳。如曰：「頂石壓下石，會生根，昧發葉」；猜齒。又曰，「一叢樹、二葉葉，越來越來看未著」；猜耳。又曰：「頭刺葱、尾拖蓬，在生穿青袍，死了變大紅」；猜蝦。又曰：「一重墻、二重墻、三重墻，內底一兮黃金娘」；猜卵。凡此之類，不遑枚舉；而語能和叶、意無虛設，比之燈前射覆、燈後藏鈎，其興趣為何如也！

五九

童謠亦一種文學，造句天然，不假修飾；而每函時事，誠不可解。《國語》之「檿弧箕箙，幾亡周國」、《左傳》之「龍尾屬辰，虢公其奔」，尤其彰明較著者。而台灣歌謠亦有此異：「月光光，秀才郎；騎白馬，過南唐」；此言鄭延平之起兵也。「頭戴明朝帽，身穿清朝衣；五月稱永和，六月還康熙」；此言朱一貴之失敗。「出日落雨，刣豬秉肚；尪仔穿紅褲，乞食走無

> 路」；此言之未九、十月之景象也。揣其所言，若有默示；豈偶然而合歟？抑天人感應之際現於機微也歟？（見《臺灣文獻叢刊》第一六六種，臺灣銀行本，1963年2月，頁26-27）

一九三六年六月，收錄臺灣（廈漳系）歌謠、故事的《臺灣民間文學集》，由臺灣文藝協會發行。這本書依據賴和引述編述人李獻璋的說法：

> 一次，他寄給守愚氏的信裡，曾經有這樣一段話：
> 你想，為了這集子我所費的精神（差不多把我三個年的生命葬送在這集子）和物質（老實說我所積下的幾百圓都為此而支出的，恰好到後月就要用完了）是如何的多呢，啊！我的精神已溶化在這集子了……（見原書賴和序）

而李獻璋的自序，也懇切的道出他對民間文學的關切和期許：

> 最近因新文學運動進入本格的境地，跟著，民間的歌謠與傳說也像漸被注意了。大家已覺高談荷馬的史詩，希臘的頌歌等等，不如低下頭來檢討一下採茶歌，研究一下「鴨母王」的故事。放下自己應做而易做的任務不做，徒要學人家的口吻演講時麾的外國名詞，除為攝取參考與比較研究的目的而外，畢竟是件最可恥的事情。
> 台灣民間文學即原始的歌謠、傳說，在我們的文學史上應占有最精彩的一頁，這是與世界各國無異的，因此，倘沒心情鑑賞和探悉台灣文學也就罷了，如果這有念頭，那麼你，便非從全體民族的共同創作著手不可，因為文人多受廟堂禮制的拘束，

> 人生、社會原非其構想所及，只有沒有受過多大的腐儒的薰冶的民眾，纔能把自己的生活與思想，赤裸裸地表露出來，如描寫行商人的慘狀的「杏仁茶」，農村疲弊的「姑仔你來，嫂仔都不知」。和婦女們所處的環境與地位的歌詞，以及表露著他們心目中的鄭國姓的傳說等，無一不是專學咬文嚼字的文士們，幾百年來所萬萬做不到的好東西，從文學、民俗學上的價值看來，都決不會比任何詩詞有所遜色。

《臺灣民間文學集》收錄了近千首歌謠，及廿三篇民間故事。故事篇的作者都是日治時間臺灣新文學運動活躍的人物。以當時的文化環境觀之，這本書不能不說是極盡臺灣民間文學的偉觀了。其中歌謠篇分民歌、童謠、謎語三類。其收集過程自序有云：

> 拙輯《謎語纂錄》，於九年夏在新民報發表時，曾受鄉土話文提倡者們非常的推舉，可是協會的「第一線」故事特輯刊行後，卻俄然引起不少反對者的漫罵。不料這些漫罵倒使我增了百倍元氣，終成促進我這集子得以完成的原動力。中間因過急于搜羅材料，奔東走西，積勞成疾，倒床就倒了好幾次，所以如邱妄舍的一部、媽媽廢親、陳大戇，都是朱、王二兄替我執筆的，而民歌與歌謠則除自己親自去採取外，還在從前所舉的雜誌與報紙的盡量選取，加以相當的考訂與斟酌而採錄。這層我願在這裡謝謝他們的努力。

就童謠而言，收有一百五十首之多。一九三六年十月一日，恢復武官總督制，正式的皇民化運動開始進行。自一九三七年四月一日起，臺灣母語的使用受到限制，報紙的漢文欄也廢止了。粗暴的是，連民眾的娛樂（傳統的戲劇、音樂、武術）也禁止上演和傳授。甚至傳統的宗教儀式以及祭祀中行事，也加以限制和禁上。取而代之的是日語的強制使用，天照大神的奉祀與改日式姓名運動，一直強制推行到戰敗的前夕。

光復後，由於特殊的政治環境使然，許多日治時代的知識份子都投身到文獻工作，並默默的負起臺灣民俗文獻薪火相傳的工作，這個時期對於臺灣童謠的採集概況，廖漢臣在《臺灣兒歌》一書有簡要的敘述：

> 民國二十年，台灣文藝協會發行《第一線》，特別出一民間故事專輯，收載鄭成功故事等二十數篇，尋因日軍侵華，台灣中文作家一律停止，光復後，游彌堅創立台灣文化協集會，廖漢臣在第三卷六期，發表〈談談民謠的搜集〉一文，林清月也發表一篇〈民間歌謠〉。此外，王登山也在《南瀛文獻》第五卷發表〈台灣南部的民謠、童謠及四句〉，黃傳心也在《雲林文獻》一二三期發表〈雲林民謠〉，廖漢臣再在《臺灣文獻》第十一卷第三期，發表〈彰化縣之歌謠〉，張奮前在《同誌》第十八卷第四期，發表〈客家歌謠〉，歐陽荊在《同誌》第二十一卷第二期發表〈台灣歌謠〉，曹甲乙在《同誌》發表一篇〈童謠集零〉。（頁10）

又莊永明於〈向大地撒下歌的種籽——漫談台灣童謠〉一文亦云：

> 戰後，繼有不少民俗研究工作者，對於台灣童謠收蒐整理，用了不少心思，除了各地方縣、市志書所收錄，早期的文獻雜誌，也有零星的刊載；例如：景昭的〈北投童謠〉、謝金選的

〈北投童謠集〉、陳漢光〈新年童謠〉、張李德和的〈嘉義童謠彙輯〉、陳中〈台北童謠拾零〉……等等，可惜份量都很小，惟有廖漢臣的〈彰化縣之歌謠〉和曹甲乙的〈稻江童謠〉都是田野工作，較值得重視。（見《台灣新生報》，1990年1月5日）

其刊登要皆不離省市縣志書，與文獻、民俗等刊物。

光復後的臺灣童謠，非但沒有復興，且更形衰退。究其原因，雖是時代必然之趨勢，但卻與當時的政治環境與教育政策有關。光復以後，政府積極建設漢民族文化，普遍實施國語教育，刻意打壓方言，是以應運而起的國語童謠，普遍的在學童之間傳唱與流行。這是令人遺憾且無奈的事。只是可以告慰的是有些音樂工作者參與了臺灣童謠的創作、整理和賦予音樂化的創作，童謠的新生命，有了一頁嶄新紀錄的開始。其中較為有成果者，如呂泉生、林福裕、施福珍、簡上仁等人。綜觀光復以來，有關臺灣童謠收輯成書者有：

書名	編著者	總數	出版社	年月
臺灣諺語	吳瀛濤	約百首	臺灣英文出版社	1975年2月
臺灣兒歌	廖漢臣	二三九	省新聞處	1980年6月
臺灣童謠	陳金田	三二六	大立出版社	1982年3月
中國民俗兒歌（臺灣篇）	童錦茂	四六	愛智圖書公司	1985年3月
臺灣童謠	林武憲	十七	遠流出版公司	1989年6月
臺灣兒歌（一）（二）	舒蘭	四一八	渤海堂文化公司	1989年7月
客家童謠大家唸	馮輝岳	一〇〇	武陵出版社	1991年5月
臺灣囝仔歌	李赫	九九	稻田出版社	1991年5月

以上各書，除廖漢臣、馮輝岳為論述之外，其餘皆屬編輯本，其中，

童錦茂、林武憲等輯本是兒童用書，所選不多。又吳瀛濤所輯不超過李獻璋《臺灣民間文學》一書的數目；且吳氏輯本兼收閩南、客家兩種童謠，並將閩南「歌謠」分為教化歌、民俗歌、民謠、情歌、相褒歌、民歌、童謠、順溜、兒戲歌、急口令、流行歌等十一項；客家「歌謠」分為教化歌、民俗歌、歷史故事歌、情歌、客家語、相褒歌、童謠六項。而所謂童謠者，即分列於各項之中。就採集而言，三書皆無特色，倒是馮輝岳《客家童謠大家唱》，以收錄客家童謠為主，是目前僅見的客家童謠輯本。雖然吳瀛濤《臺灣諺語》收有客家童謠，雨青編著《客家人尋根》亦收有客家童謠，但為數皆不多。而馮著收有百首，並且加以賞析。就總數言，自以舒蘭、陳金田編輯本為多，陳氏輯本每首皆有插圖，其對象主要是以兒童為主。至於李赫編著本，則頗為實用。以上兩書所選皆以漢民族為主，且未有詳細的編輯說明，不能不說是件憾事，有關臺灣童謠的總數量，廖漢臣於《臺灣兒歌》一書裡曾說：

> 台灣過去對於俗文學都很關心，也很熱心，但是最初都是日人著其先鞭，本省人對於俗文學的關心，都在其後，而且偏重諺語、傳說、故事、歌謠搜集，對於兒歌，則很漠視，數十年來所集兒歌，不能作深入一點的整理研究，兒歌大部分是散在鄉間，只在城市撿拾區區四百首的兒歌，何從進行有系統的研究，所以本書雖名《台灣兒歌》，只怕僅僅提示一個輪廓而已，不周之處，希望各界鑑諒。(頁10)

臺灣童謠的總數量，由於沒有及時全面採錄，是以不易確定，而簡上仁的努力，或許可以為我們整理出較為完整的臺灣童謠輯本，《聯合報》一九九〇年三月二十九日曾有報導如下：

> 十二年前，台灣音樂工作者簡上仁開始採集、整理、配曲及創作台灣童謠的工作，打算為兒童編製一套屬於他們的童謠，然而環境磨人，十二年後，他的《臺灣的囝仔歌》全集才出爐。
> 對比這十二年前、後台灣童謠發展的環境，簡上仁發現，台灣童謠仍是民俗音樂中被忽略的一環。
> 童謠雖非民俗音樂的主流。但他認為，童謠不只是成人甜美的童年回憶，更是兒童世界裡重要的音樂文化遺產。代代更迭童謠，若不經蒐集、紀錄、整理，便有流失之虞。
> 民國六十六年，簡上仁瞻顧當時音樂環境，發現台灣歌謠已經有系統的整編工作，但範圍偏重成人部分，使他萌生整理童謠的念頭。當時，他將自小耳濡目染及挖掘自老一輩的童謠紀錄下來，並彙集整理李獻璋、吳瀛濤、廖漢臣等前輩的記載資料，也進行田野採集工作。收錄近千首童謠後，簡上仁開始分門別類的整編工作，爾後在保留傳統的基調上，譜配念謠的旋律。
> 簡上仁希望《臺灣的囝仔歌》能達拋磚引玉作用，使更多人投入對童謠的關注和保存。
> 為建立台灣鄉土音樂的尊嚴與地位，《臺灣的囝仔歌》以傳統為根基，在配樂上揉合台灣民俗樂器嗩吶、月琴、琵琶、弦仔、笛子、鑼鼓，以西洋提琴弦樂組、木琴、鐵琴等，寄望「植根本土，放眼國際」。

簡上仁除收錄近千首童謠之外，並錄《臺灣的囝仔歌》，全輯分成三集，共有四十八首歌。

至於，有關臺灣童謠的論述，較為重要的有：

李哲洋　〈臺灣童謠（上）〉　《雄獅美術》　第92期　1978年10月　頁135-139

李哲洋　〈臺灣童謠（下）〉　《雄獅美術》　第95期　1979年1月　頁149-155
廖漢臣著　《臺灣兒歌》　省新聞處　1980年6月
簡上仁　〈臺灣童謠論述〉　收於《音樂生活雜誌》　第17、20、21、23、27、30等期　1980年12月至1982年1月
莊永明　〈向大地撒下「歌」的種籽——漫談「台灣童謠」〉《台灣新生報》　1990年1月4、5、6日
馮輝岳著　《客家童謠大家唸》　武陵出版社　1991年5月

李哲洋的論述，是緣於接受洪健全基金會委託調查歌謠的成果，調查時間主要的是一九七八年上半年。計搜集福佬童謠、客家童謠、國語童謠、兒童的打油詩、唱的童謠、遊戲等六類八十多首。莊永明在〈向大地撒下歌的種籽——漫談台灣童謠〉一文裡，對李哲洋的論述有極高評價：

> 童謠的遞嬗、演變，音樂性的研究，是不容易的工作，投注的人不多，李哲洋是難得的有心；他是民族音樂學者，雖然自謙「平日不但沒有刻意去搜集，臨時做田野工作的條件又不充分」，但是他研究台灣童謠的觀點，最富於學術性，鑒於個人的興趣，和客觀的條件，這位客籍音樂學者難以專注童謠的研究，甚為可惜；他曾根據基隆市立第三初中童子軍老師呂梅錦的唸謠，配以曲調的一首「卻魚鰡」（捉泥鰍），流傳一時。（《台灣新生報》，1990年1月6日）

廖漢臣的《臺灣兒歌》，是目前唯一的一本成書論述。廖氏是日治時代的臺灣作家，曾任《第一線》發行人。從一九四八年進入省文

獻會工作，就把全付精神專注於臺灣文獻的編纂與整理，直至一九七六年退休，達二十八年十個月之久，對「臺灣史」的研究貢獻不小。《臺灣兒歌》一書，其構架主要是參考朱介凡的《中國兒歌》。因此，在體例上並無特色，且在「類型」上亦嫌雜亂，但作者有豐富的民俗知識，以及田野調查的經驗，則是本書價值之所在。

簡上仁的這篇論述，是目前最完整的概論文章，後來收入《臺灣民謠》（省新聞處，1983年6月）一書中，列為「各論篇」第五章，易名為〈臺灣童謠概論〉。簡上仁致力於臺灣民俗音樂之採集、整理與創作工作達十三年。並於一九八三年組成「田野樂府」赴全臺各地演出，推展臺灣民俗歌謠。其成果與貢獻是有目共睹的。

莊永明興趣廣泛，更好採風擷俗，長期以來一直沉潛於臺灣的文獻、方志，也常拜訪地方耆宿及日治時期活躍於臺灣新文學運動的碩老，以做為寫作的素材與依據。漫談「臺灣童謠」，只是他的興趣之一，卻有考據的精神，寫史的筆調，是研究臺灣童謠的重要文獻。除外，有〈光復前的臺灣童謠研究文獻〉一文（見《書評書目》第89期，1980年9月，頁54-62），也是研究臺灣歌謠的重要參考資料。

馮輝岳的《客家童謠大家唸》，除賞析百首客家童謠之外，並有〈客家童謠淺論〉。馮氏現任職國小，也是成名的兒童文學作家，尤其以「兒歌」創作見長；除外，又致力於傳統童謠的探討，成書論述有《童謠探討與賞析》（國家版）、《兒歌研究》（商務版）、《你喜愛的兒歌》（富春版）。而本書以客家童謠為主，在客家文化逐漸式微之際，頗具薪火傳承之意義。

五　臺灣童謠的類型

童謠是屬於歌謠的一大類，幾位前輩曾就童謠的實質做過分類，給後來的研究者帶來很大的方便，其中以褚東郊、朱介凡兩位的分法較為流行。

童謠類型的歸納與整理之目的，不外實用、欣賞、研究與整理，有時真不知道吟詠為何物。但若一味以國語音系的分類法加之於方言音系，似乎亦有所不宜。因此，本文擬就童謠的內容、特質說起，而後引出臺灣童謠類別之判定。

（一）童謠的內容

朱介凡認為童謠（兒歌）是孩子的詩，他說：

> 兒歌是孩子們的詩。從孩子們的心性、生活、童話世界意象、遊戲情趣，以及兒童語言的感受出發，比起成人們的山歌、民謠，更要顯得——
>
> 句式自由　結構奇變　比興特多　聲韻活潑
>
> 情趣深厚　意境清新　言語平白　順口成章
>
> 他隨意唱來，其旨趣、結構的發展，常多出人意表。一句一句快樂的唱，他下一句究竟要唱出甚麼？教人難以推理。兒歌所涉及的事物、宇宙人生，鉅細無遺。辭章千變萬化，而並不雜亂，它只是充分顯示了孩子們生命成長的活力，從嬰兒直到少年——心靈的嬉遊。（見《中國兒歌》，純文學版，頁27）

這個界說似乎是很周延，可是他在極力分辨兒歌、童謠之際，似乎忘了兒歌的作者，以及兒童生活周遭的親人。我們可以這麼說：所謂童謠，即是指與兒童有關的歌謠。換言之，無論是唸唱此歌謠的人，或是歌謠本身的內容，都有一特定的範圍——即是與兒童有關。

又就童謠內容而言，可分為兩類：一是童話世界；另一則是現實人生。前者從鳥獸蟲魚到一草一木，或是宇宙自然的現象，孩子皆以其豐富的想像力來描繪一切。至於現實人生，從最近己身的人倫關係到社會眾生相，孩童莫不以其眼光來觀察及陳述，平與不平，快樂與悲哀，孩子們總是做最坦率的讚美或抗議。當然，童謠是屬於孩子的歌謠，其中必有許多成人認為沒有意義，但是兒童們都津津樂道。姑且不論其內容如何，童謠的內容，總不出兒童所想所見所聞，亦即是不離其生活範圍。因此，有些大人寫作的童謠，也必須是兒童所接受，否則就會被淘汰。

又就唸唱童謠的人而言，只要我們仔細觀察，不難發現，除了兒童是哼唱童謠的主要角色之外，與他們關係最密切的祖、姑、母、姐輩亦是傳唱與創作童謠的功臣。總之，兒童在嬉戲時，或母輩在照顧孩輩時，都會隨口吟誦童謠，以增進樂趣，或抒懷情感，而其他的大人，是不作興哼唱童謠的。申言之，兒童的生活範圍，不離吃飯、睡覺與遊戲。吃飯、睡覺是屬於生理層次的本能需求，因此，兒童的生活，或許可以說即是遊戲。

從古至今有不少的哲學家、文學家、社會學家、教育家、心理學家、人類學家、精神醫學家對歌謠遊戲都有過許多意見與看法，認為兒童的遊戲是複雜且具有多方面的意義與價值。綜言之，我們可以說遊戲是小孩神經系統、肌肉運動、感覺、思想、社會性及心理方面等整個人格發展中不可缺少的一部分。因此，遊戲對成年人而言，是一種消遣，是一種脫離日常事務，鬆弛身心的活動，也許是場電影，是個小嗜好，或者只是閒蕩蹓躂。但是對兒童來說，遊戲不單是娛樂，它是一種「工作」。兒童的遊戲是一種運動，也是一種文化傳遞的工具，兒童透過遊戲得到「學」與「做」的經驗。同時，遊戲更能使兒童經歷並且創造許多奇妙和刺激的事，這些事原非大人在平日輕易允許。因此，我們知道各種形式的遊戲活動，實是兒童學習的媒介，對兒童而言，遊戲是活動的中心。

皮亞傑認為遊戲剛開始是以模仿的姿態出現，在嬰兒早期的出生階段裡，也就是感覺動作時期，他的遊戲形式主要是模仿在他四周的人或動物的聲音和動作。慢慢地，這些模作導入三種主要的遊戲形式，皮亞傑將這三種遊戲形式定名為實用式遊戲、象徵式遊戲和有規則的遊戲。在《小腦海中的世界》一書裡，曾論及這三種遊戲與兒童的關係如下：

> 根據皮亞傑的看法，實用性的遊戲是在嬰兒還未一個月大時便開始出現了。象徵式的遊戲則是到了嬰孩的第二年才開始。規則性的遊戲很少在四歲至七歲之間出現，它主要是屬於具體運思期的遊戲特點，約在兒童七至十一歲之間，皮亞傑指出規則性的遊戲一直延續在一個人的一輩子，並且隨著生理心智的成熟，這種遊戲形式發展的愈健全完備，他稱規則性遊戲是一種社會化個體所行使的遊戲。象徵式遊戲此後在人的一生中是以白日夢或幻想的方式繼續存在一個人的生活裡。而實用性遊戲在往後的日子裡則是會繼續存在生活中，例如，我們在前面提過的玩沙的方式，仰臥在池塘裡的水面上，沒有比賽的時候，練習高爾夫球中的推桿進洞，或是對著牆壁練習打網球。
> 規則性遊戲的確在小孩七歲至十一歲間佔去大部分時間，不過，學齡前兒童也已開始玩一些帶著簡單的規則的遊戲。這些規則可能是以前就傳下來的或是自己臨時訂出來的。（見張子芳譯，允晨版，頁68-70）

總言之，遊戲是兒童的「工作」，更是學齡前兒童生活重心，並且提供兒童在心理、生理、社會、語言、智能等各方面發育成長上極有價值的催化劑。因此，我們肯定的說：遊戲是兒童生活的本質。是以所謂的童謠，亦當以此「遊戲」的觀點視之。朱介凡於《中國兒歌》裡亦說：

> 兒童身心的發育，思想、行為的發展，學習、環境適應能力的成長，情緒的激勵與平衡，道德觀念陶冶以及其實踐的努力，遊戲生活都佔了很重要的地位。這在心理學、倫理學、社會學與教育學上，已有許多定論。自嬰兒到小學，小小大大的孩子，在他們的學習裡，傳襲了許多遊戲的活動，從而有自我擴展的過程；也在實際遊戲動作裡，孩子們自己創新了許多遊戲的題材和各樣的作法。取材範圍的廣泛，方式的多樣，趣味的深厚，而且，不需特別準備，也不必應用什麼器材，隨時隨地就可以一邊唱一邊做的玩起來。更值得注意的是，兒童遊戲必然的與日常生活，有十分緊密的關聯。（頁174-175）

或許我們最後可以說：童謠的內容（或內涵）不離遊戲。

（二）童謠的特質

歷來有關童謠的特質的說法，亦似乎都是從朱介凡的界說中引申而來，試以通行的說法列表如下[2]：

---

2 有關三家童謠特質說，其原文如下：

一、蔡尚志：《嘉義師專學報》，第12期，1982年4月，頁167-174。

二、林武憲：〈兒歌的認識和創作〉，中華民國兒童文學學會《認識兒童文學》，1985年12月，頁58-59。

三、陳正治：《中國兒歌研究》，啟元版，1984年8月，頁1-5。

其中，蔡肖志有童謠、兒歌之特質說，本文取其兒歌特質說。

蔡尚志	林武憲	陳正治
平淺易懂的內容	平易性	淺易性
自然流利的音韻	音樂性	音樂性
短俏生動的語句		
兒童熟悉的背景		
充滿遊戲的情趣	趣味性	趣味性
千奇百怪的幻想		
	教育性	
		實用性

所謂特質，原是心理學名詞，是指個人任何持久性的身心特徵，而該特徵上，人們互有個別差異。因此，上述三家的說法，與其說是特質，不如認定其為性質。性質是指事物的成分和效用。一般說來，特質只有一項；性質可以多項。

引申的說，所謂童謠的特質，亦當以童謠特定的對象為據。因此，所謂淺易、教育、實用、兒童熟悉等項，皆需以讓兒童所接受為前提，而音樂性更是歌謠的特質所在。童謠，不論唸的或唱的，基本上是一種語言的節奏化，離開音樂性即不是歌謠，是以所謂的特質，自當以兒童的觀點視之。

自兒童觀點視之，我們可以說遊戲是兒童生活的本質。因此，專屬兒童的童謠，其特質亦非遊戲性莫屬。馮輝岳亦曾認為童謠最大的特色，是它當濃厚的趣味性，他在《童謠探討與賞析》一書裡說：

童謠最大的特色，是它富有濃厚的趣味性。一首童謠若欲達到口傳教育的效果，或帶給兒童心靈嬉戲的歡愉，必須依賴趣味的牽引，這種趣味乃是從兒童的心性、語言出發所釀造的一種

> 童趣，與成人歌謠裡的情趣迥然不同。（見國家版，頁38）

他並認為童謠的趣味性，主要是受「連屬、顛倒、誇張、擬人、遊戲」等因素的影響，其實把遊戲與連屬、誇張等表現的方式並列，有扞格不入之嫌。個人認為遊戲與趣味性無異，且不可分離。又童謠在時空的遞換中，其生命的短暫或永恆，亦皆視遊戲性而定。當其遊戲性不足，同時亦無法配合時代與生活衍化時，即會遭到淘汰的命運。

除了有心的整理和保存以外，童謠的自然流傳，端賴兒童的一張嘴巴。馮輝岳於《兒歌研究》一書裡，認為影響童謠流傳的因素，若以縱、橫兩向代表時、空，那麼影響橫的流傳的因素，是地理環境及方言。就縱的流傳而言，是受「逗趣、遊戲、熟悉、音韻自然」等因素的影響。（詳見商務版《兒歌研究》，頁43-46）

我們知道所謂流傳，時因訛傳或創化而變形，但不論其是否變形，童謠要能流傳，則端賴其是否仍具有遊戲性，因為遊戲亦有時空的限制。總之，個人肯定童謠的特質是在於遊戲性。我們要正視遊戲，不要窄化遊戲，也不要醜化遊戲。席勒於《審美教育書簡》裡第十五封信有云：

> 人同美只應是遊戲，人只應同美遊戲。
>
> 說到底，只有當人是完全意義上的人，他才遊戲；只有當人遊戲時，他才完全是人。（見馮至等譯，淑馨版，頁77）

歷來有關的遊戲論皆認為遊戲是為了遊戲以來的某種原因而進行的。因此，無論誰都會很直接地就承認遊戲是一種無條件與生俱來的生存方式。是以，要追究為什麼有趣一事也就沒什麼意義了。此已是先驗性的命題。人類原本就具有遊樂的能力，但當遊戲開始以文化機能登場，就有各種的特徵與條件的說法。法國學者羅傑．凱揚（Roger Caillois）著有《遊戲與人類》一書，他對遊戲定了五項條件：「一、自由的行動。二、遊戲是被隔離的行為。三、遊戲一定得含有未確定的因素。四、凱揚認為遊戲是非生產性的活動。五、遊戲是有規則性的活動。」（詳見《餘暇社會學》，遠流版，頁80-83）無論遊戲的理論與條件如何，我們相信遊戲是人類與動物的本能，而遊戲的原始形態則來自兒童，且讓我們把遊戲還給兒童。

申言之，「遊戲」是兒童生活的本質，是兒童生活中的主導活動，它對兒童生活的各方面皆起著重要的作用。就美學的角度言之，遊戲是兒童形成審美感與能力的一種獨特方式，這與遊戲本身的特徵是分不開的，遊戲的這種特殊性質有：

一、從形式上看，遊戲具有「前審美」的性質。它包含著純粹意義上的審美的萌芽，這主要表現為遊戲活動從不受現實利害關係的束縛和拘勒。

二、遊戲具有假想性。如果不具備這種假想性，那遊戲就不成其為遊戲。據心理學家們證實，約百分之十五至百分之三十的兒童在三至十歲內有假想的遊戲伙伴。這些假想的朋友是童年期正常的感情表現形式。

三、遊戲具有目的性。即遊戲活動的進行必須依賴於兒童的自發的、主動的參與，這與孩子自身的內部欲求有關。

四、遊戲具有愉悅性。這是遊戲的特徵之一，兒童遊戲，乃是因為他們在遊戲中感到非常愉悅，他們為再次享受這種愉悅而繼續遊戲，如此遊戲→愉快→遊戲⋯⋯，豐富、深化了兒童的情感體驗，因此，兒童感到興趣的不是遊戲的目的、結果、手段之類的東西，而是遊戲本身。（詳見樊美筠：《兒童的審美發展》，頁81-82）

（三）臺灣童謠的分類

臺灣童謠，雖然未見有分期的說法。但是，由於臺灣位居中國大陸之邊緣，自古均被視為海外孤島。又就有文字記載以來的歷史，雖僅有三百多年而已，而其間卻經歷荷人佔據的三十八年，西班牙局部佔領的十六年，明鄭的十二年，清朝治理的二百餘年，以及日本佔據的五十年。其中，相當長時期是處於殖民地的地位，是以除了漢民族的移民文化外，尚有殖民文化的滲入，尤以日治時期的殖民文化影響最為顯著。因此，臺灣的文化在光復前是以漢民族移民文化為主，殖民文化為輔的文化形態。

特殊的時空背景與文化形態，自然會有不同的童謠內涵。童謠、民謠多是反映各地住民的風俗民情，也就是說童謠、民謠是隨時代變遷的，由於社會制度的變易，童謠的情操，也隨著改變。目前，可見臺灣民間歌謠分期之說約有：

許丙丁　〈從臺南民間歌謠談起〉（一）　《臺南文化》　第2卷第1期　1952年1月　頁34-36

許丙丁　〈從臺南民間歌謠談起〉（二）　《臺南文化》　第2卷第2期　1952年4月　頁218-222

臧汀生　〈臺灣歌謠歷史〉　《臺灣閩南歌謠研究》第三章　商務版　1980年5月　頁34-39

簡上仁　〈從臺灣歌謠的歷史軌跡看臺灣民謠的精神〉　《臺灣民謠》總論篇第六章　省新聞處　1983年6月　頁12-14

試就三人分期列表如下：

分期 姓名	荷蘭以前	荷蘭時代	明鄭時代	清代	日治時代	光復以後
		1624-1661	1661-1683	1683-1895	1895-1945	1945-
許丙丁			初期（由鄭氏時代到清末時代）		中期（由民國初年及日治時代）	近期（臺灣光復後）
臧汀生	清代以前			清代	日治時代	光復以後
簡上仁	肇基時期				日治時代	光復以後

試綜合各家說法，將臺灣童謠分成三期。當然，由於童謠的流傳過程中，時有不合兒童遊戲性而遭淘汰與衍化，因此很難論其產生的時代背景，但由於臺灣本身時、空背景與文化形態的特殊，是以試為勉力說明如下：

1 日治以前的時代

即從明清至日治以前的數百年間。亦即含臧汀生的前兩期，也就是簡上仁的肇基期。從俗文學的觀點看，臺灣的俗文學或可上溯到四、五千年以前，只是文獻不足，無以徵信，是以皆從有文字記載的信史開始。

在荷蘭人進據臺灣（1924）之前，從現存的史料看來，自十六世紀中葉到末期，對岸的漢族系住民似乎主要把臺灣當作「海盜」基地，加以利用。至清同治年間，琉球人在臺灣南部登陸被土著殺害，造成「牡丹社事件」（1871），清廷在答覆日本時仍稱土著為化外之民。

總之，在臺灣正式開府以前（1684），無論官、民兩方，皆存暫時寓居的心理。從一六六二年明儒沈光文漂流到臺灣播種舊文學以來，直到一八四四年（道光二十四年）懷有強烈本土意識的蔡廷蘭中進士為止，這中間已流逝了兩百多年的時間。舊文學遲遲未能在臺灣生根，這是臺灣社會結構使然。臺灣本來是個漢族、原住民雜居的社會，移民而來的漢人大多數屬於目不識丁的庶民階層，尤以農民為多。到了清末，內憂外患接踵而來，激起了臺灣知識分子保鄉衛土的激烈情操。但一般人說來，在清朝及清朝之前的臺灣，是由土著文化發展至漢人的移民文化，是以將童謠的發展狀況歸成一期。

建府以前，考諸臺灣府誌風俗，雜記及其他的文獻，沒有詳細的記載。建府之後至臺灣割日（1895），計有二百一十年左右，此時移民非但眾多，且多數生根落地，是臺灣歌謠在這塊土地上發芽茁壯之黃金時期。

我們可以說漢民族在入臺初期，由於思鄉心切，許多人借家鄉歌謠來抒發。如「月光光」、「天烏烏」、「火金姑」可能是來自大陸。在闢臺建臺時期，則大多以生活點滴為素材，闡述人生的意義和道理，談及各行各業的生活景況及社會現象，其內容充滿著樂天和希望。如「搖囝仔歌」、「丟丟銅仔」、「打鐵哥」、「白鴒絲」以及許多的遊戲歌。

綜而言之，從先民的生活開拓史，可以意會到祖先的性格；本質上非但富有北方豪邁的特色，兼具南方溫和的氣質，並有勤儉、刻苦、達觀冒險的性情，他們這種以樂觀心態面對現實生活，與大自然搏鬥的精神與特質，滋潤了臺灣歌謠的成長，使臺灣歌謠的旋律精神和歌詞意趣，也都有著樂觀、明朗、刻苦、溫和與柔美的獨特風格。

2 日治時代

日本治臺五十年，其統治方針與策略頗多變化，不過，大體上可分為「綏撫」、「同化」與「皇民化」三個時期。第十七任總督小林躋造（1936年9月至1940年11月），深知以壓力橫加強制並非良策，徒增臺灣人忿怨與敵對，乃推行所謂「皇民化運動」，企圖摧毀臺灣人的民族意識和傳統文化。他們把臺灣歌謠盡量翻譯成日語，也只寫日語歌詞套唱臺灣歌謠，或沿用日本歌詞，改唱臺灣歌調。

總之，日本治臺五十年，在其欺壓奴化的統治下，嚴重傷害了臺灣同胞的民族精神和信心，使人們在心理上蒙覆了一層緊張、恐懼、敢怒不敢言的畏縮陰影，塑造出臺胞被統治、被壓迫的「童養媳」心理與悲觀性格。因此，日治時代的歌謠，幾乎都是苦悶、哀嘆、悲悽、無望的哭傷調。

當然，這哀傷的歌謠，其音樂價值是肯定的，其反映時代意義也是可貴的。然而，其象徵臺灣在日治時代苦無訴處，怒而不敢言，內心充塞苦悶和不滿，也是事實。是以就日治時期兒童所唸童謠觀之，亦有反映時代的意義。曹介逸有〈日治時期及光復時的稻江童謠〉一文，除引錄與說明當時童謠外，並有結論云：

> 以上都是在日治時期兒童所唸的童謠。綜觀起來，或可以略想當時的民俗風情，即如對譏笑日人，以及女兒不願出嫁，及其為人媳婦的勞苦，可以窺見一斑。(見《臺北文物》季刊，第8卷第1期，1959年4月，頁81)

3 光復以後

光復後，民間歌謠重獲自由發揮的時機，尤其是初期(約十五年左右)，更成為臺灣民間歌謠的盛行時期。

光復之初，臺灣從廢墟中重建，民生疾苦是必然的，為生計奔波幾乎是每個人的生活主題。因此在這個時期出現了反映各行百態及社會景象的歌謠。而後，不久即告衰退。衰退理由，與其說是緣於生活環境的改變，及職業作曲作詞的出現；不如說是特殊的政治生態使然。先有二二八事件，後有全力推行國語，刻意打壓方言，以及執政當局的過客心態，致使臺灣歌謠衰退停滯。而臺灣童謠更踏入永劫不復的命運。

光復後，由於教育的普及，以及大陸人的來臺，就臺灣童謠而言，應運而起的是所謂的「國語童謠」。介逸〈日治時期及光復後的稻江童謠〉一文裡的光復後童謠，臺語者有僅有以「運」字為題的猜謎謠一首：

> 王先生，戴草笠，牽手車，走運動會。

又廖漢臣有〈彰化縣之歌謠〉一文（見《臺灣文獻》第11卷第3期，1960年9月，頁16-41），是作者與省文獻會採集組高而恭，於一九六〇年二月十七日至二十八日，奉命到彰化縣調查民間風俗的成果之一。該文收有光復後仍流行的臺灣童謠四十六首。

我們可以說，國語童謠的流行，即是臺灣童謠的衰亡，其時間約自五十年代末期起。到了六十年代末期，電視興起，則臺灣童謠已成絕響。

（四）臺灣童謠的類型

黃得時一九五二年五月在《文獻專刊》發表的〈臺灣歌謠之形態〉一文（第3卷第1期，1952年5月，頁1-17），到目前仍是研究臺灣童謠的重要文獻。

黃氏將臺灣歌謠依體制分成兩大類：七字仔與雜念仔，亦即是一般通稱的民歌與兒歌。他對雜念仔的解釋是：

> 這是包含「七字仔」以外的一切長短句的歌謠。各首的句數、字數不定，形態亦千變萬化，無法分類，亦不能逐條舉例說

> 明，大致與外省的長短句之歌謠大同小異。唯這些歌謠，大部分用於描寫家庭生活或兒童遊戲者居多，因為這兩種的歌謠，與情歌不同，非用長短句不能充分表現其生活狀態與滿足兒童的好奇心。（頁16）

所謂「或兒童遊戲者居多」，即指童謠的特質而言。黃氏認為童謠無法分類，卻也勉強依形式上的表達方式分成六種，這是臺灣童謠最早的分類。黃氏對臺灣童謠的認識與分類，頗能掌握住童謠遊戲性的特質，只是這種分類並不為他人所接受，並且這種分類法，亦有其本身的極限。除外，論及臺灣童謠分類的有：

李哲洋　〈臺灣童謠（上）〉　《雄獅美術》　第92期　1978年10月　頁135-139

李哲洋　〈臺灣童謠（下）〉　《雄獅美術》　第95期　1979年1月　頁149-155

廖漢臣　〈臺灣兒歌的類型〉　《臺灣兒歌》第四章　省新聞處　1980年6月　頁47-126　（並見第三章第三節、第五章第三節）

許常惠　〈福佬系民歌總論〉　《台灣福佬系民歌》　1982年9月　頁8-13

簡上仁　〈臺灣童謠概論〉　《臺灣民謠》　省政府新聞處　1984年　頁170-211

莊永明　〈向大地撒下「歌」的種籽——漫談「台灣童謠」〉　《台灣新生報》　1990年1月4、5、6日試以朱介凡分類為據，列表說明各家對臺灣童謠的分類：

分類者／類別	朱介凡	黃得時	李哲洋	廖漢臣	許常惠	簡上仁
抒情跟敘事的兒歌	(1)			(11) (10)		(4)
童話世界兒歌（幻想歌）	(2)					(2)
兒童遊戲歌	(3)		(6)	(6)	(2)	(1)
逗趣的兒歌（趣味歌）	(4)			(5)		(3)
連鎖		(5)		(2)		
對口				(4)		
岔接				(8)		
兒化韻						
顛倒				(7)		
滑稽						
繞口令、跟急口令		(6)		(1)		
十二月調		(1)				
數目調		(2)		(3)		
問答調		(3)				
名產調		(4)				
唸詞的童謠			(1)			
唱的童謠			(2)			
兒童的打油詩			(3)			
舊調新詞（歪歌）			(4)			

分類者／類別	朱介凡	黃得時	李哲洋	廖漢臣	許常惠	簡上仁
媽媽唱的催眠曲（搖籃歌）			(5)	(9)	(3)	(6)
起興的兒歌				(12)		
囝仔歌					(1)	
猜謎歌						(5)

綜觀各家分類，可知廖漢臣是依朱介凡分類而稍加變異。朱氏是依文詞內容而分，其定位甚明，其缺失是未能掌握童謠的特質。而廖氏正是畫虎不成反類犬，看不出他分類的定位。又李哲洋的分類，是依收錄現狀而分類，其分法似以兒童的語言節奏為主，定位雖然不清楚。這種分法卻給人有耳目清新的感覺，所謂打油詩、歪歌，可以從兒童遊戲心理與口傳衍生角度視之。

至於許常惠的分類，只是一語帶過，莊永明的文章正好補其不足，有關許、莊的分類容後再說明。

而簡上仁對臺灣童謠的分類，則有較多的說明，他在〈臺灣童謠概論〉一文裡，除以歌詞內容分為六類之外（即遊戲歌、幻想歌、趣味歌、敘述歌、猜謎歌、搖籃歌）。並有依演唱者和唸唱形式的不同，可分為：

> 母歌：是母親（長輩）哄小孩時，唱給孩子聽的，如搖籃歌等。
> 兒歌：是孩童自己玩樂唸的歌，其唸唱形式又可分成獨唱，對答唱及合唱三種。（頁170-171）

依結構形態分類有：

直敘體：直接平庸地敘述事物或內心感觸之童謠，其在童謠中佔有很大比率。如〈天黑黑〉、〈白鷺鷥〉、〈新娘仔〉等。
連珠式：係藉著語言押韻功能，把每一個句子所描述的事物，前後連韻銜接，成為珠玉成串的歌謠。如〈火金姑〉。
對答式：對答歌因兒童的好奇心與求知慾而形成，是一問一答，相互對口的兒歌。如〈草蜈公〉。
序數式：即以一、二……的數目字引導進行，有順序地把與主體有關的事物銜接而成歌謠。如「一放雞」。
急口令：乃將語音相連屬，語韻順暢而具有音樂性的字詞，彙集而成的唸謠，急口令對語言能力尚未成熟的孩童而言，是最好的考驗和學習材料。如「烏秋，烏秋，咬吱鳩……」（詳見頁171）

有關臺灣童謠的分類，個人以為分類是研究的基礎，卻也是無奈的事。當然，在分類之前，先得有定位或分類的標準。以童謠分類標準而言，有形式、作法、韻腳、實質內容、地域、時代、職業、歌者、效用、母題、風格、語言等，都可以拿來為分類的標準，而一般童謠研究者，由於受科學分類觀念的影響，習慣以精細及普及為主，因此習慣以童謠的實質來分類，也就是依據童謠的內容區分，這種分法比較能讓大家接受，可是卻也有其極限。它之所以能讓人接受，是因為它具有一目瞭然的簡便，對一般讀者頗為實用。而其極限，主要是未能顯明童謠的遊戲性特質。就廣義內容而言，童謠的內容即是遊戲。因此，這種以內容為主的分類法，常陷於遊戲定義的泥淖中而不能自拔。其次，內容的分類，精細則流為瑣碎，於事無益。簡上仁或有見於內容分類的極限，是以將《臺灣的囝仔歌》全輯三集的四十八首童謠，分成「趣味歌組曲、數序歌組曲、順口溜組曲、敘述歌組曲、連珠歌組曲、幻想歌組曲、搖籃歌組曲、遊戲歌組曲、猜謎歌組曲」等九類，這種分類是大眾意識趣味的時代傾向，也是商品的促銷方式，就分類觀點而言是內容與結構形態的結合，是促銷的賣點，不是研究的分類。

至於，許常惠則將臺灣童謠分成三類：「囝仔歌（兒歌）、囝仔迌迌歌（兒童遊戲歌）、搖囝仔歌（搖籃歌）」（頁9）許氏未有說明，而莊永明於〈向大地撒下歌的種耔──漫談台灣童謠〉一文裡，卻有加以說明，莊氏引用黃得時〈臺灣歌謠之形態〉一文裡，有關「雜念仔」產生的理由做為說明依據，黃氏原文如下：

> 一、調節肉體勞動，藉以輕減工作上的疲勞，進而增加工作效率。
> 二、配合兒童的遊戲，增加兒童運動的興趣。
> 三、適應兒童的智能，使之容易學習語言。
> 四、給與兒童音樂的感覺，使之容易入睡。
> 因為欲達成上記的目的，無論是工作歌也好，兒歌也好，意思均要淺顯明白，把眼前所看到的風景，或兒童所熟識的動物，信口湊成韻語，便於記憶就好。所以往往前後意思不銜接。所詠的事物，亦自相矛盾，這是兒歌普遍的現象。（頁17）

莊氏取其二、三、四項，認為這三點是黃氏「分析童謠有三種意義」，進而將依照我們對童謠的俗稱，說這三項「功能」的童謠分為：「囝仔迌迌歌（兒童遊戲歌）、囝仔歌、搖嬰仔歌（搖籃曲）。」（見《台灣新生報》，1990年1月4日）同時，並將三類臺灣童謠加以說明，試引錄如下：

> 童謠所「扮演」的「口傳教育」角色，不容忽視，其潛移默化的功能，有著重要的內涵意義。
> 「搖嬰仔歌」不僅是在哄撫著襁褓嬰兒入睡，而且也是給幼兒一種「音樂教育」，更是「親職教育」的最佳表徵，以溫馨柔和的歌聲，催幼兒入睡，親情的滋愛，就在這哼唱之間培養，何況它還影響及兒童未來的人格發展呢！
> 「囝仔歌」(包括「決擇」、「連鎖」、「幻想」、「敘事」、「抒情」的童謠)，是咿啞學語的幼童最佳練習語言的教材；「囝仔歌」雖然有的有意義，有的無義，但是因大都有韻腳，聲韻活潑、音調輕快，內容有趣，唸起來順口，可以說無美不備。孩童都樂意傳唱，說是最好的語言教材，誰曰不宜？況且不少「囝仔歌」的內容是「率就天然物象，即興賦情」，無形中對兒童知識的灌輸，較諸刻板式的教材，功效更佳，在「學前教育」所占分量，是不容忽視的。如以台灣鄉間可以見之的飛禽昆蟲，命題的童謠：
> ……
> 「囝仔迌迌歌」(遊戲童謠)，不僅可以排除兒童的孤僻、靜默，鼓勵其展露出活潑、聰穎的天性，也是「群育」的最佳方式，對培養團隊精神有甚大助益。這類童謠，唱起來聲調通常較為昂亢。
> 玩沙包（或裝米糖）的「放雞鴨」……。(見《台灣新生報》，1990年1月4日）

姑且不論許、莊分類的學術意義。但至少它簡便與本土化。當然，莊氏的「搖嬰仔歌」，或可從許氏作「搖囝仔歌」，如此更形統一。簡上仁的《臺灣的囝仔歌》，正是道地的臺灣本土用詞。

又莊永明並有童謠與兒歌的分類說明，引錄如下，且做為本文的結束：

> 「童謠」，曾為歷史學家取為治亂興衰論斷的讖謠。
> 如：《列子》〈仲尼篇〉所記載：「堯微服，遊於康衢，嬰兒童謠云：『立我蒸民，莫匪爾極；不識不知，順帝之則。』」
> 如：三國時代前的：「千里草，何青青，十日卜，不得生。」說董卓（「千里草」為「董」，十日卜為「卓」）將被呂布所殺。難怪，朱自清撰：《中國歌謠研究》說：「……自來書史紀錄童謠者，多信望文生義的熒惑說，列之於五行妖異之中。故所錄幾全為占驗的反政治的童謠；童謠的範圍於是漸漸縮減，而與妖祥觀念，相聯不解。這個錯誤應該改正，我們須知占驗的及政治的童謠，只是童謠的一部分，而不是它的全部。」
> 《辭海》對「童謠」一詞的註解是「兒童之謠歌也。」而對「兒歌」的註釋，付之闕如，此乃「兒歌」是新興名詞的關係。《爾雅》〈釋樂〉：「徒歌謂之謠。」徒歌是不以音樂相合而歌，因而筆者建議寧以有無曲調來分辨「童謠」與「兒歌」，較為簡潔明瞭，亦即「童謠」是指朗誦而不唱的，而「兒歌」是配有曲調能唱的兒童歌曲；惟謠詞大都合於抽韻，唸起來抑揚頓挫，自然賦予了音樂性。（同上）

六　結論

童年是人生的黃金時代，在這無憂無慮的歲月裡，伴隨著成長的就是童謠，它是遊戲的伙伴，它內容單純、詼諧，韻聲輕快，和諧的唸唱，由大人傳遞給小孩，小孩再相互唸唱，而鄉土情懷的紮根，就從此開始。昔日，臺灣童謠是童年生活中不可缺少的精神食糧，它帶給人們童年的回憶，並獲得些許的乳香。如今，童謠不再是口傳教育、口傳文學。同時傳統的臺灣童謠也結束了。究其原因，不外下列數點：

首先，這是時代趨勢的必然。隨著人口的增加，社會制度與結構的變遷，孩子們嬉戲的空間受到限制，由於科技的進步，經濟的繁榮，電視佔據了人們的閒暇，電動玩具偷走了孩子的心。這就是所謂知識爆炸、變遷急遽的資訊社會，新奇、多樣、暫時是其特性，於是新的知識與新的發明，以驚人的速度累積的結果，我們的社會將充斥各種新產品、新觀念。新的產品與新的觀念不斷推陳布新，原有的器物、生活形態、價值觀念等，都很快地被新的事物所替代，於是乎農業社會裡的傳統文化，在政府的錯誤指令下加速毀滅；反之，才藝班排滿了小孩的作息表，而工業製品、塑膠玩具剝奪了自製風箏、毽子、陀螺的創作機會。

其次，西方文化的大量輸入。這是自中英第一次戰爭或鴉片戰爭開始（1841），也就是始於十九世紀中西文化大規模的接觸與衝突，始於中國文化在這次接觸到衝突中絕對性的失敗之後，一般稱之為中國的現代化。這是時代趨勢使然，這個現代化運動是根源於科學與技術的，同時也是全球性的歷史活動。而中國現代化的心理動機是起於雪恥圖強，其起步則始於西方陌生的技器的衝擊。因此，從洋務運動始，即落入「認同」與「變革」的陷阱裡，一百多年來的現代化運動裡，領導人物對傳統「認同」的心態是由強而轉弱而至於要加以否定；對傳統農業社會的「變革」則由小而轉大至要加以肯定。他們不了解一切「變革」，亦必自傳統中出來，於是我們在現代化中迷思。

在迷思中，我們找不到教育的方向。中國新教育萌芽於自同治元年（1862）創設同文館，一直到光緒二十八年（1902）奏定學堂章程公布以前，共計四十年。自光緒二十八年奏定學堂章程公布到辛亥革命，共計十年，是為新教育建立時期，在此時期中舊教育完全推翻，新教育制度漸次建立起來。在新教育的發展過程中，歷受日本、德國、英國、美國的影響，在各種西潮的衝擊下，我們似乎了解各國的教育措施，卻走不出自己的教育制度。

在新教育的措施裡，主張統一國語。而臺灣在光復後，尤其是國民黨政府遷臺以來，其語言政策更是採單語政策，亦即是獨尊國語，排斥母語，這種單語政策容易產生社會、文化、教育等各方面不良的後果，是以臺灣方言有明顯的語言死亡的現象，母語無法新陳代謝，使用範圍縮小，能力衰退，父母無法傳授。這種語言滅種的現象，在最近政治多元化的局勢中稍有轉變，但是我們許多優良的民間遺產已無法保留。

由於上述種種因素的影響，使得臺灣童謠，不但在兒童的生活圈子裡逐漸銷聲匿跡，甚至在成人們的心中也已慢慢地褪色淡忘了。又由於臺灣童謠是以唸的為主，唱的童謠十分稀少，這種徒有唸詞無曲，也是童謠易於被淡忘的另一個主因。童謠雖非音樂文化的主流，卻也是音樂文化的幼苗。唯時勢所趨，潮流所及，想恢復往昔童謠在童年生活裡的盛況，實無可能。然而，在此瀕臨失傳之際，若不再加以適當的維護與推展，勢將成為絕響。

「維護」一詞，包括採集、整理、研究等項，屬於嚴肅的學術工作。首先，需要作全面性的採集，不論福佬、客家或原住民，且儘可能地保持原貌，以文字、有聲、軟體或硬體等方式記錄下來。採集的目的是保存，李哲洋在〈臺灣童謠〉一文裡，曾從兒童的觀點對臺灣童謠的消長有個樂觀的看法，他說：

> 總之，只要有兒童，就會有童謠；唸的童謠可以說是兒童共同

> 製作的詩詞。童謠不但因時空而異，也因時空而消長，所以富於個性化、地方化，充分反映了地方的心向之外，也反映了該童謠流傳的時代背景。因此我們成人毋需耽心童謠的失傳，也就是說童謠是活在當時兒童的心裡，由兒童來唸唱才有它真正的生命，成人加以蒐集保存，除了研究探討外，並沒有其他意義。(《雄獅美術》第95期，1979年1月，頁152-153)

而我們採集的目的，就是為了保存與研究，使其文字化，視其為傳統社會裡的民間文化的遺產。採集之後便需要整理，將採集的資料經過詳細研判與歸納，整理成有系統的參考資料，並作比較分析，以探討其內涵，而這種比較分析之研究，可從民俗、音樂、文學、人類學等方面著手。

「維護」的工作，是把童謠從零散，化成具體而完整的素材，以資有志者的研究、應用與創作之參考。「維護」是基礎的工作。除外，更當用最有效的方法將維護傳統臺灣童謠推展起來。季光容於《這些英國人》一書裡，認為英國人很重視童謠的傳承與教育，他說：

> 童謠的膾炙，手戲的普遍，也許是英國的兒童教育最特別的一點；別的國家，別的民族雖然也都有兒歌和童謠，但是並沒有特別受到重視，頂多只能算是母子、親人之間一種即興的遊戲，不像英國人把兒歌自成一門正式的學問，有系統的母親、保姆，和幼稚園的老師介紹給孩子們。就英國的兒童來講，五歲以前可以說是兒歌時代：吃飯有吃飯歌，睡覺有搖籃曲；穿針引線、栽花插柳，騎驢走馬、打魚看家，只要是人做過的動作，幾乎全可以在兒歌裡面找到例子。(純文學版，頁180)

而我們的音樂家也認為唱是最有效的方法，李哲洋於〈臺灣童謠〉一文裡說：

> 要一首童謠能夠流傳得較久、較廣泛，唯有賴有心人將其配上曲調，但務必注意語調與歌調的關係，還要留意歌詞的音域或音樂語彙是否適合兒童。(《雄獅美術》第95期（1979年1月），頁153）

又簡上仁於《臺灣民謠》一書說：

> 徒有唸詞無曲，也是易於被淡忘的另一個主因，有此徒唸的童謠，常因不具時代意義而匿跡，如「掩咯雞，走白蛋⋯⋯」是捉迷藏的誦詞，如今卻因隨著小孩們不復玩此遊戲而消失。是故，為童謠唸詞配上朗朗上口的曲子，將是延續童謠生命最有效的方法，如此，即使內容已不合時宜的唸謠，孩子們仍可從哼唱中獲得歡樂。(見省新聞處本，頁199)

又楊兆禎於《客家民謠》一書裡亦云：

> 客家童謠只朗誦而不唱，當然了，客家話的聲調有六或七聲那麼多，如「ㄕ」有：詩、時、屎、施、示、食、識等六種（有時七種）聲調，頗富音樂性，朗誦起來，已經頗有歌唱之味道，但，我們如進一步，把客家童謠用五聲音階，再用簡單的節奏，作出有地方特性的兒童歌曲，這樣，對下一代的主人翁豈非功德無量？我想這工作是急不容緩的，尤其，在這兒童也在模仿大人唱其「愛呀愛！恨呀恨！⋯⋯」的時候。(見天同版，頁41)

可知，推展之道，最有效的莫過於配曲吟唱。回顧臺灣童謠的被關懷歷程裡，簡上仁應該是最投入的鍾情者。他在民俗音樂與童謠的關懷歷程中，透過採集、整理、研究、創作等四個步驟，終於使民俗音樂的根由「點、線」擴大成「面」和「體」。而在介紹與推展方面，他以為需要廣面而長期的努力，於是採取多元性的伸展方式。一方面在報章雜誌，專文介紹即將消逝的民俗音樂的內容與知識；一方面透過各種不同場合、不同性質的演唱、演講或專訪，推薦優美動聽且有意義的民俗歌謠，以勾起民眾對文化傳統的聲音產生新的興趣。

簡上仁在收錄近千首童謠後，開始分門別類的整編工作，並在保留傳統的基調上，譜配唸謠的旋律。於是在一九九〇年兒童節由飛碟唱片發行了《臺灣的囝仔歌》全輯，全輯分成三集，共有四十八首臺灣童謠。依詞意內容的不同，包括有遊戲、搖籃、幻想、敘述、趣味及猜謎等各種組曲；依結構形態的互異，又分為連珠、數序與順口溜等各種組曲。其中除了幾首創作兒歌之外，大多數係精選過去僅能唸的童謠，賦予新的生命力，將其化成可以唱的歌。《臺灣的囝仔歌》，包括簡上仁、施福珍、呂泉生及黃敏的曲作，並由李泰祥編曲、指揮，簡上仁自己主唱。它是以傳統為根基，在配樂上揉合臺灣民俗樂器嗩吶、月琴、琵琶、弦仔、笛子、鑼鼓，及西洋提琴弦樂組、木琴、鋼琴等。

總之，《臺灣的囝仔歌》是音樂家對臺灣童謠推展的實際成果。盼望文化當局能資助臺灣童謠的全面採集，以及臺灣童謠全集的出版，理想的全集，可依年代或分類輯編輯，其間有本事，民俗的解說，與內容的賞析。除外，並能彙集已譜曲的臺灣童謠成冊。

（一九九一年春假）

參考書目

一

《童謠童詩的欣賞與吟誦》　臺北市　省教育廳　1982年6月
《臺灣的囝仔歌》　簡上仁音樂文化工作室製作　飛碟企業有限公司發行錄音帶三卷　1990年4月
片岡巖　陳金田譯《臺灣風俗誌》臺中市　大立出版社　1981年1月
朱介凡　《中國歌謠論》　臺北市　臺灣中華書局　1974年2月
朱介凡編著　《中國兒歌》　臺北市　純文學出版社　1977年12月
朱自清　《中國歌謠》
吳瀛濤　《臺灣諺語》　臺北市　台灣英文出版社　1975年2月
李赫編註　《臺灣囝仔歌》　臺北縣　稻田出版社　1991年5月
李獻璋編著　《臺灣民間文學集》　臺北縣　龍文出版公司　1989年2月影印本
林武憲編選　劉宗慧圖　《臺灣童謠》　臺北市　遠流出版公司　1989年6月
婁子匡、朱介凡　《五十年來的中國俗文學》　臺北市　正中書局　1967年3月再版
陳正治　《中國兒歌研究》　臺北市　啟元文化公司　1984年8月
陳金田編輯　陳裕堂畫《臺灣童謠》臺中市　大立出版社　1982年3月
童錦茂編繪　《中國民俗兒歌》（台灣篇）　高雄市　愛智圖書公司　1985年3月
舒　蘭編　《臺灣民歌》（一至二）　臺北市　渤海堂文化公司　1989年7月

舒　蘭編　《臺灣兒歌》（一至二）　臺北市　渤海堂文化公司　1989年7月
舒　蘭編　《臺灣情歌》（一至四）　臺北市　渤海堂文化公司　1989年7月
馮輝岳　《你喜愛的兒歌》　臺北市　富春文化公司　1990年10月
馮輝岳　《兒歌研究》　臺北市　臺灣商務印書館　1989年11月
馮輝岳　《客家童謠大家唱》　臺北市　武陵出版公司　1991年10月
馮輝岳　《童謠探討與賞析》　臺北市　國家出版社　1982年10月
楊蔭深　《中國俗文學概論》　臺北市　世界書局　1982年10月五版　以上兩書合刊為《中國學術名著》第二輯　《中國俗文學叢刊》第一集第七冊
廖漢臣　《臺灣兒歌》　臺北市　省新聞處　1980年6月

二

史惟亮編著　《論民歌》　臺北市　幼獅書店　1967年7月
呂秀蓮撰文　《臺灣的歌》　書一、錄音帶三卷　臺北市　台灣文藝雜誌社　無出版日期約於1985年11月左右
呂炳川　《台灣土著族音樂》　臺北市　百科文化公司　1982年9月
呂炳川　《呂炳川音樂論述集》　臺北市　時報文化公司　1979年9月
李政祥編　《台山客》　臺中市　立誼出版社　1985年4月
林二、簡上仁合編　《臺灣民俗歌謠》　臺北縣　眾文圖書公司　1978年2月
張裕宏輯　王永福圖　《臺灣風（民謠解讀集）》　臺北市　文華出版社　1980年8月
許常惠　《台灣福佬系民歌》　臺北市　百科文化公司　1982年9月
許常惠　《現階段台灣民謠研究》　臺北市　樂韻出版社　1986年2月

黃春明撰文　《鄉土組曲（台灣民謠精選）》　1977年4月修訂三版
黃國隆等編著　《臺灣鄉土歌謠選集》　臺北縣　眾文圖書公司　1979年2月
楊兆禎　《台灣客家民歌》　臺北市　百科文化公司　1982年9月
楊兆禎　《客家民謠》　臺北市　天同出版社　1984年6月
臧汀生　《臺灣閩南語歌謠研究》　臺北市　臺灣商務印書館　1980年5月
劉　茜　《台閩少數民族的複音民歌（台灣的阿美族與福建的畲族）》　臺北市　中華民俗藝術基金會　1990年5月
鄭恆隆編著　《台灣民間歌謠》 臺北市　南海圖書文具公司　1989年12月
謝易霖編　《台灣民謠》　臺北市　偉文圖書公司　1980年4月
簡上仁　《台灣音樂之旅》　臺北市　自立晚報出版部　1988年3月
簡上仁　《臺灣民謠》　臺北市　省新聞處　1983年6月
簡上仁　《臺灣民謠》　臺北縣　眾文圖書公司　1987年7月
簡上仁　《說唱台灣民謠》　自印本　1987年6月
簡上仁編著　《心內話》　臺北市　漢藝色研文化公司　1987年12月
顏文雄　《中國音樂文化與民謠》 臺北縣　眾文圖書公司　1989年3月
顏文雄　《臺灣民謠》(一)　臺北市　中華大典編印會　1967年6月
顏文雄　《臺灣民謠》(二)　臺北市　中華大典編印會　1969年1月

三

尹章義　《臺灣近代史論》　臺北市　自立晚報出版部　1986年9月
王詩琅編著　《日本殖民地體制下的臺灣》　臺北縣　眾文圖書公司　1980年12月
王詩琅譯　《臺灣社會運動史（文化運動）》　臺北縣　稻鄉出版社　1988年5月

加藤秀俊著　彭德中譯　《餘暇社會學》　臺北市　遠流出版社　1989年11月
李南衡主編　《日據下臺灣新文學文獻資料選集》　臺北市　明潭出版社　1979年3月
汪紹倫　《識知心理學說與應用》　臺北市　聯經出版公司　1980年9月
雨青編著　《客家人尋「根」》　臺北市　武陵出版公司　1985年9月
徐澄清、李心瑩編著　《啟發兒童發展的遊戲》　臺北市　健康世界雜誌社　1978年8月
高田公理著　李永清譯　《遊戲化社會》　臺北市　遠流出版社　1990年5月
張子房譯　《小腦海中的世界》　臺北市　允晨文化公司　1983年5月
莊永明　《臺灣紀事》（上、下）　臺北市　時報文化公司　1989年10月
連　橫　《雅言》　臺北市　臺灣銀行經濟研究室　《臺灣文獻叢刊》第166種　1963年2月
連　橫　《臺灣通史》（上、下）　臺北市　黎明文化公司　1985年1月
彭瑞金　《台灣新文學運動40年》　臺北市　自立晚報出版部　1991年3月
程大學編著　《臺灣開發史》　省新聞處　1978年6月
黃叔璥　《臺海使槎錄》　臺北縣　大通書局　列於《臺灣文獻史料叢刊》第2輯　冊21
葉石濤　《台灣文學史綱》　臺北市　文學界雜誌社　1987年2月
劉　寧、林一真譯　《如何與你的孩子遊戲》　臺北縣　眾成出版社　1976年10月
樊美筠　《兒童的審美發展》　愛的世界出版社　1990年8月

戴國輝著　魏廷朝譯《台灣總體相》臺北市　遠流出版社　1989年9月

四

王登山　〈南部臺灣的民謠、童謠及四句〉　《南瀛文獻》　第5期　1959年3月　頁39-69

吳亞梅、吳秀芬　〈兒歌研究之今昔〉　《民俗曲藝》　第51期　1988年1月　頁102-108

李哲洋　〈臺灣童謠（上）〉　《雄獅美術》　第92期　1978年10月　頁135-139

李哲洋　〈臺灣童謠（下）〉　《雄獅美術》　第95期　1979年1月　頁149-155

季光容　〈童謠——英國兒童的世界之二〉　《這些英國人》　純文學出版社　1978年10月　頁149-191

林文寶　〈釋童謠〉　臺東師院《幼教學刊》　第1集　1989年　頁51-120

林武憲　〈兒歌的認識和創作〉　《認識兒童文學》　臺北市　中華民國兒童文學學會　1985年1月　頁57-68

曹介逸　〈日治時期及光復後的稻江童謠〉　《臺北文物》　第8卷　1959年4月　頁77-82

曹介逸　《稻江的童謠補釋》　《臺北文物》　第8卷第1期　1959年4月　頁64

曹甲乙　〈童謠集零〉　《臺灣文獻》　第20卷第1期　1969年3月　頁160-170

莊永明　〈光復前的台灣童謠研究文獻〉　《書評書目》　第89期　1980年9月　頁54-62

莊永明　〈向大地撒下「歌」的種籽——漫談「台灣童謠」〉　《台灣新生報》　1990年1月4、5、6日

許丙丁　〈從臺南民間歌謠談起（一）〉　《臺南文化》　第2卷第1期　1952年1月　頁34-36

許丙丁　〈從臺南民間歌謠談起（二）〉　《臺南文化》　第2卷第2期　1952年4月　頁70-74

郭明道　〈地方童謠、俚語摘錄〉　《嘉義文獻》　第10期　1979年5月　頁57-65

野　人　〈明鄭民謠〉　《臺灣風物》　第5卷第7期　1955年7月

黃得時　〈臺灣歌謠之形態〉　《文獻專刊》　第3卷第1期　1952年5月　頁1-17

黃傳心、周朝宗　〈雲林童猜四十則〉　《雲林文獻》　第2卷第1期　1954年3月　頁118

廖漢臣　〈彰化縣之歌謠〉　《臺灣文獻》　第11卷第3期　1960年9月　頁16-41

蔡尚志　〈兒童歌謠與兒童詩研究〉　《嘉義師專學報》　第12期　1982年4月　頁165-276

附錄
兒語研究
——兒童少年文學各種體裁用語溯源

林政華

一　兒語的定義

兒語，顧名思義，就是指兒童所能說、能聽、能懂的話語，尤其是幼兒天真浪漫而又饒富情味的口語。

「兒語」這個名稱，還未見於現有的字典、詞典上頭，它是近年才由兒童文學工作者創造使用的。[1]近日又有稱為「童語」的；[2]古代叫做「童言」。兒、童二字，雖然常結合成一合義複詞，而有混合通用的情形，但它們的本義卻是不同的；兒，許慎《說文解字》說：「孺子也」；童，則指未成年的孩子而言。[3]因此，一般人大抵以為「兒」比「童」更稚幼，更顯得可愛有趣。「兒語」正具備這種特質，所以本文採用它，而不用「童語」或「童言」等詞。「童語」一詞也容易與「童話」相混，因話、語二字形、義均相近。

1 龔顯男《甜蜜的兒語》一書使用。該書於一九八〇年出版。林煥彰於一九七六年四月出版的《童年的夢》詩集，頁30，也用過「兒語」一詞，但定義與本文不同。

2 例如白萩（本名何錦榮）之〈幼稚園小朋友的詩〉一文，就用「童語」。該文刊於《臺灣日報》〈兒童天地版〉，1985年7月28日。

3 所謂「未成年」，古書上說法不一，有說「成童，八歲以上」（《穀梁傳》昭公十九年），有說「十五曰童」（〔漢〕劉熙：《釋名》〈釋長幼〉），有說「年十九以下皆是也」（鄭玄箋：《詩經》〈衛風〉〈芄蘭序〉）。

因為各個兒童發展的情形不同，兒語的產生，雖以四歲至六歲的「幼兒期」為主（受學前教育），但向下可以延伸到兩三歲的「嬰兒期」，向上也可以延伸到六至十二歲的「兒童期」（受小學教育）。[4]由此可見，「兒語」也當歸入「兒童少年文學」範圍中來，而加以探究。

二　兒語產生的背景

人類天生有語言態力，也有表達內在想法與感受的欲望；兒童自不例外。但是，兒童的知識很有限，語彙的使用也幼稚，而且他們對生活周圍事物的了解，絕大多數是透過直覺的方法，作直接的聯想；因此所說出來的話語，就形成特殊的一種天真有味，甚至好氣（或好玩）又好笑的格調，受到成人的注意，引起兒童的喜愛，時常帶給成人很大的啟發。

由上所述，可知兒語產生的背景有五：

一、是兒童天生的想說話，能說話，以表達他的想法與感受。

二、是兒童所知有限，經驗不多，語彙幼稚而缺乏。

三、是上項條件的不良，而又要表達自己的感受與想法；於是在不知不覺間，脫口而出，創造了純真有趣的話語，表現了道地的「兒童語言」，充滿兒童性。

四、是成人將兒童所說具有文學味、兒童性的話語，加以記錄，鋪衍成章。

五、是成人回味自己兒童期所說的天真話，並予以記述；或自創合乎兒童美妙心態，描寫兒童生活的話語。

綜合來說，兒語的產生，內在根源於兒童心靈的發露，外在出於兒童語詞的表現或成人的記錄和創作。

4　本吳鼎：《兒童文學研究》說，頁3。

三　兒語的特質

和成人文學性的用語比較之下，兒語顯示了許多獨特的性質，現就其中最普遍的，分述於後：

一、直覺：兒語貴在不假思索，脫口而出，不矯情，不粉飾，完全是心念直截了當的呈露，有點類似佛學中禪意的乍現；所不同的，禪是「言語道斷」，不立語言文字，而兒語卻可以從兒童口中道出，充滿童趣。例如：

1. 為什麼要打字？是不是字不乖？

2. 在動物園裡烤肉最好了，因為什麼肉都有！

這就是兒語，那麼直覺的想像，純真的語句；有時會被他們問的啞口無言，有時又不得不佩服他們辦法的「高明」與「直截」！

二、淺白：淺白是一切兒童作品的共通點，但兒童文學作品在淺白之外，尚有那「文學性」的成份在，因此具有永恆性。兒語既是兒童文學作品，自不例外，例如：

1. 曇花好貪睡，才睜開眼睛又闔上了。

2. 玲玲說：「聽說小偷有三隻手；有一次我丟了東西，到處找三隻手的小偷，都找不到。」

三、生動：在兒童的心目中，世界是渾然一體的，一切都是具有生命、有感情，而又可愛的東西，都值得用純淨的心靈去擁抱他們，全然付予無私的愛心；兒語因而能夠表現出萬物生命的律動，特別富有生機。例如：

1. 整棵蓮霧樹，掛的都是弟弟、妹妹的奶嘴兒。

2. 水牛最喜歡一邊洗澡，一邊嚼口香糖了。

四、趣味：兒語語氣率真，沒有分析，也不必刻畫，只有心口如一的表露；在成人看起來是機趣橫生，渾然天成。例如：

1. 鯨魚最不守規矩了，怎麼在海上到處小便呢？

2. 四歲的兒子要他爸爸買一輛小捷安特給他，爸爸說：「如果買給你，那我們準備買電視機的錢就不夠了。」兒子不假思索的說：「那我騎車子到外婆家去看電視好了！」

五、詩意：詩是最美麗的語言，它發自人類內心的真情實感。兒語正是發自兒童心靈深處最真純的聲音，所以有人說「童心兒語便是詩」。試看下列這幾則兒語，是否不讓成人的文學語言專美於前？

1. 花兒最可憐了，雨天沒把傘，感冒了怎麼辦？

2. 風一吹，湖就成了滿臉皺紋的老人。

六、天真：天真是孩童的「註冊商標」，是他們的「專利品」。屬於他們年齡產物的兒語，不經社會化，不被現實影響，所以自然而真實。它不講善意的謊話，好則說好，壞則說壞，完全由肺腑中流出；所以能解成人憂愁，能使人莞薾快心，是人類最健康的心語。例如：

1. 我最討厭穿圍兜兜了，因為每次穿新衣服，老師都沒看見。

2. 小烏龜：放下你的大背包，就能走快一點！

上述六種特質在兒語中固然有單獨存在的，但更多是兩屬、多屬的例子；因為這六大特質似乎已成為兒語成立的必要條件。

四　兒語的價值

兒語具有直覺、趣味等等特質。它是兒童純真的語言，表現兒童原始而直接的心聲；因此最能引起他們共鳴，滿足他們的需要，深得他們的喜愛。它的教育價值可有下列八點：

一、娛樂身心：兒童喜歡能聽、能懂又能說的兒語，模仿學習，至再至三，樂在心裡，像辦家家酒、唱「哥哥爸爸真偉大」兒歌等一樣，樂此不疲；原因無他，就是兒語帶給他們無限的快樂。

二、學習知識：兒語中固然有一些幼稚不合知識、道理的成份，但也有不少是簡易知識的傳達。多看兒語，可以從中獲取必要的生活知識，滿足兒童的好奇心與求知欲。

三、鼓舞興趣：兒童對於世間的萬事萬物，為何會那麼渴望去了解？因為他們對它有興趣。天真可愛、逗趣而清新、有詩味兒的兒語，人見人愛，可以鼓舞孩童進入學習的領域。在不知不覺中，他們的視野擴大了，探討人間奧秘的好奇心增強了，就此奠定了他們日後鑽研、奉獻的決心與目標，也說不定。

四、培養詩心：詩是文化的花朵，兒童是人類的花朵。我國原是詩的民族，但在近代物質文明過度膨脹的衝激下，國人的詩境關閉了，詩心冷卻了。如今要恢復詩的王國，最基本可行的扎根工作，就是在兒童詩心的培育。兒語以真淳的語氣、樸實無華的敘說，用孕育在心靈深處的感受，對彩色繽紛的生活萬象作直入直出的表現，這是人間最美的詩句……

五、豐富感情：兒童本身原就是感情的結合體，他們需要愛和被愛，這是他們生命的原動力。兒語正是他們浸漬在愛與被愛中，飽嚐愛的汁液後的告白。人類各種感情，都可以由愛作基礎，慢慢加以培養，導正它們表現的方向。

六、培育美德：兒童行為常受本能的左右，他們也還沒有人際關係中所應具德性的觀念，因而有時會有調皮、自私和不雅的反應動作。如能選取好的兒語，作為導引他們表現美德、注意行為舉止的素材，對他們日後人格的陶鑄，必有莫大的助益。

七、啟發思想：兒童的思維稚嫩，不宜壓制，而宜啟發他們自由去思考，再導正不恰當的部分。兒語可以提供他們別人已有的思考路向與經驗，讓他們模仿學習，所謂「有樣學樣」；從而激發日後獨立、有系統而全面的思考，所謂「沒樣兒自己想」。

八、發展人格：一個人的思想、態度、習慣、抱負、情操和智慧等等，綜合成為他的人格。好的兒語，也像兒歌、童詩一樣，由點點滴滴的累積、逐步的培養，在潛移默化中，可以促進兒童健全人格的達成。發展兒童的健全人格，是一切兒童少年文學的總目標；兒語是它的初步工作，其重要性可見一斑。

五　兒語的類別

兒語由幼兒或兒童口中說出（成人的創作，情況相同），對周遭的事物加以說明，或提出觀感和意見。它們的內容渾涵，表達結果常常是有句無篇，未能有組織、系統；因此，原無所謂類別。

但為了研究方便起見，近年有少數學者略加分類，如：龔顯男先生分為五部分，即：一、天真的兒語，二、有趣的兒語，三、詩意的兒語，四、可愛的兒語，五、清新的兒語。天真的，如：「真希望姑姑每天都在訂婚，我就可以天天吃蛋糕了。」有趣的，如：「媽媽：書上說人生七十才開始，那我們早來這世界那麼久幹啥？」詩意的，如：「媽媽的長裙是——玩捉迷藏時，躲起來的好地方；媽媽的長裙是——客人來訪時，害羞的妹妹躲進去的好地方。」可愛的，如：「電冰箱是最有內在美的，所有最可愛的東西，全都藏在它的肚子裡。」清新的，書中所舉都像散文，篇幅較長，不便舉例。[5]這是從內容風格上來分類的。

而王秀芝先生，則就外表形式上立說，計分為：老師篇、人物篇、動物篇、昆蟲篇和大自然篇等五類。[6]

5　見所著《甜蜜的兒語》。按：書中分類頗粗疏，甚至有不是兒語的，其中尤以第五類清新的兒語為最。

6　詳見王秀芝：《中國兒童文學》，頁47-54。

上述龔先生的分類，並沒有對天真、有趣、可愛等等加以界說，容易引起爭論。而王先生的分法客觀、固定，可以為一般人所接受。因此，本文依王先生的分類加以增刪補充，計十大類廿一小類，作為整理眾多兒語資料的憑藉。

六　兒語的表現手法

兒語雖然是即興地脫口道出；但因各人的說話方法不同、說話習慣不同、應對場合的方式有別，因此，它的表現手法也呈現出多樣而活潑的情狀。前人沒有對這方面加以探討的，筆者現就所蒐集的兒語資料，歸納分析而得下述十一種技法，加以舉例解說。

一、直敘法：直接敘述兒童的心聲，不用其他的事物作引子。它只是直接將心中的話忠實的道出；又稱為「白描法」。例如：

1. 我屬雞，弟弟屬狗，媽媽常說我們把家裡搞得雞飛狗跳的。

2. 如果日曆上的黑字全部變成紅字，媽媽就可以天天陪我玩了。

二、疑問法：盡人皆知，兒童的好奇心最強，孔子的「每事問」，實不足以形容他們好奇心之強。而且他們所問的問題，又常是「神仙也無法解決」的問題（你問我，我問誰？），這就構成了童趣；這就是成其為「兒語」的緣故。例如：

1. 最先登陸月球的，是吳剛？還是阿姆斯壯？

2. 冰糖為什麼不冰？

三、問答法：兒童好問，成人尤其是父母，也常以問話的方式來了解、教育孩子。而孩子的答話，往往造成意想不到的有趣的兒語，令人忍俊不禁。例如：

1. 「媽媽：我牙齒好疼！」「乖，那兒疼？」「樓上樓下一起痛！」

2. 大夥兒在談血型。小寶說：「爸爸，媽媽都是圓形。」「那你呢？」「不知道，大概是三角形。」

四、反駁法：兒童在遇到成人給他的答案或他所見的大自然現象，與他所了解的、所認為的知識不同時，他就會提出自己的意見，來加以反駁；這時，由於他們的知識、經驗、辭彙等有限，以致造成特殊的情趣。例如：

1. 烏賊喝了一肚子墨水，卻寫不出一個字來。

2. 吃點心時，老師叫小朋友把小嘴閉起來（不要講話）。小俊說：「那我們點心要往那裡吃啊？」

五、矛盾法：此法與上述反駁法不同：反駁法在兒童來說，他是自以為有理；而此法是他自相矛盾而不知道，因而造成語言的趣味效果。例如：

1. 張姐姐問：「王元成：你家有沒有養小鳥？」「沒有，我家有鴿子；鴿子會生小鳥。」[7]

2. 哥哥最小氣了，從來不肯叫我一聲「哥哥」。

六、比較法：對比性的比較或層遞性的比較，都會產生趣味性的效果；尤其是當中若加進一些似是而非的幼稚想法，更有料想不到的意趣。例如：

1. 太陽、月亮都很用功，天天去上學：太陽讀的是日間部，月亮讀的是夜間部。

2. 小亭說：「我大哥是空手道一段，好厲害！」小麗不服氣的說：「阿舅是跆拳道二段，才棒呢！」小禹也不甘示弱的說：「我大姑姑是劍道三段！」大家正比得不亦樂乎的時候，小康擠了進去，說：「我叔叔住在中山北路六段！」

七、誇張法：將所要表達、描繪的對象，過份地舖排，離開客觀的事

7　一九八五年八月二十五日中視六燈獎節目實錄：小朋友的名字有改易。

實很遠，但又不會令人懷疑它的真實性，以為是「理所當然」，就是誇張法。[8]例如：

1. 某一天午餐時，大崗突然說：「老師：我便當裡頭有怪物，我不敢吃！」老師走進一看，原來是烏賊。
2. 妙妙說：「劉易士真厲害，在奧運會中拿了四面金牌！」大她兩歲的哥哥說：「這有什麼稀奇？岳飛早就破他的記錄了，他一天之內就得了十二道金牌！」

八、聯想法：聯想是人類以過去的經驗為根據，將它從中抽取一部分，經選擇作用後，再構成一種新經驗、新感受。[9]它有移情、託物和變形（把一物比成另一物）等三種方式；在兒語中多採用前兩種方式。例如：

1. 蓮霧：你的肚臍真大，好難看喔！
2. 仙人掌好可憐，伸出許多隻手，卻沒有人要跟他握手。

九、譬喻法：此法是一種借彼喻此的方法，凡是兩件或兩件以上的事物之間有類似的點，就可以將有類似點的那物，拿來比方這物，讓這物使人更容易了解。它通常是利用舊經驗引起新經驗，以易知的說明難知，以具體的說明抽象的事物。它有明喻、隱喻（暗喻）、略喻、借喻等不同的方式。[10]兒語多半採明喻法，它的形式是喻體（這物）、喻詞（如、像、似、……）和喻依（那物）三者都具備。例如：

1. 小貓眼睛像月亮：白天初一，晚上十五。
2. 媽媽的背像一座小山，給我爬，又給我作床睡覺。

十、轉化法：轉化法舊稱比擬法，因易與上項譬喻法混淆，所以改用

8 參考董季棠：《修辭析論》，第七章，〈誇飾〉。

9 參考張健：《文學概論》，第五講，〈文學與想像〉，頁71-72。

10 詳參黃慶萱：《修辭學》，第十二章，〈譬喻〉，頁227-240。

今名。它是在說明一件事物時，轉變它原來的性質成為另一種本質完全不同的事物，而用來加以形容的。它有人性化（俗稱擬人法）、物性法（擬物法）和形象化（擬虛為實，化抽象為具體）。[11]在兒語中，第三種形象化很少用，多採用前兩種方式，例如：

（一）擬人法——將物擬為人

1.「火車：你遇到假日就大吃大喝，不怕走不動嗎？」

2. 傍晚，大陽公公喝醉了酒睡覺去了。

（二）擬物法——以甲物擬為乙物

1. 摩托車是一隻大蒼蠅，睜著兩隻大眼睛，嗡嗡嗡的到處亂跑。

2. 夕陽是個又大又圓的蛋黃，大海太餓了，竟把它當晚餐吃掉了。

十一、假設法：兒童最富想像力，常常異想天開；因此，假設法在兒語表現技法中，佔了相當大的比重。例如：

1. 魚兒都是睜開眼睛睡覺；如果我是魚兒，就不會被老師罰站了。

2. 如果天上的朵朵白雲能變成許許多多的棉花糖，那我就不必向媽媽討零用錢了。

七　兒語是各種兒童少年文學體裁的濫觴——以兒歌、童詩為例

兒歌和童詩，現已成為兒童文學作品中極為重要的兩大體裁；兒語則是它們的濫觴，地位相當值得重視。兒語是兒童對生活周圍各種事物的了解和感受所發出的心聲，各個兒童的反應不同，但都充滿天真、親切、有趣的品味，令人愛不釋手；兒歌、童詩、兒童少年故事等等取材的寶庫在此。

11 詳參黃慶萱：《修辭學》，第十四章，〈轉化〉，頁267-269。

所以，吾人若將天真的兒童所說的話加以記錄，或回味自己童年時期說過的「甜蜜的兒語」，或創作合乎兒童心態的話語；接著再用詩歌的形式，如押韻、特別的句法、凸出的表現技巧、曲調等等，加以編寫、調配，就可成為適合兒童而又富有教育性、趣味性和藝術性等等的兒歌或童詩了。而如以散文體裁加以表現，又成為兒童散文故事、戲劇等作品了。

可見兒語與兒歌、童詩在性質上、創作的過程上，有其連貫性；兒語是用語詞表達，重在說與唸；而兒歌、童詩、散文等是用歌曲、詩等來表達。在發展上，大抵是先有兒語，後有兒歌、童詩等。兒語隨處都有，因此它就成為創作兒童文學作品的源頭活水了。

上述這種觀念，龔顯男先生似乎已經有了，在他所編的《甜蜜的兒語》一書中的第三部分──詩意的兒語中，已有不少「兒語詩」（暫名）。而王秀芝先生的《中國兒童文學》第四章兒童文學的分類，正式揭櫫兒語是「童詩的濫觴」；篇中有許多兒語的實例，是截取或隱括自童詩的。

但正式使用例子來證明兒語與兒童詩歌這種關係的，則是近年的事，民國七十四年夏初，有一位幼稚園教師郭燕卿小姐，編錄一部兒語詩集《小雨滴》，七月二十八日白萩先生發表了一篇文章叫做〈幼稚園小朋友的詩〉，文中說：「雖然幼稚園的小朋友還不會利用文字寫文章，但他們『天真的童語』含有無邪的詩意。臺中縣大肚鄉的幼稚園郭燕卿老師時常把小朋友說的有趣的話，記錄下來寫成詩。」白萩先生文中曾引錄六首，現摘錄兩首，以見一斑：

〈跟屁蟲〉　李易儒（六歲）

學唱歌時

老師唱一句

小朋友跟著唱一句
唸兒歌時
老師唸一句
小朋友跟著唸一句
我們好像
老師的跟屁蟲

〈蝸牛〉　焦文杰（六歲）
假如
我是一隻蝸牛
下雨天
就可以出去玩水
而不會挨罵了[12]

就上述兒語表現手法來分析，〈跟屁蟲〉一首用的是譬喻法，而〈蝸牛〉是假設法，這兩首詩原只是有趣而天真的兒語，但其中飽含詩味，一經分行，就有如此的詩型與詩意呈顯出來，誰說兒語不是兒童詩歌的濫觴呢？

八　有關兒語資料知見書目

現有與兒語相關的資料不多，據筆者所知，約有下列七種：

一、《甜蜜的兒語》，龔顯男著，一九八〇年，龔氏出版社印行。一九八六年與亞泰圖書公司聯合出版，改名《童年的兒語》。

12 同註2。

二、《中國兒童文學》（第四章第一節兒語），王秀芝著，一九八三年作者自印本。

三、《小人國》，傅堪輯，一九八四年聯經出版公司出版。

四、《媽媽的耳朵》，婦女雜誌社印行，係輯自該刊一九八一年起所設專欄中之兒語而成，一九八五年出版。

五、《童言童語》，生活的花束雜誌，臺灣松下電器公司印行，一九八一年起出版，後續刊數期。

六、《看圖說話》（各輯），林良等著，國語日報社出版部出版，其中有不少兒語，但未分出單行。該書自一九六九年起印行第一輯，每輯十冊，現仍繼續刊行中。

七、「寶貝童話專欄」，《國語日報兒童版》經常刊登。

由兒語的知見書目看來，可知兒童迄未有專門性的研究。筆者有鑑於此，因而有本論文的撰作，乃至《兒語三百則》、《兒語三百則與理論研究》的編選。兒語研究的這一片處女地，實是我們兒童文學工作者責無旁貸，當全心全力去墾殖的大好對象！

九　結論：兒語研究的未來

王秀芝先生曾對兒語的定位作如下的說明：「她不屬於兒童文學的任何一類，卻是兒童文學的啟蒙。」[13]就目前的情況來看，情形的確是如此。但我們不滿足於這樣的現狀，我們深盼不久的將來，兒語能成為兒童少年文學作品中的一項，而且是居於啟蒙地位的一大項；這樣，兒童文學根源的研究，才有更厚實的著落。就像幼教是一個人一生教育的開端，善始方可以善終，其重要性不難想見。如今幼稚教

13 王秀芝：《中國兒童文學》，頁44。

育已納入學制；那麼，兒語也理應納入兒童少年文學的類別中，作深入的探究。能如此，必可以締造下列兩項成果：

甲：引起兒童的喜愛，從而表現更純摯可愛的兒語，奠定日後欣賞、創作兒童歌詩或其他兒童文學，乃至成人文學作品的基石，對中國文學的發皇，是有必要性與重要性的。

乙：激起兒童文學工作者的注意與重視，多記錄或創作兒語，對兒歌、童詩等兒童文學作品的研究與講授上，尋得根源，可以作系統的串聯，對其內容的掌握將更確切而有所依據。

我們衷心期盼兒童少年文學尋根工作——兒語的研究，能早日著手，蔚成風氣，從而帶動兒童少年文學研究的全面展開，收穫豐盈！

（本文曾於一九八五年十二月八日，中華民國兒童文學學會第一屆論文發表會中發表。次年二月，附錄於林政華編《兒語三百則》一書之後，一九八九年五月，又收入林氏編《兒語三百則與理論研究》一書中。茲略加修改。）

參考書目

〔周〕穀梁赤　《穀梁傳》　臺北市　藝文印書館影印阮氏十三經注疏本

〔東漢〕許　慎編撰　《說文解字》　臺北市　藝文印書館影印段氏經韻樓刊本

〔東漢〕劉熙　《釋名》　臺北市　育民出版社影印本

〔東漢〕鄭玄箋　《毛詩》　臺北市　藝文印書館影印十三經注疏本

〈寶貝童話〉　《國語日報專欄》　臺北市　國語日報社

王秀芝　《中國兒童文學》　自印再版本

生活的花束雜誌編　《童言童語》　臺灣松下電器公司印本

白　萩　〈幼稚園小朋友的詩〉　《臺灣日報》　1985年7月28日

吳　鼎　《兒童文學研究》　臺灣輔導教育月刊社初版本

婦女雜誌社編　《媽媽的耳朵》　現代關係出版社印本

張　健　《文學概論》　臺北市　五南圖書出版公司印本

郭燕卿編錄　《小雨滴》　臺中市　熱點文化事業出版公司印本

傅堪輯　《小人國》　臺北市　聯經出版事業公司初版本

黃慶萱　《修辭學》　臺北市　三民書局三版本

董季棠　《修辭析論》　益智書局再版本

龔顯男　《甜蜜的兒語》　雲林縣　龔氏出版社印本

文學研究叢書·兒童文學叢刊 0809022

兒童詩歌論集

作　　著　林文寶
責任編輯　陳胤慧
特約校稿　龔家祺

發 行 人　林慶彰
總 經 理　梁錦興
總 編 輯　張晏瑞
編 輯 所　萬卷樓圖書股份有限公司
排　　版　林曉敏
印　　刷　百通科技股份有限公司
封面設計　百通科技股份有限公司

發　　行　萬卷樓圖書股份有限公司
臺北市羅斯福路二段 41 號 6 樓之 3
電話 (02)23216565
傳真 (02)23218698
電郵 SERVICE@WANJUAN.COM.TW
香港經銷　香港聯合書刊物流有限公司
電話 (852)21502100
傳真 (852)23560735

ISBN 978-986-478-339-7
2020 年 02 月初版一刷
2020 年 05 月初版二刷
定價：新臺幣 380 元

如何購買本書：
1. 劃撥購書，請透過以下郵政劃撥帳號：
帳號：15624015
戶名：萬卷樓圖書股份有限公司
2. 轉帳購書，請透過以下帳戶
合作金庫銀行　古亭分行
戶名：萬卷樓圖書股份有限公司
帳號：0877717092596
3. 網路購書，請透過萬卷樓網站
網址　WWW.WANJUAN.COM.TW
大量購書，請直接聯繫我們，將有專人為您服務。客服：(02)23216565　分機 610

國家圖書館出版品預行編目資料
兒童詩歌論集 / 林文寶著. – 初版. -- 臺北市 : 萬卷樓, 2020.02
面；　公分. -- (文學研究叢書 ; 0809022)
ISBN 978-986-478-339-7(平裝)

1.童詩 2.童謠 3.文學評論

863.29　109001045